書寫青春

21

第二十一屆台積電青年學生文學獎得獎作品合集

聯經編輯部　編

序
穿越時間的光

台積電文教基金會董事長　曾繁城

在創世紀第一天，神說，「要有光，就有了光。」這道光既是物理的光，也是思想的光。有了物理的光，我們看到了世界的繁花勝景；有了思想的光，我們開啟了智慧，理解人間的運行之道。科學家則說，光的波動粒子雙重性，是量子理論的基礎，所帶動的半導體技術的發展，在不久的將來，人類將可能製造出具有思考能力的ＡＩ機器人。

在文學創作上，也需要有光。我記得，台積電成立三十年時，基金會也曾以「桂冠上的靈光」為題，與聯合報副刊共同舉辦諾貝爾文學講座，邀請郭強生、駱以軍、鍾文音、鍾永豐、吳億偉等作家暢談莫言、艾莉絲．孟若、巴布．狄倫、達利歐．弗等諾貝爾文學獎得主，由作家來談作家，帶領我們一窺文學大家文學創作的耀眼光華。創作極具神祕性，上帝為人類平凡日常所注入的那一股不凡的光輝值得珍惜。

跨越二十載的「台積電青年學生文學獎」旨在為具有不凡潛能的青年打造文學花園，讓他們能夠在串流影音媒體環繞的世界裡，仍能像煉金術士般地投入時間及才情，以火一般地熱情打煉出文字的黃金。本屆小說及散文首獎，首度由嘉義女中劉子新掄元，觀察事物的敏銳眼光及非凡文字才氣深獲兩組評審的讚賞及肯定，而獲得新詩首獎的花蓮女中范致綾則以自強號為題，以極為乾淨的文字描繪飛奔於東部幹線車廂的窗裡窗外，感情真摯，令人感動；增設的「旭日書獎」則選出兩部佳作——黃瀚嶢《沒口之河》、蕭宇翔《人該如何燒錄黑暗》。這一群文思的靈光，散布於紛擾文字影像的數位穹頂，閃閃新星耀眼仍是奪目。

未來人工智慧是否將取代人類的智慧，在那個時代來臨之前，我們仍無法給予一個明確的答案。但我們珍惜每一位青年文字創作者燃動生命所產生的火花，我們珍惜每個神祕時刻乍現的靈光，我們更珍惜所有志同道合夥伴為理想共同投注的時間及努力，我想，所有的所有都已匯集為一道光，穿越時間。

目次

短篇小說獎

散文獎

新詩獎

二〇二四高中生最愛十大好書

旭日書獎

附錄

作家巡迴校園講座

第二十一屆台積電青年學生文學獎

短篇小說獎金榜

首獎
劉子新〈白腳底黑貓〉
獎學金三十萬元，晶圓陶盤獎座一座

二獎
范可軒〈賣耳〉
獎學金十五萬元，獎牌一座

三獎
陳映筑〈流放記〉
獎學金六萬元，獎牌一座

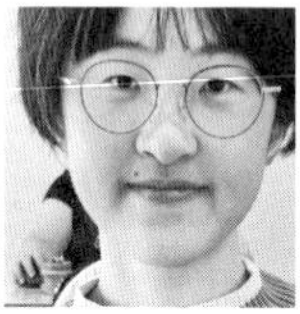

優勝獎
王以安〈消失〉
獎學金一萬元，獎牌一座

優勝獎
周德為〈怪獸〉
獎學金一萬元，獎牌一座

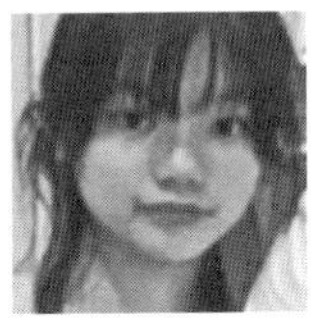

優勝獎
張聿琦〈初戀〉
獎學金一萬元，獎牌一座

優勝獎
林侑恆〈事故〉
獎學金一萬元，獎牌一座

優勝獎
陳彥妤〈遠處的喜劇〉
獎學金一萬元，獎牌一座

第二十一屆台積電青年學生文學獎

散文獎金榜

首獎
劉子新〈天鵝踩破湖水〉
獎學金十五萬元，晶圓陶盤獎座一座

二獎
陳彥妤〈把心放在地上〉
獎學金十萬元，獎牌一座

三獎
李育箴〈不去遠境的那天〉
獎學金五萬元，獎牌一座

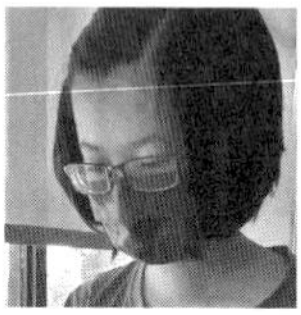

優勝獎
林昀臻〈羽光〉
獎學金一萬兩千元，獎牌一座

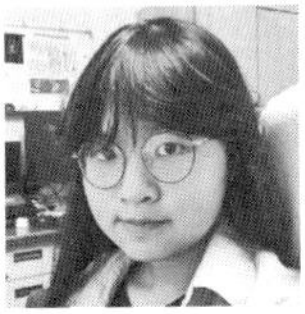

優勝獎
徐嘉恩〈雷陣雨〉
獎學金一萬兩千元，獎牌一座

優勝獎
邱伊敏〈體育生〉
獎學金一萬兩千元，獎牌一座

優勝獎
沈宇麒〈莫曼斯克港的曙光〉
獎學金一萬兩千元，獎牌一座

優勝獎
張允昊〈三香粽記〉
獎學金一萬兩千元，獎牌一座

第二十一屆台積電青年學生文學獎

新詩獎金榜

首獎

范致綾〈407次自強號即景〉

獎學金十萬元，晶圓陶盤獎座一座

二獎

王以安〈蔥仔蒜田裡〉

獎學金六萬元，獎牌一座

三獎

黃予宏〈找穩〉

獎學金三萬元，獎牌一座

優勝獎

黃靖俞〈就像那樣融成液態那又怎樣〉

獎學金一萬元，獎牌一座

優勝獎

劉子新〈蟲群〉

獎學金一萬元，獎牌一座

優勝獎

林祐圩〈家〉

獎學金一萬元，獎牌一座

優勝獎

林子甯〈說話練習〉

獎學金一萬元，獎牌一座

優勝獎

洪珝喬〈讓我們把風殺死〉

獎學金一萬元，獎牌一座

短篇小說獎

短篇小說獎

首獎　劉子新

白腳底黑貓

個人簡歷

2005 年生，畢業於嘉義女中，即將就讀台灣師範大學國文學系。
喜歡奧斯卡·王爾德、喜歡各種喜劇，也喜歡夏天的繡球花和煙火。

得獎感言

感謝所有人。
有機會讓大家看到這個故事，我很感激。
不過寫這篇的時候我其實很難過的，總感覺好像確實有這樣一個朋友、有這樣一隻貓。
也或許是因為「人生是一件可怕的事情」。王爾德說的。

她看見一隻黑貓從雨中的夜的深深處對著她哀叫。

她記得那天的夜裡空氣仍然很悶熱，汗好像堵住每個毛孔，鞋襪都濕透了，她覺得自己好像被保鮮膜包裹著，雨卻還是能夠打濕她的瀏海。那隻貓就在水溝蓋上的塑膠袋裡掙動了幾下，雨也蔓延進去塑膠袋裡，她聽著水溝裡翻騰的水聲，無端的覺得是不是貓要被淹死了。

她皺眉，還是彎下身來，摸了摸牠的臉頰。

「你沒地方去嗎？」她摸了摸貓糾結骯髒的皮毛，低聲問牠。貓沒有回答，在一輛開著大燈的車朝這裡駛來時她發現這隻貓是一隻白腳底的黑貓。貓又露出四顆尖牙聒噪地在夜裡對她小聲的尖叫，那個聲音聽起來有些悲哀的沙啞，於是她很輕易的心軟了。

「房東說不能養貓。」想把牠帶回去的時候姊姊站在門口低聲和她說。生鏽的鐵門打開會發出讓人牙酸的聲音，貓有點不安，在她的懷裡掙扎，讓她沒有站穩，準備進門時不小心就撞上鐵門。鐵鏽蹭上她的袖口，也有一些落到地上，門再拖著地毯稍稍移動，就變成紅棕色的積線。

她垂著眼睛說她知道，她聽見自己這樣說。貓尖銳的爪子勾進她的衣服裡，好像抓傷了胸口。

還是想把牠留下來，也替牠取了名字，叫作骷髏。

姊姊看著她沉默很久，最後還是沒有說什麼。

她和姊姊在半年前從家裡搬出來，那時候她姊姊高二，她國三。不是因為叛逆或青春期這樣的原因，只是那個家裡好像真的沒有她們的空餘位置了。

後來她和姊姊也沒有繼續上學，只因為升上高職的美髮科系之後要買一顆假人頭，三千塊，她聽了同學提了一句，最後就決定不再去了。當然她想也不只是因為這個……也有別的、還有很多，一個月前的她趴在床上玩手機的時候沒有回頭，只是看著枕頭和聽聲音似乎是站在門口的姊姊說學校很無聊，不想再去了，這樣以後也可以排更多班。

雖然現在飲料店的工作也被開除了。

她對於國中時期的印象大約是青白的燈照在廚房邊的餐桌上，她每每翻開課本一會兒，卻什麼都看不進去也看不懂，聽著媽媽在陽台和新的男朋友說些膩味的話。爾後她會拿出手機，或者拿著洗衣籃到夜風裡晾衣服，然後發愣的看著風偶然灌進寬大的T恤之中，衣襬揚起來。

她好像有很多理由走到如今這步田地。她不知道自己為什麼要把骷髏帶回家。

可能是因為夜色真的太黯淡，暗到牠好像要消失在雨中。牠被裝在黑色塑膠袋裡丟在水溝蓋旁邊，甚至沒有被扔在旁邊的破舊鞋墊大，卻在有人經過的時候會發出像鳥叫聲一樣的哀鳴。牠黑色的身體上甚至有白色的蛆在蠕動，眼睛也被糊著。那瞬間她突然覺得有些荒謬，原來那麼小的身體也能夠被什麼其他的生物給寄生。蛆是覺得那隻髒兮兮的小貓溫暖嗎？或者因為相較起來身形巨大，所以在那上頭生活會很安心嗎？

水溝蓋蒸起一股臭味，她知道她沒有能力養牠。因為她剛剛被飲料店開除，原本還算和善的店長在偶然聽見她和同事說她月經遲來許久後就開始百般刁難，一下要沒機車駕照的她去送外送訂單，一下出了很多配方的題目要她立刻背下來，或者用遲到幾分鐘或精神不好等等理由而扣薪水。她忍無可忍，只好辭職。

離開的那一天，她為自己做了最後一杯手搖，洩憤式的加了很多糖漿，看著透明的人工糖漿沖進僅僅一杯底的奶茶裡，其他什麼也沒加，她突然覺得悲從中來，幾乎要流下眼淚。

好像要被廉價的糖漿淹沒了。

於是現在的每一天，她都躺在床上，彷彿要被租屋處安靜的空氣壓死。她會覺得好像不能繼續這樣無聊下去了，不能繼續這樣虛度下去了，她的所有同學現在全都在學校，每個人都要拋下她向前跑，很快他們就都會高中畢業、大學畢業，只有自己還躺在這裡，可是還能夠做什麼？沒什麼使用痕跡的書包還扔在床邊，這個房間也沒有書桌，她努力從床上爬起來幾秒之後就像陷入泥沼，濕泥慢慢攀上她的腳踝，床上的時間昏昏沉沉，很快又要墜回原處。

此前她有過幾個前男友，她有時候會在同他們相處的時候，覺得自己似乎在尋找什麼。她不太確定自己在找的到底是什麼東西，但在那個過程中，她很常感到幸福，她會在對方低下頭與她說話時，覺得自己也被好好對待了，也值得被愛，雖然最後每次都會失望。直到現在，她還是不知道自己究竟在尋找什麼，卻總是過程中予取予求，她控制不住自己一步一步後退，並且不擅長拒絕別人，每每就半推半就的做到最後。

在和最後一個男朋友分手的後面幾個月，她的月經都沒有來。她不敢和任何人說，她希望只是因為自己年紀不大，月經的周期本來就不穩定，偶爾感受到腹部絞痛時，她連心臟都在顫抖，只能一遍又一遍的說服自己，只是最近太晚睡了，只是壓力大了，只是身體不好。

不過也或許就是因為她還太年輕，就在她站在提款機前提領裡頭最後一筆薪水時，她感覺到她的月經又重新來了。

紅色的潮水就像突如其來的雷陣雨，落在沒有人帶了傘的狼狽通勤途中。不安的濕潤幾乎也要淹沒她，她捏著薄薄的鈔票跑回租屋處。看到通紅濕透的內褲不知道該說什麼才好，她平時就經常有血塊，可是也許是心理作用，她覺得那天的血塊更像一種碎片。最後只好偷拿了姊姊放在廁所裡的衛生棉。

「也許從一開始就只是月經失調。」換完內褲之後她靠在床頭抱著骷髏這樣想，也許她本來就沒有那麼倒楣。

「可是那又怎樣？」她又想，有什麼差別嗎？有過或從沒有的差別能夠改變什麼嗎？她又想到自己把糖漿擠進紙杯裡的聲音，就像一種必要的排泄，而其中又究竟有沒有什麼意義。

骷髏發出呼嚕嚕的聲音，伸出舌頭舔舐著她的衣服，不斷的在她腿上的毛毯上踩踏，半瞇眼睛就像很舒服的樣子。她查過，這樣的動作好像叫作踩奶，未斷奶的小貓都會這樣的，這樣可以讓貓媽媽出奶，也會讓小貓安心。牠不斷的踩她的肚子，又發出吸吮的聲音，白色的鬍鬚因為動作而搖動。她只好摸了摸牠的頭，又抽了一張衛生紙幫牠擦累積了許多油脂與分泌物、髒兮兮的耳朵。

然後骷髏在那天晚上，把後腿抬到脖子上，一如往常的替自己舔毛。

牠從下腹向下，一路用舌頭舔到生殖器，牠瞇著眼睛舔舐那個濕漉漉的紅色小三角形，她被嚇了一跳，她不知道貓的那裡長那個樣子。

又想，骷髏竟然是公貓（雖然她早就知道，卻又再次體會）。這個認知給她的感覺並不好，牠竟然是一隻有「陰莖」的貓。

骷髏的名字來自她不久前看的日劇，男主角的黑貓聽發音似乎叫作「kuro」，所以她這樣叫牠，就跟她自己的名字來得一樣隨便。雖然姊姊說這個發音和這隻貓的顏色都很不吉利，而且房東說不能養寵物，自從她被開除之後生活費更是吃緊，骷髏的個性也並不太親人，姊姊一直想要讓她把貓丟出去。

最近姊姊也找到理由。因為沙發一直沒來由的逐漸發臭，過了幾天，臭味還是不斷加劇，她們才在沙發上的坐墊發現骷髏似乎在那裡尿尿了。她不知道該怎麼辦，只能邊道歉邊把坐墊拿去洗。又上網查了「貓咪亂尿尿該怎麼辦」。

網路上說，只能觀察，如果太頻繁的話需要帶去看醫生。不過如果是公貓，也有可能是因為長大了，所以開始發情，在作領地標記，要避免的話需要去結紮。七千塊、四千塊、三千五，她在Google地圖裡的寵物醫院一條一條看結紮的價格，最後偷偷祈禱這只是意外事件，也許只是因為她太久沒有清貓砂盆，所以骷髏不願意進去。

她把坐墊拿到陽台上吹風，本來就休學了，被開除後就什麼事都沒有了。她於是鎮日插著充電線玩手機，這幾天在看論壇的時候，才發現她給骷髏吃的一直是最低等的貓糧，也不知道網路上的言論是不是誇大其辭，不斷的在說調味太重，吃久了有可能會腎衰竭等等。她把那個人推薦的品牌複製到購物軟體上查，發現一包就要她目前所剩無幾的存款的五分之一，卻只夠骷髏吃一個半月。

房間的燈管其實早該換了，總感覺一閃一閃的，又很昏暗。她發出聲音想要骷髏過來，牠卻仍然在遠處踱步，好像轉頭看了她一眼，又邁著步子離開。牠有很漂亮的黑色皮毛，每次牠在撒嬌，精緻的白色鬍鬚就跟著動作一晃一晃，亮晶晶的褐黃色眼睛偶而會抬起來看她。骷髏真的是一隻很漂亮也很可愛的貓，每次她看牠的眼睛總會心軟，又捨不得離開牠。

她也喜歡聞骷髏的皮毛，其實有時候有點臭的。但只有她把臉埋在那上面的時候，她才沒有那種靈魂與身體的卡榫鬆脫的感覺，她會在那隱約的臭味中感到活著。不過後來，聞骷髏的味道變得沒有那麼有用了，她開始會咬牠後頸那一塊比較厚的肉，享受自己的牙齒陷入皮肉的感覺，在這時候骷髏會從喉嚨發出有一點含糊的聲音。不知道是不是覺得痛苦。

她越來越常咬牠，有時候骷髏也會轉過頭來對她伸出爪子，可是她覺得無所謂，真的無所謂，貓抓傷的疼痛只會持續幾十秒，很快身體就會習慣。可是咬貓她可以緩解很多焦慮和痛苦，是很划算的交易。她一團糟的人生好像不能沒有骷髏了。

可是骷髏卻繼續亂尿尿。

她又看到牠濕漉漉的陰莖。

窗簾、牆壁，甚至是她和姊姊的床，那種騷臭味就像一種縈繞不去的噩夢，她每次都馬上道歉，然後地毯式的搜索這次的災區又在哪裡，卻不容易能找到，骷髏總是會尿在很隱蔽的地方。姊姊有時候也會幫忙找，不過她也看得出來每一次疊加的力不從心。

有一天她去買了便當回來，到房間時又聞到那股熟悉的臭味，骷髏尿在她的被子上，清完被子、打開窗戶之後味道卻沒有散去，她四處尋找，才發現骷髏還尿在她許久沒有用的書包之上。

有一些書本上的黃漬也乾掉了，骷髏翹著尾巴走來走去，仍然睜著一雙漂亮的黃色眼睛。她把牠抓起來，把臉埋在牠的脖頸處流眼淚，「你要我把書包丟掉嗎？反正留著也沒有用了是嗎？」

骷髏沒有回答。

她終於脫力，靠在床上一下又一下拍打骷髏的側腹，貓咪的身體發出帶著一點空洞回響的聲音，就像一顆很劣質的皮鼓，「你不要到處尿尿了好不好？你想要我把你丟掉嗎？你想去外面流浪嗎？」就像我一樣嗎？雖然骷髏聽不懂，不過這句話她還是沒有說出來。

最後她真的把書包丟掉了，什麼《美容概論》、《人體生物學》全部丟掉，晚上卻又把骷髏抱到腿上，有一搭沒一搭的梳理牠的毛髮。那股尿騷味還是一直縈繞在她的鼻間，也不知道是真的沒有清洗乾淨，還是只是心理作用。

骷髏卻又自顧自的開始踩奶，牠漸漸變得臃腫的身體坐在她的肚子上，然後瞇著眼睛很陶醉的伸出純白色爪子踩踏。每踩一下，牠就要把指甲伸出來一次，這個動作會把衣服勾壞，平常她會制止牠的，可是今天她卻不想這麼做了。

於是牠的爪子真的刺破她的衣服，一下又一下，就像反覆的淩遲，牠踩踏著她的乳房，她卻恍然意識到，如果當初確實懷孕了的話，現在好像已經要生了。骷髏還在閉著眼睛踩踏，她彷彿看到濁白的乳汁從自己乳房汩汩流出，彷彿看到那個不知是否存在過的嬰靈。胸部被踩踏的痛覺不斷刺激她的大腦，不過她一直沒有推開牠，卻又流下眼淚。

最後一次骷髏尿在姊姊的手機上，姊姊和她說房東來收房租的時候看到貓砂盆了。

「而且你沒有錢帶牠去結紮吧。」姊姊又說，骷髏卻好像察覺到什麼似的，反常的在談話中的兩人腳邊磨蹭。

她和姊姊一起把骷髏抓到之前撿到牠的水溝附近。她抬起頭來，看到就在水溝的對面，有一間診所，她想，如果那個素未謀面的醫生看到骷髏的話，會不會把牠撿回去呢。醫生那麼有錢，或者路過的律師、警察、老師一類都可以，牠一定可以吃到更好的飼料，可以去結紮，不會再被丟掉了。不過為什麼她不能也是他們的小孩呢？

她想著這個無聊的問題一路走回去，又決定到下一間飲料店投簡歷。隔天晚上，上大夜班的鄰居和姊姊說，昨天他看到一隻黑貓在抓牠們家的門，是不是牠們家的貓走丟了。

「不過也好。」姊姊轉述鄰居的話，「這裡隔音太差了，早上睡覺的時候總是聽到牠在叫。」她聞言安靜了很久，突然又回想起最後一個晚上骷髏踩踏她胸部的光景，想起那杯糖漿，想起她撿到骷髏的那個雨夜，想到汽車旅館剝落的天花板油漆。然後恍惚間似乎又聽見姊姊說，聽說黑貓和白腳底的貓都是不祥的象徵。

姊姊說完就去倒垃圾了，卻被門口擺放著要拿去扔的充當貓砂盆的臉盆絆了一下，垃圾袋掉在地上，繩結鬆開，甜混雜酸腐的食物味道蔓延出來。

她別過眼睛，頓了頓才起身去幫忙收拾。她又開始暗暗的希望骷髏真的會被醫生撿到。可以去吃一包六百塊的飼料，也許還會有很多她買不起的玩具、潔牙餅乾和罐頭。那樣牠一定會更幸福，也不會腎衰竭。

此時放在租屋處的手機螢幕孤零零的亮起一瞬，是交友軟體認識的男生發來的訊息。現在在做什麼呢、要不要出來見面、我現在好無聊呀，總歸都是這樣的。不過她暫時還沒有看見。

蹲在門邊，她終於把地上的食物殘骸和和垃圾拾起，姊姊下樓去扔垃圾了。而她一抬頭卻看到今晚的夜色就像她撿到骷髏的那個晚上那般黑，就像要把人吞沒似的。

那瞬間，她彷彿又聽到骷髏的悲鳴在她耳邊響起，直到厚重的鐵門被風吹得關上了，她才意識到那只是生鏽的門軸被風推著摩擦發出的聲音。

名家推薦——

遵守小說傳統的敘事與策略，整體的表現、架構、鋪排，對小說的掌控力與腔調都非常地老練。——林俊頴

當我們察覺這些困苦的人，心裡面還有強烈的悲憫，你會覺得更悲傷，作者的這些描寫十分準確又出乎意料。——黃崇凱

我喜歡它描寫那種非常靜置的時光，有一段小公貓陪在主角身邊，一邊在舔雞雞，沒有性的意涵，但這種書寫貼切地陳述了那一段被遺棄的時光，我覺得很厲害。——駱以軍

短篇小說獎

二獎　范可軒

賣耳

個人簡歷

2006 年生，畢業於建國中學，目前正向大學一年級邁進。偶爾練習用看故事裡的人們的距離看現實裡的人們，發覺世界的可親可愛，所以試著自己寫寫看。

得獎感言

文學可以把索然的濫調拆解成精巧脆弱的美學，也可以給幽微的苦澀一個坦然的答案，因而感謝還存在著這樣子的一個空間，能夠把一切都傾吐。謝謝評審老師的青睞，也謝謝我有投稿，我才因此在得獎的瞬間看到生活發出閃閃的光，然後用快門捕捉下來。

最一開始發現白楊有點不對勁，是一條口紅。

那天我一如往常在禮拜五放學後到白楊家裡鬼混，卻看到她梳妝台上立著一條銀閃閃的短圓柱，按照常理判斷，那就是一支口紅。難怪最近偶爾覺得她嘴唇血色很濃，和白到透光的臉頰形成對比，像麻糬偷沾上了紅豆泥。

「那，口紅嗎？」我伸出右手食指往空氣一戳，然後在唇周比畫了幾下。女生搽口紅很正常，但我還是開口問了，因為白楊從來不用那種東西。

「對我、我、我隨便買的。」好像比平常更細碎。

「啊？」

其實這次我是聽到了，只是可能出於反射習慣，或是我捕捉到了她快速抿嘴的動作，我又再確認了一次。之後我們讓音響裡的巴哈播著當背景，她攻讀微積分，我看我的哥德式小說。

後來我才知道，她根本把口紅當潤滑油來搽。她在進行一項宏偉的計畫，細目是把零散的礫石順成絲滑的泥漿，綱領則是疏通抵達台面的坑道。

白楊的聲音是我聽過最體貼的，自發性的反覆是賜予我的恩典，自從開學的第一個禮拜，我就確信了，這是一種鋸齒狀的貼合，彷彿日地月共線一樣。

「你聽、聽不懂嗎？」

白楊纖細的身影飄到我的面前，我不知道她怎麼發現的，我一向避免在課堂中浮現恍惚的神情，何況她坐在一個遙遠的斜對角。可是她憑著她敏感的神經末梢，察覺到我們都是那樣的人，她後來這樣說。

「那、那、那我來教、教你。」

她逕自拉了一張椅子，靠近我的座位，開始解釋什麼是有理數。

「你、你知道分數，就是分數、分數吧？就是一個數、一個數會去除另一個數，就是會變成、變成什麼、什麼分之什麼、什麼的那種數、那種數字。」

「你看、你看這個根號，這個、這個根號就是不能、不能、不能變成什麼、什麼分之什麼。」

她的聲音輕輕柔柔的，卻很有說服力，像清晨草尖上一顆一顆的露珠滑落，以慢動作滲進潮濕的泥土裡。

我微微的點點頭，好像被馴化了一樣，我的神經中樞系統平穩的接收訊息，一套布滿瑕疵的程式，平時無論如何都支撐不到五句話，突然間順暢的運作著，她的頓點抵銷了我接觸不良的線路。我們慢，但是合作無間。

在我對句子無中生有的模稜感到無望，於是問號就要從兩唇間怯怯地拋出時，白楊心有靈犀的口舌就會為我複誦，一粒一粒不小心從齒縫間掉落的字會趕在障礙之前抵達，填補我聽覺脫漏的留白。她的聲紋是2G網路，和我收訊不良的雷達，有古樸的浪漫。

不過不是那種浪漫，沒有那種關係。我們也都守分乖巧的懼怕著光鮮的虛榮，這是我們默然達成的共識，她算她的數學，我看古怪的小說。但被湊成班對也無所謂，私下被叫怪胎班對也無所謂，我們覺得無所謂，那是他們所謂的世界。

「我是聽，不到。」在她的第一堂有理數課程告一段落後，我悄悄地說。白楊淺淺地笑了，我也開始淺淺地笑，然後我們爆出一陣大笑。我們後來討論後發現笑聲是人類最美妙的一種聲音，不會斷斷續續，也不會含糊不清。

結果竟然是她比我先去打耳洞。

我在中午合作社排隊時逮到，白楊在我前方，平時覆蓋耳朵的髮絲被她順成一綹紮在耳後，白裡透紅的耳垂有一個明顯的凹洞。

「這，是耳洞。」我用右手手指對準。

「是嗎？我、我前幾天嗎？前幾天去、去的。」

「前幾，天？」

「你、你不也有。」換她用指尖瞄準我的右耳尖。

我的右耳尖處也有一個凹槽，那是小學三年級時，同學用力拉扯我的耳朵留下來的印記。我從此再也不戴助聽器。白楊在我們剛認識的時候問過我，像在檢查放在門邊的包裹有沒有暗藏引信那樣，小心翼翼地確認過。

「反正我們扯、扯平了。」

在耳垂上戳出一個小小的洞似乎也是白楊宏偉計畫的一部分。幾個禮拜以來，有種頻率的錯位在微妙的啟動著，我有時開始無法順利捕捉到白楊吐出的一粒粒注釋。

英文課的學習單一張張的傳下來，坐在白楊前面綁雙馬尾的女生在轉頭第四次，眼睛直勾勾的盯著白楊裹著豆沙的嘴唇後，好像終於按捺不住好奇，向白楊開了口。雙馬尾晃呀晃，屬於青春的活力搖得世界暈頭轉向。我把頭輕輕側向一邊，努力屏息以免呼吸聲干擾我微弱的收訊，卻只是徒勞，只看到白楊從筆袋深處摸出那條銀閃閃的短圓柱。

俏麗女孩匆匆拿筆記下什麼就轉回去了，嘴型是在說謝謝沒錯。白楊白皙雙頰下的微血管更用力地透了出來，泛起一抹潮紅。白楊知道我在看她，所以把頭別過去了。

果然，禮拜五又取消了，白楊傳訊息說：「有點事。」

白楊打完耳洞後等了好一陣子，只戴著小到幾乎看不見的耳針，耳洞潛伏在柔軟的髮絲下層，伺機而動，要在絕佳的時機發揮價值。

生物實驗課是一個很高明的日子，每一張實驗桌配有四個人，依照座號把毫不相干的命運湊成一桌，兩兩面對面坐著，老師在遙遠的講台上口沫橫飛，催生實驗桌上無可避免進行的吱吱喳喳。白楊那桌也坐著那個俏麗女孩，不過今天綁的是麻花辮。

生物不是我的領域，我永遠也搞不懂複雜的糖和能量是怎麼在管子和膜之間來回運送，我更不擅長上實驗桌，連顯微鏡都不會用。不過這次的實驗格外讓我毛骨悚然，要觀察神經系統的受器，包括耳朵。

巨大的眼球模型被端上各桌時，白楊轉過頭，接過道具。同桌的三個女生突然湊近白楊，發出尖銳的驚呼聲，連我都聽得一清二楚。

「你的耳環好可愛誒！」

「這在哪買的？」

「我要連結，傳給我！」

我也看到了，白楊薄到幾乎要透出光的左右耳垂各鑲著一顆草莓，大小剛剛好，不會太顯眼，卻輕輕瞥一眼就可以發現，在吹彈可破的皮膚上鮮紅欲滴。

白楊抿了抿嘴，開口說了些什麼。裹著紅豆沙的嘴唇已經好一陣子沒有看到了，她最近換了更粉嫩的珊瑚色，油油亮亮的。看來新口紅的潤滑效果不錯，她們在句尾甜甜的笑了幾聲，繼續熱烈的討論耳環。

白楊在一旁不時摻雜進世界上最美妙的聲音，纖細的身影前後搖晃。

當更巨大的耳道模型出現在實驗桌上時，我的胃忍不住抽痛痙攣。老師賣力的在講台上宣告聽覺形成的要素，我只覺得想嘔吐，有種在解剖自己的既視感，像當著家境清貧的同學面前大肆詳細地說明申請學費減免流程的令人不適。

「正常的情況下耳……聽神經傳到……耳蝸上的……膜震動帶動那……」

正常的情況下？那不正常的情況是什麼？

白楊實驗桌原先開放的熱絡已經收束成不可告人的鬼祟，八隻眼睛隱隱約約交錯著往我這裡飄，眨呀眨呀眨。我刻意錯開眼神，撥弄著桌面上塑膠製的聽骨。

四顆頭靠得很近，白楊的臉脹紅，眼珠子咕溜咕溜地轉動著，閃著一抹我從來沒有看過的光芒，和解出最後一頁的數學難題時不一樣的光芒。我可以感覺到其他三個人的呼吸都被那樣子的光芒抑制住了，為了聽取最重要的訊息。

他是ㄉㄨㄥˋ．ㄗ。

一陣狂風。

突如其來的一陣狂風吹起教室側邊窗簾，綠色布幔以波浪狀的弧度高高捲起，又重重落下，雪片般的講義四處飛散，擺放在窗邊的棉球鐵桶倒了，白花花的棉絮凝滯在半空中。

由於長年以來的必要需求，我的聽覺系統移植到瞳孔，視覺判讀能力特別敏銳，尤其是嘴型。那句話沒有聲音，可是我看得很清楚。何況是那兩個字。那一個詞。

三個人的面容瞬間失去俏皮，嘴巴微張，兩眼圓睜，這在教室的一片混沌中同樣很合宜。白楊也擺出了難以置信的表情，點點頭。

我急忙彎下身，撿拾散落一地的講義。

「欸，那是別組的，我們的在這裡。」班長對我叫道。

「他聽不進去啦。」我的下一號同學無奈地回應。

女孩們偷偷地笑歪了腰。

有好一陣子，我潛心鑽研於數學的國度。我想知道，在龐雜紛亂如密碼的數字與數字之間，暗中藏著什麼不可告人的祕密，是什麼簡潔又莊嚴的道理與箴言，得以擄獲數學家執迷不悟的生命。公式總是有理可循，可是當我參透了背後支持的論據，我卻覺得數學只是強加冰冷的運算於虛無的世界，在自己架設的規則之下，告訴我什麼一定可以，什麼一定不可以，在什麼條件之下成立，在什麼條件之下絕對不成立。

就像白楊有天跟我說，她覺得我們應該要避嫌。

「就是，該怎麼說呢，我們，我們總不能，總不能一直被說閒話。」

也就是說，她踏進了他們所謂的世界。

白楊的口音已經近乎銷聲匿跡，如預期一樣絲滑，但鋸齒狀貼合的痕跡依然留有殘影，她還依舊掌握著訣竅。油亮的雙唇刻意放慢了語速，整齊的牙齒稍稍字正腔圓，因為她想要這一句話的每個音節、每一顆音，都能夠確實地、鏗鏘地，敲進我的鼓膜裡。

即便如此，我在數學如山的鐵則中尋覓依稀存在的狹小例外。我還是時常捧著厚厚的數學題本，在下課時間到白楊座位旁邊聽講。她好像勉強可以接受這種模式，用一種制式化的活潑口吻，問我記不記得有理數的概念。

我死命抓著手上的數學講義，點點頭。

有時會聽到同學用充滿驚奇和訝異的語氣問白楊，為什麼都不記得你講話這麼有趣。

「嗯，」白楊把頭斜向一側：「我比較ㄇㄢˊ　ㄕㄡˋ。」

我用眼睛看到了。

天氣有點冷，氣象預報還說傍晚會降雨，我用力猶豫了一下，還是決定出門。

今天是口紅出現以後的第一年的白楊的生日。

我不走熟悉的路線，繞了一點路，去車站對面的甜點店買了兩個草莓大福，從後背包挪出空間，輕輕地安頓好。在背包最外側的是幾本數學講義，然後是草莓大福，最內層是一本看到一半的小說。

白楊爸媽假日還要工作，應該只有她在家。她家沒有電鈴，我敲了敲門，忐忑的空寂在門廊徘徊。

敲了三次都沒人應，打算轉身離開時，門開了。白楊穿著休閒的洋裝，站在門口，用驚詫的五官盯著我。我的視線掠過她的肩膀，還有一個男生坐在餐廳，餐桌上留著吃完的蛋糕盒和紙盤，我們兩個的眼神在空氣中碰上。那個男生急忙起身，身形高高瘦瘦的，年紀和我們差不多，慌亂地撿起丟在門邊的背包後就走了，擦過我肩膀時，一句話也沒說。我直接走進客廳，在靠窗的藤椅上坐下來。外頭有一群不知名的飛鳥排成人字形，劃過巷弄細長的天空，留下咻咻的風切聲。

目前為止，完全的沉默。

我首先放棄僵持，拉開後背包的拉鏈，翻找夾在書本中間的紙袋，「今天，是你生日所以，我帶……」

「我不是跟你講過嗎？」

講過那個人是誰嗎？

「我說，我不是跟你講過嗎？」

再一次的，長長的沉默。

「你講過。但是，你沒講過那個人，是誰。要去打耳洞，你沒講過。為什麼，要塗口紅，你沒講過。沒講的理由，你沒講過。和她們在……」

「我沒有錯。」

「你沒講過你把……」

「我說——」她提高了音量，「我沒有做錯事情。」

「我有，聽到。」她以前從來不會打斷我說話。「為什麼？」

「什麼為什麼？」

「為什麼，沒有錯？」

「你不會懂的。」

「為什，麼，你沒有錯？」

我為什麼不會懂？

白楊抿了抿油亮的嘴唇。

「因為我很努力。」白楊轉過身朝我前進了幾步，晶瑩剔透的臉頰在顫抖，音量繼續上揚。「因為我很努力，你知道、你知道我每次都會很緊張，你知道我每次全身都在發抖？你知道我每次、每次很緊張都會心悸嗎？你知道嗎？因為我很努力……」

「你說我沒努力，」我對她咆哮。「你賣我耳朵！」

來不及了。很尖銳，很痛，一路從耳根蔓延到腦神經。我把我吞到最深層的恐懼，用繩子和鐵鉤從身體裡拖出來，酸灼的血水腐蝕過體內每一寸肌肉。

「你賣我，耳朵。賣自己的嘴巴，耳垂，不夠。你賣我耳朵。」我歇斯底里。「你嚼我的，耳朵，耳朵裡的祕密，消化吐出來，賣我的耳朵，換到你的好東西。我都看到了。」

「我一開始沒有打算想，我沒有常常……」

「我不管你，賣我的耳朵……」

「我沒有辦法，我才……」

「我的耳朵裡的，賣我的耳朵裡的……」

我感覺到自己正大力地喘著氣，但是周圍的聲響變得比平常還要悶，我甚至連自己的喘息聲都聽不到。我只想把肺盡可能的灌入新鮮的空氣，再混著混濁的一切吐出來。我瞪著白楊，一下一下地，大口大口地喘著氣。

「你不能那麼自私，」她緩緩挺直背脊，恢復鎮定。「自私的期待我一輩子都會結結巴巴。」

自私的期待我一輩子都會結結巴巴。

我彷彿接到咒語，定在原地。

「你夢想中的祕密花園沒有邊界，可是我的花園有。你不能這樣說，我們說到底本來就不一樣，我們說到底就是不一樣的人。」

「但是，你說，我們的世界裡，我們那樣的人……」膝蓋變得軟軟的，像豆腐一樣。

「你不能期待什麼事情都能長長久久。」

我看著她的臉，比任何時候都還要蒼白的臉。

我從一本古老的小說裡讀到，在一個神奇的王國裡，叛國者要被放逐到城牆之外的之外，趕到遠遠的地平線，再也無法享受魔法。那是一種最殘酷的極刑，剝奪了地理空間和心理歸屬的鄰近性，使人由內而外瓦解，唯有如此才能懲罰最邪惡的、最不正確的意念。

我一度揪出了那個最邪惡的、最不正確的意念，但是轉眼又消失無蹤。我已經無法確定，白楊是不是真的偷走了我的耳朵，悄聲無息地賣掉，因為被失去的魔法懲罰的，似乎並不是她。一眨眼間，值得碎屍萬段的事實，卻還緊緊握在我手中，好像一次也沒有離開過。

偶爾我會覺得，其實我才是那個叛徒，懷裡緊緊揣著黑魔法，倉皇的留下耳朵在那個世界，然後狠狠的被放逐到地平線。

那她是怎麼回去的？

我不知道。

名家推薦——

作者用「耳環」和「口紅」這兩個象徵，來強化聽和說的意象，作者很懂得如何炫耀他的技術。——林俊頴

描述兩個身心障礙者，本來相濡以沫，但又同時想融入一個更大的人群，不願意繼續待在邊緣的位置，於是兩個人的關係就開始產生背叛與被背叛，拋下對方才能前進的某些心思。整篇小說的敘事節奏掌握得非常好。——黃崇凱

設定非常迷人，這種殘缺者的結盟與依存，作者每個落子都不心浮氣躁，讓人佩服。——駱以軍

短篇小說獎

三獎　陳映筑

流放記

個人簡歷

西元 2005 年生，曉明女中高三畢業，即將離開台中前往未知的大學就讀。得過一些文學獎。最近正在幫自己想一個酷炫的筆名。

得獎感言

獨家揭密！流放記沒收錄的後續：

離開流放地的火車，窗外一片春暖花開。

018 問 058 離開之後要做什麼？

還沒想好。058 說。

那你們想好了嗎？故事要叫什麼名字。

018 說，總要有人帶著他們繼續前進，但你的取名品味一向很差，什麼超級機密之流放不思議還有不要看看了你會怕筆記。

還是用舊的那個吧，那時我們都在，有很多回憶。就叫流放記。

這是最後一個冬天。

我走在積雪的道路上，沿著河岸走到碼頭。018、058 已經在那等待。

碼頭旁有簡單的市鎮，往回眺望能看見流放地的堡壘，那裡有個湖泊，是河流匯聚之地。

靠近河畔的水浮著碎冰，環繞停泊的老舊官方運輸船。工人在甲板上把被冰水侵蝕而腐壞的木板拆下來，由我們這些流放者搬到岸上。

一進一出的搬運過程很安靜，我扛著木板走了一趟又一趟，河水沾濕肩膀。事實上拆船這個工作沒有多辛苦，搬磚塊和鏟積雪也一樣，會累但不會耗盡體力。

我剛來的時候跟 099 說過這些，大概是用有點慶幸的口氣。099 搖搖頭說你沒搞清楚。說得好像他自己有搞清楚一樣，我知道在這裡有很多事我們從來沒弄懂。

現在流放的日子快結束，我們偶爾可以選擇要去哪邊工作，058 每次都想很久，唸著天氣長官晚餐之類的話。018 伸手把他推開，隨便指個地方。他說選什麼都一樣。

但我是認為坐著吃屎和站著吃屎還是有點差別。

冬天太陽下班得早，我們也跟著提早收工。回堡壘後可以在公共空間找樂子，樂子通常是吵架或痛扁看不順眼的人。天黑後執行官會把流放者趕進室內。

在堡壘內三十多個流放者編為一組，同吃同住並分配一名執行官。我都叫我們的執行官大鵝。018 問過原因，我說因為他老是像鵝一樣神經質的到處亂逛又亂叫。

之後 018 開玩笑說大鵝把人趕進房內是母鵝趕小鵝溫馨回家。058 說沒有一個鵝窩要擠三十多隻鵝。

有啊，繁殖場，然後下一站是屠宰場。我說。

哈，058說。

晚餐後是讀經時間，《聖經》是堡壘中唯一可以讀的書。同一組的流放者在同個房間，沿著長桌依序坐下，執行官沒有規定要讀哪個章節。多數人喜歡把內容讀出來，狹窄的空間中各種回音撞擊牆壁又反彈，有時候會撞到我的頭，很痛也很煩，我就用手把聲音揮開。

過程中有人會突然擁抱別人，卻被對方揍了一拳；有人越唸越大聲，高舉雙手朝天上尖叫著祈求救贖；有人倒在地上求耶穌帶他去天堂。他真的離開了，滾了好幾圈後被執政官拖走。

記得以前跟099坐一起，在吵雜的環境下可以聽見他平穩的聲音，為什麼他可以那麼淡定，好像下一秒我突然躺上他膝蓋他也可說聲基督保佑你。有時候我能記住他讀過的句子，在睡前寫進筆記。但不是每次，畢竟有太多雜音。

隔天早上例行集會，所有人嘴裡吐著白煙，在太陽還沒出來前繞著堡壘跑三圈，再回到會場。我們面對司令台排成直排，接下來是執行官喊話時間。喊話內容可以歸類成服從、奮鬥、榮譽、團體精神。

018說執行官應該有個官方手冊，裡面有宣講要點甚至還有逐字稿。

那真是辛苦他們，每周把同樣的內容背出來，還要加上制式的表情和動作。我說。

喊話結束後會有團體榮譽競賽頒獎。晨跑時喊口號的精神也列入評分範圍。我看過執行官在餐廳發現窗溝裡的一粒沙子，還有翻過垃圾桶後找到一封寫錯的信，然後在那組的格子裡畫叉。

今天我們這組得獎，大鵝紅著臉在台上接過獎牌，那是一片薄木板，上面刻著獎項。

每次最安靜的部分是最後一名的組別上台，執行官脫下他們的內褲，集中成一坨後往天上丟。

我們立正看內褲亂飛，台上的人搶。

搶到最多的可以拿走手上所有內褲。我也曾搶到最多內褲，當時大鵝叫我把搶到的分給組員，才有團隊精神。

搶到最少的要把內褲套在頭上，擁抱每個組員。台上內褲套頭的人突然開口，執行官把內褲往下扯蓋住他嘴巴。

他沒有話要說。

集會結束後，狗嗅到興奮的氣息，一邊猛搖尾巴一邊跟著大鵝進屋。

他們就在屋裡，興奮到忘記關門。大鵝高舉獎牌，嘴裡念念有詞。旁邊的狗不停汪汪叫又跳上跳下，他終於把獎牌放下，拿到身前，每隻狗爭著舔那塊獎牌。

粗厚的舌頭用力磨過表面，一根舌頭舔完換另一根，每人只能一下，把獎牌搞得溼答答。

「流放地肉排。」我說。058問為什麼。

「因為狗喜歡，而且肉排在流放地很少見。」

「你知道也不是所有的狗都能享受肉排。狗分兩種。一種是寵物狗，主人的最愛，有舒適的狗窩和肉排，偶爾犯錯咬壞主人的拖鞋，只要撒嬌就可以被原諒；另一種是看門狗，要在寒冷的夜晚蹲在門口守夜。有時主人路過隨手丟個肉末給他們就感激得不得了。」

「你會把這些寫在你的筆記裡面嗎？」０１８突然問。

我點頭。

０５８想了一下：「好吧，但我們不能確定寵物狗是不是真的喜歡肉排，他們只是舔過，連一口都吃不到。」

「小心說話，他們會聽到。」我瞪著他。

０１８趕緊接下去：「至少０９９很喜歡。每得一塊牌子他就要我們放一塊白樺樹皮到他床頭上。」

「他什麼都喜歡。」０５８笑了。「他幫別人工作的時候很開心，幫０１６和０４４掩護時也很開心。」

「還有聖誕節把酒讓給你的時候也很開心。」０１８看向我。

０５８戳了戳我說：「那酒只有聖誕節才有，又那麼小杯，你也敢跟人家要。」

「你還靠到他身上，一喝就噴他滿身。」０１８補充。

那時候的事我記不清了，很多事都模模糊糊，像在大雪天裡奔跑時的景色，雪花鑽進眼睛刮著我的眼球，也許筆記裡有記到這段。我只能邊說邊搖頭：「我那時醉了，真的醉了。」

我還記著要去撿樹皮，就拖著他們倆往後面的林子走。

以前我和 0 9 9 也來白樺林，沒幹什麼，主要是我和樹對罵。因為樹皮的紋路老是說些亂七八糟的話。我說一句它們回我十句，而且它們人多。

0 9 9 一般都是旁聽者，偶爾插上一句不要相信他們。我問不然要相信誰，他沒出聲，只是低頭聞我的頭髮。

我又問他聞到什麼味道，他就笑一笑。呼出來的氣弄得我頭癢癢，兩個頭都癢。

我彎下腰看了一塊樹皮，說這個很真誠。0 9 9 說可能是剛掉下來的，還沒在雪地待太久。在這麼冷的地方待久了，上面結了霜都看不清本來的樣子。

我把那樹皮給他，他放進褲子裡，又繼續聞我的頭髮。

那都是以前的事了，現在我蹲下來，在地上翻翻找找，樹紋還是在罵人，吵死了，我踩碎兩片，我知道怎麼踩也踩不完。我要撿給 0 9 9 的，也怎麼挑都挑不到像那天那麼好的。

沒辦法，我只好直接從樹上剝。挑了一個和 0 9 9 一樣安靜的樹，摩擦樹皮，感覺它的硬度，再用指甲刺進皮上的裂縫往下刮，再刮。要順著紋理，我們才能舒服點，可惜它太堅硬，我摸不清方向，而且手太軟弱，施不了力。

終於撥下一片樹皮，我放進褲子裡，走向 0 5 8 和 0 1 8 跟他們說可以回去。

0 5 8 看了我的手，遞了一條繡著花紋的布給我擦。布很快就濕了。

他移開視線，告訴我：「下次你自己來吧。」

回到臥室，我把樹皮從褲子裡拿出來，濕濕的，輕輕放在099床頭。白樺樹皮堆成一座小丘，我不知道為什麼笑了。好像墳頭。

我們三個就站在樹皮小丘前面，這時應該要很寧靜，但我笑到停不下來。這時後面傳來聲響，058叫了一聲，「媽呀那是什麼？」

「那是044，你不知道嗎？他每天都在窗戶前晃來晃去，像鬼一樣都不說話。」018回頭看。

「那他數完整個堡壘窗戶上的欄杆了嗎？」

「別裝了，大家都知道他在想要從哪邊往下跳。」我直接開口，058有時候就喜歡在那裝模作樣。他從來都是好人，只是我不想撿他拉出的屎來吃，就算他的屎是香的。

我們在旁邊說話，044好像渾然未覺。

「朝西是故鄉，朝東是海洋，朝北是湖泊，朝南是集會場，人最多最壯觀，搞不好可以順便找個墊背。」我看著044。

「選哪都一樣。」018說，「反正最後都要處理你留下來的東西，大家只會覺得很麻煩。」

「確實，每次我被分到善後工作，除了那些紅的白的黃的以外，總會驚訝人怎麼有這麼多屎。跳下去的還好，都爛成一團了也不明顯，主要是吊上去的，那才叫多。還好水一潑，刷子一刷，一下就乾淨了，不會留下痕跡。」

「他以前不是這樣的。」058 看起來有點惋惜，「你的筆記應該有記錄吧？」

「我最討厭這種人，遇到事情卻什麼都不說、什麼都不做，連屁也不放一聲。」我提高音量。

044 依舊渾然未覺。

沒人再開口，我盯著窗外，看地上的雪花被風高高捲起，在空中掙扎，很用力，還手腳並用，但最後還是落下。

直到背後傳來一陣腳步聲，嚇到我了所以我先問候他的母親以表尊重。原來是狗，交給我一張紙後匆匆離開，於是我改成問候那隻臭鵝。

「他媽的敗類，我就知道會這樣。」

「你知道了還敢罵人。閉嘴行不行。」018 奪過紙條，拿給 058 看。

058 盯著上面的紅字：執行官接獲舉報，流放者 052、058 於今日上午出言不遜，宜留心言行。罰至禁閉室反省一晚。

禁閉室是獨立於堡壘外的房子，靠近湖泊，夜裡能聽見風颳過水面的聲音。我們一接到紙條就出發，空著肚子走到時，鴨子還在湖中嬉戲。

我推開厚重的鐵門讓 058 先進去，再鬆手讓門碰的關上。我們不用鎖門，也許外面會有人鎖上，也許沒有，反正從來沒有流放者在天亮前自行把門推開。

坐在冰冷的石地上，屋內沒有火爐，夜晚冷的門縫都結出一層冰霜。唯一有的東西是一疊《聖經》，堆得高聳，還有懸在牆上的巨大十字架釘著耶穌，在苦難中靜靜凝視著前方。

「044也在這裡待很久吧。」058問。

「對，他跟016。」我看向十字架說著。天色全暗，耶穌只剩輪廓。

「可能有人看過吧，誰知道。聽說就在湖邊的樹林，他們纏在一起。煩死了，099幫他們遮掩過好幾次。後來應該是執行官或狗聽到傳聞，他們老是一有風聲就行動。」

「太冷了。」058嘆了口氣。

「我也覺得。」我邊說邊把顫抖的身體向他靠近。房內沒有壁爐更沒有木柴，也沒人會聞我頭髮。

我掏掏褲襠說：「我們鑽木取火吧。」

我把他的木柴抓出來，和我的撞在一起，上上下下摩擦。越來越熱，我很喘又和他貼得更近。

我常夢到小時候去樹林冒險，我和同伴們會撿木柴生火。只有一次我夢到成年的自己，赤裸地躺在積雪的白樺林，不斷哀求一個人過來。後來真有人來了，夢裡的我張開嘴巴。這是好一陣子沒有的，作夢似的溫暖。

「火快生起來了，你幫我吹一下。」我把058的頭往下壓。

沒過多久，我們擁有彼此的火花，沾在手上溫暖極了。我把手舔乾淨，從掌心到指尖，發現靠在身上的058在微微顫抖。

我說放心，這裡沒人會來巡。

058說：「你很熱。」

我停了一下，說，嗯。

空氣又安靜下來，比起剛才潮濕的水氣瀰漫在空中交配。

「你想知道044和016的後續嗎？」不等對方回答我就接著說，「後來有一天，016跑出這裡，聽說他一直跑，最後消失在湖中。也有人說是狗把他拖進湖中。事實從來都不只一個，結論就是他消失了。」

「在那之後，044每天都會在湖邊徘徊。」

058問：「你怎知道？」

我聳聳肩說，我會去抓鴨子當點心。

「然後某一天，我看見湖上浮著一個人，就漂在那，身上全是鴨子大便，棕色白色的。

「有一瞬間我想把他推下去。」

「很顯然你最後沒有。」058說。

「對，我只是多抓幾隻鴨子，晚上請044吃。」

044也看到了。」

⌛

等到白雪融成一灘一灘爛泥水，我坐在寢室聽著外面的人大聲抱怨鞋子跟褲管被弄髒，儘管那些本來就很髒。

我把衣服和被子放進大布袋，再從床腳下抽出幾張被揉成一團的紙，上面寫滿歪歪扭扭的字，原本看起來是用來墊高比較短的床腳。我輕輕撫平紙上的皺褶，手指來回摩娑黑色字跡。我越來越常懷疑上面內容的真偽，可能因為一直壓在床角下沾了很多夢話，有我的也有其他人的，早就分不清楚了。過了一陣才把紙放進袋子的空隙。

把布袋扛在肩上，我走出寢室，018和058已經在屋外等了。我們一起走往活動場參加結束儀式。牆邊停了幾輛卡車。

「希望這些車夠堅固，比起上次那些肉塊，我們重多了。」我說。

沒人接話。我又開口：「我搞不懂——」

018說，你還是沒學會。

058拍拍我：「都快結束了。」

「嗯，時間過得很快，從開始到現在，好像只過了大兩次便的時間。」我點點頭。

「你們知道我為什麼常用屎來說話嗎？因為屎是最真實的，今天吃什麼明天拉什麼，屎不會騙人。」

到了集合場，我們按照平常例行集會的位置排好。前面生起篝火，燃燒時傳來木頭的爆裂聲。大鵝也站在台上，火焰把他的身影染紅。

那天也是這麼紅。

我記得那天大鵝拿著一疊寫滿字的紙，吼叫：「流放記？」又用力揮舞那疊紙，「是誰在扭曲事實？」

他走下台，穿梭在流放者之間瞪大眼睛看每一個人，隨後指了０９９說：「告訴我是誰，不然指一個你認為知道的人。」

０９９沒有動。

大鵝把那條黑色馬鞭抽的啪啪作響。

我甩了甩頭，篝火飛濺的火星在眼中亂竄。

狗來了，甚至不用大鵝一個眼神，就衝過去。

執行官們說要把這種違背命令的人丟進海裡。

然後那個布袋，我記得是棕色的，被丟上卡車後向東前進。

０１８後來說他們不可能真的把０９９丟到海中，因為往東的路上沒有補給，油根本不夠。

「這只是某個真相。」０１８低聲說。

儀式還在進行，我眨眨眼，鮮紅的色彩還是不停跳動，木柴持續燃燒，現在沒有停止，以後也不會停止。

我看到大鵝走到他的狗前面，握住０２６的手說了祝福的話，把流放證明交給他。接著還有其他狗。

看著大鵝走到我面前，薄薄一張流放證明，用雙手接住。我突然好想吃鵝肉。

「繞過火，你可以走了。」

我站在原地，這時候應該要有人一腳把我踹進火堆，讓我跪著在灼熱的火堆掙扎，然後爬出這裡。或是讓我在高溫中扭曲尖叫，身體被融化、骨頭被燒到只剩灰燼，被風吹回故鄉。

什麼都沒發生。

我就這樣看著，有些人走過去了，有些人沒有。

名家推薦——

描述人生的虛無感，被流放後等死的感覺，細節與語言處理得很率直，語言能透出一股狠勁，這對高中生來說是可貴的。——蔡素芬

作者在幾千字的篇幅裡面，忽略許多設定依然吸引我們去看，描寫禁閉環境下，人依然需要玩具，需要紀念品，這些特殊細節都處理得非常好。——林黛嫚

作品中描寫的人際互動，體制監控的全景很厲害，但看到一半又讓人想到在私立男校某些往事的現場，於是它又脫離了寓言，有某種寫實性。——黃崇凱

短篇小說獎

優勝獎　王以安

消失

個人簡歷

2005 年生，畢業於蘭陽女中語資班。曾任 312 愛畫貓的學藝股長、三官宮廚房小志工、到處尋找宜蘭市農夫的日曆寫手。不愛數學，但享受各種人事物的排列組合。

得獎感言

2024 年 4 月 28 日，我的 IG 帳號忽然被停用了。在對高中生而言最重要的社群媒體消失五天，錯過轉發運動會、校慶限時動態的時機，卻因禍得福蹦出靈感，完成短篇小說〈消失〉。

感謝評審青睞。感謝一直陪伴我們的曜裕老師、鼓勵我的家人朋友。謝謝阿達擔任我兩篇小說的主角，以後請繼續陪我在幻想世界闖蕩吧！

我們已在二〇二四年四月十八日將你的帳號停權。

「哈——啾！」阿達看著螢幕上的黑色粗體字，忽然像吸到胡椒粉一樣，沒來由打了六個連發噴嚏，直到整個鼻腔都震到發麻，才好不容易緩過來，從摩艾造型盒的鼻孔抽出兩張衛生紙，大力抹了抹紅掉的鼻頭。

「莫名其妙，是怎樣？」他點進寫著「申訴管道」的藍鍵，上繳ＩＧ要求證明身分的自拍影片，滿是粉刺的雙頰轉過來、轉過去，整張臉都得完整入鏡，粉圓大的汗珠從下巴滑落，滴在洗到褪色的格紋四角褲，暈出一顆顆顯眼的深色圓點。阿達焦慮地啃起指甲，抖腳震得整個玻璃電腦桌跟著他一晃一跳，喀喀叩叩發出如牙齒打顫的聲響。待「上傳中」的 Loading 圈圈跑完，螢幕再次跳回白色背景，冷白光線打上阿達的臉，癟起的嘴角讓平常被讚娃娃臉的面龐拉出兩條深邃法令紋。

我們已收到你的申訴。如果我們發現你的帳號確實遵守《使用條款》，你將可再次使用 Instagram。如果我們發現你的帳號違反《使用條款》，你的帳號將永久停用，而且你無法再提出申訴。

這次沒有任何藍鍵可選，阿達愣愣地瞪著失去互動功能的螢幕。當了十幾年的駭客，這套遊戲規則他最清楚了，在這個時代，只要被網路上的路人甲乙看不爽，名為「檢舉」的陶片隨時會從天而降，少少幾個就足以將人放逐在世界的伺服器外。

只是他怎麼也沒想到，自己平常用來分享毛小孩——法國鬥牛犬蒂蒂——照片的帳號，竟然也會被操作，他可不記得檢舉萬粉以下的帳號能賺什麼錢——除非有同行在做新的病毒程式測驗，意外用他的帳號開刀。

不管怎樣，這支全是狗照片的帳號，阿達是一定要救的。從ＩＧ上市、入行到現在的十四年間，光是毛小孩的「狗頭帳號」他就創了上百個，然而只有這一支，他真的付出心力更新、回應，記錄了領養蒂蒂後，狗兒每天的成長和變化。

蒂蒂剛來的那天，阿達一手拿手機錄限時動態，另一手捧著只比掌心大一點的小狗，將牠放上前女友買來量烘焙材料的電子秤。不到一公斤、還未睜眼的蒂蒂發出幾乎聽不見的嗚咽聲，仰頭蹭了蹭他的手。看著眼前軟軟趴在他掌中豆腐般一捏就會碎的小生命，阿達忽然感到這個自從女友離開後變得髒亂無序的房間，再次有了溫度。

他將原本用來追蹤、入侵寵物網紅的人頭小帳改成蒂蒂的專用帳號，發布的第一則限時動態，就是小狗磨蹭他手指的畫面。之後無論是體重紀錄、獸醫回診，還是帶她到公園散步減肥的照片，阿達都會每天整理好，挑出最滿意的十張，晚上十一點上網工作前傳到蒂蒂的ＩＧ。印象最深刻，也是最多人轉發分享的一則影片，是蒂蒂邁開短短的腿衝出去追球，沒想原本的那顆不見了，卻刁回不遠處國小球隊的樂樂棒球，弄得幾顆橘色的軟球都是口水黏答答，害教練只得暫停練習，讓孩子們圍著小狗玩。

想到這裡，阿達忍不住笑開，馬上被一陣更強的憂傷席捲。這些記憶被留住的前提，是那支帳號還留在伺服器內。即使自己在做這行，也沒有能力駭進 meta 的網域，那可是由全世界最頂尖的工程師組成的團隊，他一個小小的台灣駭客，好不容易學會的程式就是他們寫出來的，怎麼可能對抗得了？

「焦慮沒有任何幫助，」阿達對自己說，「你只能冷靜下來。」一切都得照規則走。阿達唯一的希望就是剛剛上繳的自拍影片，只要一證明那支帳號是他所有，沒有發布任何不實訊息或違反社群守則，祖克伯就沒理由不讓蒂蒂回來。他閉起眼重重吐氣，再深吸了一口，讓清涼的空氣鑽進鼻腔、冷卻大腦，嗅到一股混著油蔥香的怪味，睜眼一看，原來是吃完的泡麵垃圾堆在桌腳，已經好幾天沒清了。

他撿起那些吃剩的紙碗，撕掉還連在碗緣的鋁箔紙蓋，走到廚房沖洗乾淨，再找出幾個超市的塑膠袋，將它們分類綁好。

「也許，」阿達將垃圾在門口排整齊，看著混亂的房間，突然靈光一閃：「是蒂蒂趁這個機會要我重新振作起來。」

他抓起一旁套在除濕機上防塵的透明塑膠袋，從鞋櫃開始，將不多的家具一格格打開，沒吃完糊化的口香糖、斷掉的名牌扣環、生黃斑的藍芽耳機套……躺在各角落的廢物全掃進袋內。一袋裝滿，埋在鞋櫃底層的L號專用垃圾袋恰好現身，阿達用力撕開封膜、抽出袋子。挖出、瞥過、丟棄，過去的生活像黑洞，吸納太多無意義，阿達要把它們通通清空，和電腦一樣，復原、格式化，就有重啟的可能。

除了蒂蒂的窩、裡頭的寵物用品——包括被咬爛起屑的樂樂棒球——原先堆滿地板的雜物全消失了，一部分移回空出來的書架、櫃子，其他則在門口等著晚上被垃圾車壓扁碾碎。阿達翻出一袋還沒過期的泡麵，隔著包裝把麵捏碎，拿出油包、灑調味料，搖一搖就直接倒進嘴裡，邊吃邊重新登入ＩＧ。Chrome、Safari、無痕……全部的瀏覽器都跑過一遍、刪除搜尋紀錄又試了一次，還是停在同一個頁面：

我們已收到你的申訴。如果我們發現你的帳號確實遵守《使用條款》，你將可再次使用Instagram。如果我們發現你的帳號違反《使用條款》，你的帳號將永久停用，而且你無法再提出申訴。

「無法再提出申訴。」阿達咀嚼著前兩句話的不確定性，失神地複誦最後一行，乾乾的碎泡麵和口水結成一團、卡在喉頭，乾嘔幾遍才好不容易混著黏滑的痰吞下。連告政府的行政訴訟都有三級二審制，ＩＧ審核卻沒有再來一次的機會嗎？他忍不住罵了一串髒話，點開網頁程式碼，複製貼到駭友們的地下交流版，竟都無解，連外國的程式破譯版主也說，除非當初有備用帳號，否則都得照meta的審核流程。

天亮了。凌晨五點，昏白微弱的陽光滲過窗簾，灑在忽然空了許多的房裡，阿達才察覺不小心翹了一整晚的班。他隨機登入其中一支人頭帳號，老闆傳來十多則訊息，說上周客戶要消失的那支帳號還沒解決，要他盡快確認是怎麼一回事。

這個客戶是很有名的啦啦隊甜心，據老闆說。有天趁男友睡著偷偷點進他的手機，發現達令居然追蹤一個拍性感內衣廣告的小模，聊天室還有兩人露骨的對話紀錄。雲端捉姦讓她氣得半死，又不能拿偷解鎖的手機質問男友，隔了好久才透過朋友找到阿達的老闆，以好幾次出場跳舞賺的薪水為代價，一定要讓小三蒸發於網路。

客戶給的費用，通常是按目標帳號的規模而定，這內衣小模沒有官方認證的藍勾勾，靠胸前的流量密碼衝熱度，也吸了快一萬個粉絲。阿達打開鍵盤，輸入被駭友暱稱 X-ray 的程式碼，看到這支帳號後台的數據結構——以二十五—三十五歲的美國男性為主，忍不住嘆了一口氣。難就難在這點，小模不是台灣人，金髮白膚正妹的性感照，上傳位置全來自太平洋彼岸，靠他手邊幾支 IP 定在日本、韓國、東南亞的人頭帳號，要檢舉成功恐怕沒那麼容易。

「實在……怎麼會有人花錢做這種事啊？」阿達用指甲敲了敲鍵盤，沒有按下，只是聽著清脆的咔咔聲回想。蒂蒂的帳號莫名其妙消失，他的心變得空落，好多以前從沒思考過的問題，忽然間全出現在腦海。工作至今到底拆散了幾段感情？上次的同性戀烘焙師有重新創一個帳號嗎？只分享錄音的神祕女 podcaster 又換到哪說故事了？

老闆不會每次都和他分享客戶的背景，大部分只靠憑空腦補，但那些破碎的好奇、疑惑、猜想，多會隨一串串對他而言等同亂碼的英數字帳號名，在雲端和記憶裡一併不見。想在網路上「消失」

一個人，可能的原因很多，商業糾紛、外遇、單純看不順眼……讓他納悶的是，檢舉一隻狗帳號的人，究竟懷抱怎樣的心態？

回到工作，阿達利用小模只拍不露臉照片這點，讓她申訴失敗、再也登不進那個情話滿滿的聊天室。老闆滿意了，匯款成功的通知在螢幕跳出，阿達馬上提出請長假的要求。對話框裡，表示「對方正在輸入」的三個小點蠕動著。阿達點開左邊分頁，發現恢復帳號的進度仍停在「我們已收到……」，氣得直接將筆電螢幕甩上，「啪！」打蚊子般溢滿怨恨的聲響在房間裡迴盪。

整間房——找不到一隻可恨的蚊。

一想到某個不知名的人在不知名的網域，用或許是數千個人頭帳中最少使用的一支，檢舉他心愛小狗的帳號，完成後像鬆口氣似地闔起電腦、伸懶腰、站起來走去上廁所，他就覺得無法接受。忘了剛才使自己整理房間的頓悟，阿達再次點開ＩＧ程式碼，這次的目標不是個人帳戶，而是整個未知的區塊鏈。十串 code 區間裡，至少有一半是他讀不懂的Ｃ＋＋語言，只好打視訊向在竹科工作的朋友求助，得到結果再回頭用程式的上下文判斷。

「說真的，你到底為啥一定要救那個狗帳號？」綽號蚜蟲的駭友回覆完他關於ＲＴＴＩ（執行期型態訊息）的問題，「你可是連本帳被鎖都沒差的阿達欸！」電話那頭拋來十分真誠的疑惑。

阿達轉頭面向手機，緊盯正在視訊的前鏡頭，穿越螢幕的眼神刺得蚜蟲抖了一下，連忙用傻笑掩飾。從高中認識阿達到現在，他還是摸不透這個朋友，尤其在他收養前女友留下的法國鬥牛犬，從總是擺出生無可戀表情的駝背直男，變成對一隻流口水的狗裝娃娃音、講疊字的狗奴，他更無法理解了。甚至懷疑是因為阿達在網路上扮演太多角色，又經歷感情打擊，精神崩潰下才變了一個人。

「因為，我就是那隻狗。」說完，阿達將目光轉回螢幕。蚜蟲的猜測只對了一半，女友離去對阿達幾乎沒構成影響，因為他從來沒想過會有女性和他這個以檢舉為業的宅男共度一生，反倒是角色扮演，的確是他入行至今仍無法越過的心理障礙，每次都得丟掉部分的自己，才有辦法演活另一個生命。

為了檢舉從對岸翻牆來罵綠色的小粉紅，阿達丟掉從小的政治認同，融入充滿簡體字、「視頻」等用語，每天把台灣人比喻成青蛙的社群。前年同性戀大遊行時，不知名的客戶直接匯款下大單，要求徹底消滅ＩＧ上領導同運的彩虹平台，遏阻帶壞年輕人的歪風。case 辦完那周，阿達幾乎每晚作惡夢，夢見自己裸著下體被關在廁所，滿身是汗地尖叫醒來。

女友離開那天，阿達剛檢舉完一支反對流浪動物安樂死的ＮＧＯ帳號，如往常躺在床上和同是駭客的她分享戰果：如何抓到他們無授權使用圖片、發布寵物遺照時沒後製馬賽克……說得正起勁，女友突然掙脫懷抱，什麼也沒說就往他下腹處狠狠踹了一腳。

「像你這種人，乾脆就去收容所被安樂死算了。」女友穿好衣服在門口留下最後一句話時，阿達還縮在床上按著鼠蹊哀號。一周後，他接到附近獸醫診所打來的電話，說他和另一位小姐登記領養的小狗，還在飼育籠裡等主人帶他回家喔。送牠來的小姐私 LINE 不知為何打不通，幸好在緊急開刀同意書上留有市話，才找到先生。

阿達帶著從超市撿來的空紙箱出門，抱回一隻熟睡的小狗。走在沒有路燈的昏黑小巷沒來由意識到，自己永遠不可能再聯絡上女友了。

她叫他阿達，他喚她小真，兩人在網路上結緣，深夜裡結合。每週日晚上十點半，一起到巷口的超商連公共網路，洗去那周用過的所有IP和VPN訊號源，共吃一支霜淇淋慢慢走回家。不過問對方的真實資訊，是他們的默契。

「汪，我的馬麻曾說過：『人可以不用真，但感情不能假。』當狗狗也是一樣的道理嗎？」阿達在蒂蒂帳號發布的第一則貼文，就以女友曾說過的話，仿小狗的自言自語成為文案。狗當然不會打字、撰文、經營社群，阿達還是著迷般發了一篇又一篇，他喜歡揣摩蒂蒂的脾氣，想她因為主人摸其他小狗而鬧彆扭不吃罐罐，不小心咬壞小朋友的棒球覺得不好意思……

這支帳號裡，狗也有情感、想法，生氣時吠、開心則咧著嘴流口水。一切想像活了起來，讓他拋下心中矛盾互刺的狀態，毫無保留地活成一隻法國鬥牛犬。

阿達關閉螢幕右側的程式破譯器，白底頁面終於跑了起來，灰色的圓圈在中央轉動，搜尋引擎的進度條於網址列下方緩緩推進。阿達的十片指甲已啃得像開罐器軋過的罐頭，內褲也被汗浸得濕透。他閉起眼，沾著泡麵調味粉的乾唇低聲誦著所有聽過的神明，雙手合十、畫十字、撞桌子叩頭，想得到的儀式都做了一輪，才終於睜眼。

面前又是一片白光，幾行小字顯示在螢幕底端——

由於這支 Instagram 帳號已違反《使用條款》，申訴時提供的自拍影片無法證實帳號為你所擁

有，我們已將帳號永久停用。這項決定不可撤銷，因為我們已審查此決定。

「結果怎樣？阿達？網路當掉了嗎？」手機傳來急切的聲音，蚜蟲看到螢幕裡阿達的臉從狂喜、糾結到沒有表情，定格在一個奇怪空洞的瞬間，他以為網路壞掉，關掉數據重開，看著阿達從房間另一頭走回電腦桌，手拿一顆長綠黴的樂樂棒球。

「汪！」下一秒，阿達將那顆噁心的球塞進嘴裡，學蒂蒂含糊吠了一聲，口水從沒塞滿的嘴角滴下，落在淩晨時好不容易清乾淨的木地板，啪嗟啪嗟發出碎掉的聲響。蚜蟲看見，嚇得不顧還在辦公室，直對手機大吼：

「黃志達你真的瘋了嗎？把那顆球吐出來！」

阿達伸手，將手機螢幕朝下覆在桌面，聽電話那頭不停喊出一個連自己都陌生的名，忍不住笑了出來，嘴裡的棒球滾到了地上。

一支沒有人露臉的狗帳號，一個只想當狗的人。

「為什麼不相信我？」阿達喃喃，紅透的鼻子抽了抽，又打了陣停不下來的噴嚏。

短篇小說獎

優勝獎　周德爲

怪獸

個人簡歷

2005 年生，上海美國學校畢業，得過全球華文學生文學獎。不信 MBTI，很宅，聽張懸、ZUTOMAYO 和盧廣仲，讀郭松棻、賴香吟和朱宥勳。

得獎感言

謝謝 Will Lee 和 Sarita 對我的作品提出很多真實的想法。

謝寫評審們的肯定。

以前只寫政治，直到 LJ Li 讓我知道政治之外的生活也同樣值得寫。寫完這篇之後我很長一段時間想不到新的寫作題材，然後青鳥就發生了，我想我會繼續寫下去。

臥室牆面的壁紙是灰色的，我好後悔把它保持得這麼乾淨，乾淨到看久了甚至會以為這面牆是白的。我在高二那年住進這間臥室，當時我很喜歡這面牆，我以前從來沒有自己的房間，於是我在牆上貼滿了我與睨鈴的合照。

灰色能夠凸顯出照片的顏色，這些色塊在陽光下閃耀。陽光直射會使照片褪色，但是我捨不得讓窗簾擋住美妙的陽光，我也不能換一面牆掛那些照片，因為那面牆正好在床的正對面，而我需要一睜眼就看見睨鈴。現在一年過去了，陽光日復一日的打在牆與照片上，灰色褪成幾乎無法辨識的淡灰色，彷彿整面牆都正在淡去。

照片的顏色淡去了，其中的形體也淡去了，這些照片不再需要被凸顯。每個安靜的午後我都忍不住地想，如果這個房間裡的一切都正在悄悄地淡去的話，會怎麼樣嗎？

幾個月前，陳睨鈴擅自把我的手機主畫面換成了一張我們的合照，每次打開手機我都不可避免地感到一陣尷尬。我不認為將一段關係化約成一個畫面或是一個符號是浪漫的。也許睨鈴看見的世界遠比我看見的還要複雜，對她來說，以一張凝固的光影所糊成的表面遮蔽住她難以理解的事物是更簡單的作法。

主畫面裡一個個應用程式整齊地排列在我們臉上，每個方塊表面都覆著一層符號掩住核心的編碼，就像躲在方塊背後的那張合照一樣。我讀過一篇解析蒙娜麗莎的文章，作者聲稱人是透過五官的相對位置來判斷長相的美醜，所以過往專注在畫像細節的學者都被誤導了。我把這張合照拿給朋友看時，從來沒有人說過睨鈴長得醜或美，他們早在第一眼就已經溺斃在那雙黑眼珠的深處，其餘的無關緊要。

她的左眼因為照片比例不合而被擠到了畫面外，而右眼則剛好介於兩個方塊之間的空隙，漆黑的眼珠微微往側臉面對的反方向瞥去，製造出如寺廟門神的四方眼一樣的視覺錯覺。不論手機怎麼拿，我總覺得她正盯著我。

四方眼在西方被稱為蒙娜麗莎效應，是一種使觀畫者以為畫像的眼神正追著自己的錯覺。蒙娜麗莎的凝視相較門神的四方眼要神奇多了。我眼前的世界是如此的清晰，彷彿蒙娜麗莎是唯一莫測的事物，遠看帶著笑意，細看卻又覺得她的眼角從來沒有上揚過。如果四方眼看見的是世界的表面，那蒙娜麗莎看見的必定是表面背後那層不可名狀的核心，然而在手機主畫面裡，這些方塊表面的符號所指涉的卻是同樣由符號組成的編碼。

這是一段以符號指涉符號的關係，怪獸便是從這樣的邏輯死角誕生的。

今天早晨，我一翻開手機便看見一個圓弧狀的螢幕黑塊遮住了晛鈴的右眼，漆黑的圓點像極了一頭小小的神祕怪獸。我從故障的螢幕中看見怪獸時，不覺得牠的存在能帶來多嚴重的影響。牠的體型不大，我完全沒有動念想要送修或更換螢幕，倒是忍不住用手指來回滑過牠的身軀把牠的邊緣戳出彩虹般的雜訊。

詭異的是每次重新點開螢幕，怪獸盤據的位置都會與上次有些微的偏移，像是牠趁著手機待機時隱身於漆黑的螢幕之中，拖著漆黑的身軀緩慢地蠕動一樣。

去年的一個早晨，陽光從窗簾縫隙灑入，把桌上的那只信封照得閃閃發亮。母親沒有一邊大喊要遲到了一邊闖進房間叫我起床，這意味著異常，但我仍極力保護自己的心情不受到任何影響。我拿起信封猶豫了一下，將它塞進抽屜裡。父親昨晚躺在沙發上睡著了，電視還在重播昨天的棒球比賽，我自顧自地繞過地上散落的雜物走到門廊前，在比往常還要空蕩許多的鞋櫃前蹲下。盯著冷清的格子愣了半晌，我發現母親把她所有的鞋子都帶走了，她前幾次離家頂多只會帶走最常穿的那幾雙而已。此刻我意識到已經來不及了，但我內心的某一處還是接受了自己的欺騙。於是我再次穿過客廳，回到房間拉開抽屜。我決定送出這封情書。

前一天晚上我從窗簾縫隙往外看見母親站在門口的車道上，她腳邊放著兩大箱行李站在後廂敞開的車旁，好像在等待著什麼一樣不肯就此離去。路燈折過剛打完蠟的銀白車體刺穿微涼的夜色，好像一場極度緩慢卻又無法被阻擋的爆炸正在她的周圍引爆。這不是母親第一次試圖離家出走，不同於以往的是這次父親視若無睹的坐在沙發上看著電視。時間的形體在白光的照耀下顯現，母親像是落入水中的小石子，將時間震盪出一圈又一圈的波紋，傳遞到客廳。電視開始播放廣告，父親前傾上半身拾起矮桌上的遙控器轉到其他頻道。那晚直到我將完成的情書封入信封前，母親都還未離去。我原本還期盼著母親在那站到天亮就會回到屋子裡了。

隔天晛鈴回信了，她很聰明的等到放學前才把信丟到我桌上，省去一天的尷尬。我認為自己是一個很理性的人，沒想到晛鈴的回信還是使我不知所措。空白的信紙被包在素信封裡，信紙上只貼了一個比食指指尖大一點的愛心貼紙，貼紙右側用藍色原子筆畫上一個波浪號。我不確定那個波浪號到底是什麼意思。這封信讓我想起〈無字的情批〉這首歌。印象中有次衝突結束之後母親帶我離家出走。她在副駕駛座上笑著哼唱這首歌，哼久了我便分不出她究竟是不是為了我而笑。我不記得那次父親又割讓了什麼才挽留住母親。

我當時以為母親很喜歡〈無字的情批〉這首歌，回想起來，這首歌應該是駕駛座上的人挑的。

「阿嬤不識字，但是有一張情批寫乎伊

經過幾十年不曾拆開，伊講寫字不如相思。」

無字的信是浪漫的，語言描繪得再怎麼深刻也只是修辭所虛構的，遠比不上隨機的符號。

在一起的日子裡我們經常交換無字的情書，一張張畫著奇怪符號的紙積滿我的抽屜，我有時會懷疑是感情深刻到無以言表，還是單純太過空洞。

印象中電影裡的異性戀男女主角激烈擁吻的畫面總是充斥著激情，而我與晛鈴初吻的那晚我也確實感受到了晛鈴柔軟的嘴唇，但就僅此而已。

晚自習後的校園如往常安靜，中庭的樹生病被鋸掉以後教室就再也聽不到蟲鳴了。我們在漆黑的教室裡相擁，燈是關的，晛鈴說這樣比較刺激。我們的動作從試探性的觸摸變得激烈了起來，晛鈴的力氣比我想像中的還要大，我感覺自己的身體隨著晛鈴攀在我肩上的力道越來越重逐漸被輾平，向四方延展成一圈城牆。

我在幼兒園的時候只要看到親吻的畫面就會開始起鬨說有人要懷孕了，小孩都覺得這類親親遊戲是一種叛逆，長大我才懷疑親親遊戲根本就是大人刻意容許的，培養我們對親密關係的害怕。嘴是唯一能被保守的大人們接受的性器官，懷孕是連鎖效應的後果。母親講過她與父親高中時曾經在晚上翻牆進校園約會，我不知道母親口中的約會是什麼意思，那個年代的約會除了說話還能做什麼？如果將思想孕育成話語的嘴能夠被當作性器官，那親密接觸也算是一種語言嗎？拋開概念化的符號透過對方的身體抵達更遙遠的地方。

一想到我可能正在做父母曾經做過的事，藏在角落的恐懼瞬間蔓延開來，我趕忙以肉身築起的牆將其圍起。我不想成為父母的樣子。突然，我感覺自己的背壓到了牆上的凸起物。電燈啪一聲亮起，教室瞬間亮了起來，晛鈴好像覺得這是一件很好玩的事情般把頭微微後仰笑了起來。

晛鈴笑完之後又貼上我，我的身體再次壓到開關，教室恢復黑暗。城牆被撕開了幾道裂縫，我卻還是看不清牆的另一側的自己們。我忍住推開晛鈴的衝動，分不清空氣中瀰漫的喘息聲是自己的還是晛鈴的，表達的是抗拒還是興奮。

我站在牆外思索著要如何修復父母的嫌隙，牆內的我卻沒有自信能夠成為更好的他們，裡與外、表層與內層，沒有一處使我感到自在。

就在牆即將倒塌之時，晛鈴的嘴唇終於與我分離。如果無處是自在的，逃就沒有意義了，我沒必要離開。

唇齒間流淌的唾液使我莫名有股嘔吐的衝動，晛鈴緊緊偎在我懷裡。

晛鈴抬起頭張嘴突然似乎想要說些什麼，我不想在自己心還未平復的狀態讓晛鈴主導對話，於是馬上打斷晛鈴：「你的第一封回信上的波浪號是什麼意思？」

晛鈴愣了一下後又像是突然想通了什麼一樣格格笑起來：「就是我也喜歡你的意思啊。」我鬆了一口氣，晛鈴沒有注意到送給她的第一封信上是沒有署收信者姓名的。

直到現在我仍不明白為何當時我要選擇將信送給晛鈴，晛鈴誤將那封情書的模糊視為一種美感的傳遞，事實上那是一封自相矛盾的信。

我只好將一切怪罪於母親的離去。

每次父親在門口試圖挽留母親時，我便鎖上房門一邊放著〈無字的情批〉一邊寫情書，虛構那些我認為能夠為父親挽回母親的語句。

父親還沒下班的時間，母親經常獨自坐在餐桌上若有所思地撫摸著手臂上的一小塊刺青，是一個比姆指指節小一點的漆黑方塊。有時候母親會把我叫到身旁，講述自己年輕時跟父親之間的故事，可是我卻怎麼樣也無法從她的敘述拼湊出一段完整的故事。好幾年來我已經聽了數十個版本關於母親如何認識父親的故事。

她從來沒解釋過那塊黑色刺青的故事。每次我問，母親都說那是她的黑盒子。現在回想，〈無字的情批〉也本應被收在黑盒子裡的。有一次我們全家出遊，母親的手機一連上藍牙，喇叭就開始播〈無字的情批〉。父親不發一語的切斷喇叭，全家人就這麼維持著沉默直到車程結束。那是我記憶中父親最接近生氣的一次。

我不想對他們話語中的矛盾之處作出任何指正，我懷疑母親若不傾訴這些故事，根本無法維持一段完整的對話。我知道人對美好的記憶是不可靠的，母親每一次的回憶都是又一次的虛構。這個家被言語所建構出的記憶若有似無地維繫著，於是我決定為母親寫一封情書。

「我甲阿嬤問，阿嬤的情批是寫啥咪；
伊講情人欲愛無勇氣，才來用字騙情義」

矛盾的重述使我根本無法寫出一段完整的話，我只寫出了一封模稜兩可的信。我與晛鈴讀了這麼多書，到頭來也只能被文字所玩弄。

晛鈴繼續躺在我懷裡，沒有察覺到我的心思。我必然將信送給一個人，好似有了相似的經驗就能夠繼承甚至重新修復父母的故事。

前天晛鈴送了給我一封很特別的信。那是一張全黑的信，摸起來有點皺皺的，我猜晛鈴是直接把信紙浸到墨水裡再晾乾。我們從來不詢問信件中的符號是什麼意思，這也不是我們畫過最不明所以的信，然而我在拆開這封信的那刻便感覺自己被溺死在這片黑中。我不敢打破通信的慣例詢問晛鈴想表達什麼，於是我用立可白在上頭畫了一隻白色的哥吉拉送回去。

我把那面黑稱為怪獸，怪獸沒有對我們的關係造成任何影響，我卻開始敏感了起來。這封信像是觸動了什麼，怪獸開始從生活中的各個角落出現。

我才明白自己是否太晚寄出第一封情書早已不重要，我從頭到尾都搞錯了。我永遠無法加入父親與母親的世界，不論是父親還是母親，每一次的說謊以及每一次的虛構都是對過去的渴望，對對方的渴望。我處理以及反思的卻從來都只是那面牆，而非牆內或牆外的事物。

今天早晨，我在手機上看見了怪獸。

我過了好幾天才驚覺只要怪獸經過的地方，螢幕畫面便會被剝去一層淺淺的顏色，淺到肉眼幾乎無法察覺。那顆被來回爬過好幾次的右眼已經變成白色的了。

那抹白突兀地橫躺在曾經溺斃我的眼珠中央，好像彩色的畫面被怪獸撕開了一道口子，露出底下隱藏的空間。我以前以為晛鈴背後隱藏的會是蒙娜麗莎的凝視，因此若活在世界表面的我們試圖揭露核心，將會看見另一層魔幻的、無以言喻的世界。沒想到露出的只是一片空白。

日子繼續過著，怪獸日復一日的啃食照片。我們的臉上爬滿死白色的痕跡，晛鈴眼睛周圍的皮膚已經完全消失了。隨著露出的空白越來越多，我內心的一部分也開始期待若怪獸啃食的面積夠大，說不定會露出除了白以外的東西。

怪獸不計代價地啃食合照，究竟是為了控訴什麼？照片使人類能夠將湍急的記憶凝固在沒有時間感的畫面中，而這張合照作為一段感情的外皮，又包覆著什麼樣的回憶？我開始能理解母親那塊黑色刺青的意思了。那黑方塊就是母親的怪獸。母親用自己的一小塊皮膚為她的怪獸蓋了一座監牢。

那父親的怪獸呢？我大概永遠無法知道了，如同我無能控制自己的怪獸一樣。

我與父親親得了一樣的絕症，怪獸從最外表開始一口一口地啃食。所有照片中的晛鈴都正在淡去，在我的想像中我與晛鈴的一切都將在某一刻憑空消失，然而現實中晛鈴卻仍然存在我身邊。這場絕症真正讓我感到恐懼的並不是怪獸的出現，而是怪獸無能吞噬合照背後露出的灰白。

我在晛鈴的臉完全消失以前就換了新手機，我把舊手機跟其家裡其他廢棄雜物一同塞進鞋櫃上層的空格裡頭。我跟父親說過好多次那個鞋櫃裡面的雜物早該整理整理了，父親卻堅持這些雜物正等著在某一天被用上。奇怪的是，即使已經關機了，舊手機的螢幕還是偶爾會突然閃爍一下，隱約顯示出那張合照。

換了新手機後我不再用照片當桌布了，而是改用一張系統內建的全白圖片，而臥室的灰牆也被我用新的黑色壁紙蓋了過去。我不知道我們會不會如她的情話所訴一樣永遠在一起，這無所謂，反正我沒有任何理由離開或留下。

與晛鈴初吻的夜晚，我在一陣親熱之後暫時剝離晛鈴的身體，濃稠的唾液在兩條分離的舌頭之間牽起一條細細的絲。晛鈴張著嘴將頭後仰喉嚨發出風鈴般的笑聲，絲線在我們之間越拉越細，越拉越細，卻怎麼樣也斷不了。

短篇小說獎

優勝獎　張聿琦

初戀

個人簡歷

2007 年生，台中女中一年級，編輯社第八十屆吉祥物，字逝之，號旭陵崗居士，學名 anticipate，又因太過深情而被稱為紀脩染。數學從來沒及格，地理課從來沒醒過。一切獻給，伊德莉拉！

得獎感言

感謝全家人還有全家的番茄義大利麵。感謝師長跟哨裙每天聽我講幹話，貓咪大戰爭八十周年，三小時四十分鐘歌單。感謝陳品媜跟我一起寫東西聊天搭電梯吃湯麵，並幫我拍學生證影本，妳趕快滾去四類。此外還有我聽著寫的王傑，每週聽我告解的輔導室老師，庭庭跟裝又選，以及殉了的新詩跟散文。

星穹鐵道，啟動。

總有同學說殷喬身旁很應該配一個一中男生，比她高還比她會讀書的。然後就會有人說：「啊？邱楚琪衝了啦。」楚琪也會跟著說：「幹，早知道當初就去考科學班。」於是又會有人說：「啊妳是能上是嗎？」楚琪往往在這時露出呆滯的神情。女生們被她的反應逗笑後，就一群人無限單純地笑成一團。

「啊琪琪就是傻傻笨笨的啊。」殷喬微笑道。畢竟是當地第一志願，大家都知道是玩笑，不過玩笑開久了也有點要當真了。楚琪有些煩，但殷喬彷彿很喜歡她這樣處處要受保護的妹妹樣子，楚琪於是習慣自己的傻傻笨笨，就算遇見擅長的東西，她也裝作不懂得。

輔導課上，老師在講高二選組的事，發了張單子下來。楚琪看著單子，第一時間拉拉隔壁的袖子。

「妳要選哪類？」小聲地問她。

「應該是四類。」她說。四類是自然組醫科：「那妳呢？」

「社會組，但是——不知道要選一還是二。」

「唉，來讀四類啦，陪我。」

楚琪午餐時跟殷喬下樓坐在涼亭吃飯，末了喝一瓶巧克力牛奶。那頭走廊吹來涼風，旁邊的鯉魚池裡一條條肥碩的魚從水裡探出頭張嘴，牠們看見晴藍的天空，但不知道近一點的地方還有一張蜘蛛網掛在那裡，黏附著幾隻已死的蟲子。

「我以前國中的時候有個朋友，跟妳長得有點像。」

「後來呢？」楚琪問，巧克力牛奶甜甜的。

「但她哦，其實有點學婊，就是假裝自己很爛，然後突然給妳考超爆好。」殷喬撇嘴想了想：「嗯，不是那種謙虛的。」

楚琪繼續喝著牛奶，欣賞殷喬斟酌用詞的模樣，池子裡那條鯉魚也這樣看著有一層網的天空，眼睛都亮亮的。

殷喬搖搖頭，抬手撥了撥瀏海，嘆了口氣：「唉不管了不重要，反正妳比較可愛。」楚琪聽後笑了：「哼哼，我也覺得。」

段考前一週，從學校搭公車到咖啡廳。點了一份鮪魚三明治，正方形切割成兩個三角形，白瓷盤子放在桌子中心，一人一支叉子。再點一杯冰巧克力牛奶，玻璃杯上長出鱗片的水珠，兩根吸管上沾著粉色的口紅印，一個色號疊著另一個色號——兩根吸管是為了湊近到只剩下一個杯口的距離。

吃完飯面對著面又講起一些生活的瑣事。說話時看殷喬低垂的眉眼與微顫的金屬耳飾，講到忘記時間，講到人潮快散去，才慢慢拿出化學講義。

七點的夜是泛著光的淺藍色，一面印在窗上，被過濾出一層玻璃的色澤。楚琪寫完一節的化學題目，拿紅筆出來改，一排錯了四個。她盯著紙上的滿江紅，倦怠纏上全身，喝了口咖啡，放下筆撐著頭發呆。撐著頭的動作難免抬起視線，於是她目光理所當然地落在對面人身上。殷喬正在算數學。

走四類的話勢必全科都要讀，應付完課業還得想想，學校裡四類的班有十個，能不能分到同個班也是個問題。那如果同班了呢？學測她必然考得沒她好，同個大學基本上是不可能的了，能夠絕對擁有的時間只剩下兩個月。兩個小時後對面的殷喬趴在桌上睡著了，咖啡廳裡的喧鬧逐漸被抽空，從音樂裡聽見咖啡杯底與盤子相互碰撞的清脆聲響，對面的人連睡著了都沒有放下筆，筆躺在她的虎口像是也在淺淺地瞌睡。

考完段考的那天，班上那一幫嗨咖又在揪團約吃飯。殷喬坐在椅子上，懶懶地枕著旁邊楚琪的手，閉眼微笑著。楚琪露出憨厚的表情：「所以我們要吃什麼？」同學們笑了，幾個模仿她說：「所以我們要吃什麼？阿巴阿巴。」殷喬睜開眼睛，抬頭來望楚琪，笑得很開心，伸手捏了捏楚琪的臉頰：「哎，琪琪——」

她們一群人搭著公車到附近的一間餐廳，楚琪驚異地發現隔壁就是她跟殷喬常去的咖啡廳，不覺有些心虛。殷喬似乎也是，牽著她的手緊了緊。兩個人默契地對視，表情空空的，不知道該說什麼的樣子。於是又各自別過去了。

吃完飯到一間飾品店，楚琪跟殷喬牽著手剝離了人群，到了情侶對戒的櫃位前。銀色的戒指成對地勾在一起，卡在盒子裡展示亮光，殷喬的手落在那組有星星繞圈的對戒上。

「妳喜歡這個嗎？」她小聲問楚琪。

「妳喜歡就好。」楚琪回答。

又看了看那邊正在挑手機掛鍊的人群，趁她們聊得熱烈，偷偷摸去櫃台結了帳。那天晚上，楚琪去住殷喬家。殷喬家在小小的巷子裡，是一間老舊的透天厝，房間在透天厝的二樓，有一扇鐵網的窗，上頭黏著幾隻金屬的蝶。楚琪不是第一次來住，隔壁的浴室裡常放著兩套粉紅色的洗漱用具，兩支牙刷都刷得有些分岔，殷喬媽媽每次看到都說要趕快換一枝，不然這樣不禮貌，殷喬說那是自己人不用這麼客氣。

洗完澡，楚琪整個人攤開在殷喬床上。不久後浴室門開了，她拿毛巾擦著她及肩的短髮，而她可以感覺到她的步伐——一步，兩步，三步。殷喬丟下毛巾，縱身倒到床上，從楚琪身後環住她。

「好累哦。」

滴答。

滴答。

滴答。

客廳十二點的鐘聲響起。

「妳先起來。」

「幹嘛？」「妳這樣沒蓋到被子，到時候感冒——」

「管它勒，感冒不是更好嗎？這樣就不用上學了……算了，不上學就看不到妳了。」

她們躺在床上緊貼著彼此，戒指被擦乾淨後又套上洗好澡的手指。

「對了，妳上次化學二之三考得怎麼樣？」

楚琪很自然地說：「剛好及格，正面只對三題。」

「嗯。」殷喬無意將鼻尖湊到楚琪肩頭，微濕的髮與楚琪的纏在一起，那很像是她來吻她。

「那怎麼還及格？」聲音悶悶的，但聽著很愉悅。

「哦。」楚琪笑了：「因為背面全對，都是國中理化老師的功勞。」

殷喬不說話了，環著楚琪的兩臂有些鬆開。楚琪將手扣進她的，掌心貼著掌心，又用指腹去摩她關節處的紋路，覺得像網。片刻後殷喬起身，自顧自到一邊吹起頭髮，楚琪手上一空，微微地感到失落。

隔周在學校才查成績，楚琪看見自己的數學分數，剛好壓線及格。坐在她旁邊的殷喬伸出身子來看，笑了：「琪琪有及格，好棒欸。」楚琪也笑了：「我也覺得我好棒棒哦。」殷喬看了看她，伸出手拍了拍她的頭：「笨蛋。」她說完站起身，楚琪仰望著她，覺得殷喬很近。有人來問：「喬喬妳數學多少？」殷喬伸了個懶腰：「八十五。」那人「哇」了一聲：「電電。」殷喬笑說：「沒有沒有。」兩眼彎成月牙，那是一個永遠站在高處的向日葵才有的笑。

下午有人大叫化學成績出來了，殷喬查了分數後臉色不太好，跑去找人問成績，回來之後還是有點頹喪。楚琪問：「怎麼了幾分啊？」殷喬撐著下巴，左手食指上的戒指一閃一閃的，像是警示燈：「七十。」

楚琪怔了怔，下一秒呵呵笑說：「哎那我們來看看聰明的琪琪會考出什麼偉大的分數吧。」她是班上著名的理科障礙，旁邊一群人聞言立刻圍過來看熱鬧，殷喬也靠過來看她登校務系統，肩膀貼著肩膀。殷喬的溫度比她高一點。

打開二段成績表，旁邊沉默了一會，找到對應的欄，看見「85」。再對一次，發現化學真的對著「85」。那群人立刻沸騰，大叫著「理科神」，呼聲與笑聲裡有種空泛。片刻後，聽見殷喬笑說：「哇琪琪好厲害哦。」然後她的肩膀移開，到一旁的牆邊。楚琪看見殷喬的姿勢從撐下巴變成插腰，再從插腰變成靠牆，嘴角牽著若有似無的笑。

後來又有幾科公布，楚琪發現殷喬不再來看她查分數了，偶然對視時眼神呆呆的。地科分數公布又有人跑來問楚琪分數，楚琪說了數字，於是一傳十十傳百。放學時楚琪上完廁所回來，旁邊的座位已經空了。

隔天她們依舊一起放學，夜晚的咖啡廳很吵鬧，殷喬坐在對面寫化學題目，像是很累，她也不說話，偶爾喝口旁邊的紅茶，更多時候在奮筆疾書。她們一句話也沒有談，在聊天的咖啡廳裡像不合時宜的擺設。喝完最後一口紅茶，殷喬就要走，楚琪連忙叫住她，兩人一起搭公車回到了她們的小房間。在浴室刷牙時從帶水漬的鏡子裡看見殷喬握著牙刷的左手上沒有戒指，偷偷去看右手，也是空空的，頓時若有所失。不過還好回到房間後殷喬又戴上了戒指，但顯然心不在焉的。

她們能理所當然混在一起的可能似乎更大了，楚琪趴在床上看自己的自然科成績覺得很滿足。殷喬在被子裡伸過手來抱她，在她正要融化在她的港灣時，殷喬開口了：「楚琪妳這次怎麼考那麼好？」楚琪立馬換了憨厚的聲口：「賽到的。」殷喬沒管她：「以後我的自然靠妳救了。」楚琪道：

「才沒有。」斜眼去看殷喬，殷喬閉著眼睛。她第一次發現殷喬左眼的淚痣。幾天後再去住殷喬家，發現牙刷換了，別的牌子的。拿起來打量了一下，又去看殷喬的牙刷，發現殷喬的沒換。

還是去咖啡廳讀書，臨座的男女正在小聲談天，內容很露骨，桌底下的腳還在一來一往地調情。楚琪跟殷喬都在讀化學，彷彿沒有很在意旁邊。一直到那對男女離開，楚琪才開口：「啊妳的數學勒？」殷喬沒說話，寫下一個字母後才道：「我要來拯救我的化學，畢竟我對面是理科之神。」楚琪說：「沒，我上次賽到的。」殷喬說：「不要再謙虛了啦理科神。」這次換楚琪不說話了。

她們之後有一段時間沒去咖啡廳，學校放學後也不一起走了。某次經過圖書館，楚琪望向窗內，看見殷喬跟另一個女生正坐在一起讀書。她無意識抿了抿唇，抬手看手指上的銀戒，在窗外逗留了一會，最後也只是佯裝無動於衷地走過。

「楚琪妳要選什麼組？」有同學來問。旁邊一群正在聊天的聞言就全部轉身聚過來，楚琪被包圍著不知道怎麼回答：「可能四類吧。」想著如果換成以前，她可以很堅定地說出一類或四類，但現在太兩難了。下意識望向人群之外，殷喬正在跟班上其他女生有說有笑。好像感覺到有視線停留在身上，殷喬轉過頭來，兩個恰巧對到了眼，誰也沒敢多停留，紛紛別過去了。

那周假日，楚琪百無聊賴地躺在沙發上，手機高高舉在眼前，眼睛曝曬著過亮的藍光。臉書跟Instagram都已經看到重複，手指也沒有按下遊戲的熱情。餘光看見外面天光從亮到暗，一會又聽見大馬路上疾馳的車流噪音，恍然意識到晚上了。她沒有去讀書，還是躺在沙發上，鬼迷心竅地打開

LINE發了很多則簡訊給殷喬。隔天早上醒來時，手機正躺在她的臉上。她覺得鼻子很痛，拿下手機起身去喝水，喝到一半感覺水裡有鐵鏽味。正疑心是濾水器壞掉時，地上驟然滴了幾滴鮮紅的液體。她匆忙抬頭，血於是順著鼻孔流下人中，經過嘴唇時有些涼了。止血後回到沙發上，想起昨天傳的簡訊，於是摁開手機，發現已經過去十二個小時多，殷喬還是沒讀簡訊。可能是因為鼻子還在痛，楚琪把手機丟到旁邊後就哭了，血又洇濕了一張衛生紙。十分鐘後她灰溜溜地撿起手機，沒管碎裂的螢幕，點開LINE就封鎖了殷喬。

禮拜一的化學小考楚琪拿了滿分，她按著考卷沒讓任何人看見。放學時殷喬盯了她很久，然後碰了碰她收筆的手，問她要不要去她家住。楚琪抬眸看她，手不自覺地攥緊，但殷喬看起來實在太過無辜，她於是覺得這一切都是自己的錯了。人流散去後她們背起書包，沉默地並肩走在樓梯上，靠近對方那一側的手都緊緊抓住背帶，像是怕手掉下去就跌在一起。

夜晚躺在床上互相擁抱時，殷喬用手指玩著楚琪的髮尾，楚琪看不見她的表情，感到有些侷促。許久後分開看見殷喬看著她的迷離的眼神，腦海頓時一片空白。

「琪琪，我覺得好累哦。」

殷喬說。殷喬的眼睛像玻璃珠，反射著楚琪的目光。她們都感覺到對方噴灑在臉上的鼻息越來越急促，緋紅悄悄攀上耳根。

「我真的好累。」

殷喬的手還停留在楚琪髮間，楚琪抬手扣住她的手，兩枚戒指上的星光融成一條小河。她們相對無言了很久很久，直到客廳十二點的鐘聲響起，唇才飛離身體，抵達彼此的唇。

「我們不要再吵架了好不好？」

楚琪只是定定地注視著殷喬，像是在思考。隨後扣住殷喬的後腦，輕輕的一啄後又感到一陣寂寞的迷幻，很眷戀。凌晨時聽了很多次鐘聲，夜燈的光暈裡，兩雙眼還兀自睜著。

隔周的化學小考楚琪寫錯了很多題，連及格都沒有，平常上課也沒有認真，悶著頭寫了一張又一張的小紙條，等著下課鐘聲響起，再一鼓作氣送給殷喬。

「琪琪妳這樣化學會被當欸。」那天殷喬邊喝著巧克力牛奶邊說。

「沒關係。」楚琪說：「反正我走一類。」

殷喬很訝異地轉過頭來望她：「我以為妳會改變想法來四類欸。」

楚琪聞言微微一笑：「我的理科太爛了，昨天那張考了三十分。」她又傻傻地笑了笑：「我覺得我超厲害的。」殷喬沒有說話，楚琪也沒去看她表情，知道她不會為此生氣。

天色很晚了，學校外圍的小路上，花樹開了一捧桃紅色的雞蛋花。她們手臂貼著手臂走過，沒有花香，但是空氣裡隱約有種香氣，乳液或者香水什麼的。

「有香味嗎？」殷喬很錯愕。

「有，真的啦不然我幻覺哦？」

「果然是女校，空氣都香香的。」殷喬露出了可愛的奸詐笑容。

風將殷喬的髮吹向楚琪，髮絲撲在側臉上，像要織出一面網。

「所以到底是誰噴香水？」

楚琪沒有說話，快走到穿堂了，她們牽起手，走出鐵欄杆的校門。剩下不到一個月，她要好好把握每一個瞬間。月亮淺淺地印了塊浮影在天邊，路邊的街燈一閃一閃，將熄的樣子。這世界上什麼都是把握不住的，但至少現在楚琪能保證殷喬會堅定地喜歡她——只要她再低一點，低一點……

短篇小說獎

優勝獎　林侑恆

事故

個人簡歷

2006 年生，VIS 升高三，想去美國念物理。不喜歡背註釋所以逃到國際學校，我媽還以為我要變 ABC（還是不會寫ㄕˋㄍㄨˋ）。喜歡村上、漢德克。志於以文學和物理指認某種精確且歧異的不變性。

得獎感言

感謝媽媽的「放養」，還在等你的教養書。謝謝懷悠、聖文還有朱宥勳老師，你們給了我好多啟發。

「火」這個字，是阿公用手指筆劃教我的。明明他總要阿嬤幫忙看菜單。摩托車上，他總亂指，開些諧音黑色幽默。我要他騎快一點，他只笑：憨孫。

後來出門拍照，拍些魔幻寫實、存在主義，照片角落卻總有根手指。「真正憨。」我想。

那天，蘇煥起得特別早。

清晨，在床上翻了幾圈後他愈發清醒，只好坐起身，揉了揉眼睛走下樓，慣例性地為自己和妻子沖咖啡。

分為兩次，他手挑尼加拉瓜咖啡豆各十二克（經過多次實證後那是剛剛好一杯的量），然後仔細地將研磨器調至細研磨。咖啡濾紙，黑色瓷杯，八十五度熱水分三次倒入，等待三分鐘後便有兩杯咖啡。他其實不嗜咖啡因，但這是慣例。

凌晨四點的城郊，配著咖啡，這樣的生活很多人過吧，他心想，庸碌而平凡。

但今天並不平凡。他從沒那麼早起過。他總是六點起床，冥想，回電郵，預先看過下屬早會的簡報，也許看份報紙。六點四十三分出門，上51號公路，七點到公司，等著後輩一個小時後陸續打卡。

蘇煥每天從家裡到公司的通勤時間都正好十七分鐘，他正是看上了這點才搬來的，城裡的人每天都得卡在車陣裡好幾小時。大概去年，蘇煥以升職獎金，還有優良的信用紀錄，和銀行談好了貸款，於是夫妻倆便從城市搬到郊外新建的別墅。那還是靜謐的小城，來往城裡的需求不高，自然不會塞車。

「那更符合您們的身分。」銀行辦事推銷貸款說。

但他不需要任何推銷。那本就是設定好的人生計畫，又劃掉筆記本上另一行字。他過著規律的生活。

但今天，四點。鳥兒的啼叫聲迴旋於整棟樓。他不禁打了個寒顫。

咚。

他嚇了一跳。

咚！又一聲敲門。

四點的郊區不該有人的呀？敲門聲愈發激烈。他怕吵醒妻子，便快步走向玄關。

咚咚！木門劇烈顫抖，一旁的鑰匙串都掉了下來。

到底是誰？這怕不是周圍的鄰居都快被吵醒。他略微煩躁地拉開門，冷冽的空氣襲進門戶。鳥兒早已飛去，徒留空寂。門外什麼都沒有。

「有人嗎？」

只有風願意回答。

四周空無一物。太陽快要升起，藍色鳥羽隨風粼粼從樹上飄落。

有封明信片同鳥羽躺在地上，藏在地墊下露出塊小角。蘇煥確信那才剛被投遞。他撿起明信片，拂去灰塵，上頭是隻藍鳥蜷縮在羽毛中睡去。他不禁定睛看了許久。這是什麼？他輕拂明信片，感覺拂過之處藍鳥便隱隱滲血。明信片毫無改變。是錯覺嗎？那鳥正舔舐著翅膀裡的什麼傷口。

正當蘇煥盯著明信片時，妻子從樓梯上走下：「怎麼了？是誰敲門？」

「沒有。妳被吵醒了嗎？還可以再睡一會。」

「不了。」妻子一邊拿起桌上的咖啡。「手上是什麼？」

「明信片。」

「寫什麼？」

他才翻到背面。上面印刷著大大的「國內郵資已付」，收件人、寄件人、地址全都留空。

「沒有。」

「看仔細點吧。」妻子湊過來提醒。他又翻了翻看，過了很久才發現旁邊的一串小字：

您已被解僱，請於今日收拾完自己的物品。

「去收東西吧。」妻子隨性地說，似乎並不意外。「也許還有機會討回你的工作。」

「只是惡作劇吧。我才剛升組長。」

「上頭寫著『郵資已付』。那不可能是惡作劇。」

「郵資已付？」蘇煥對妻子肯定的樣子感到不解。「而且依法，解僱也不能是『今日』。妳還是去睡吧。」

妻子一臉寵溺地看著蘇煥，輕輕吻了上去。「沒關係，沒關係。」蘇煥有些錯愕。妻子順勢將他推向後方，兩人以尷尬的姿勢互相抱著，四隻腳不協調的慢慢搖向一旁的車子。妻子打開駕駛門，自己則是繞至另一側，不等蘇煥便坐上了副駕。

「走吧。」

「是要去哪？」

妻子沒有回答，只是拿出手套箱裡的梳子，整理一早的亂髮。蘇煥嘆了口氣，懶得與妻子繼續爭執。她為何能如此堅定呢？他只好打起方向盤，開往城裡的公司。

「很久嗎？」妻子問。

「十七分鐘。」

「會塞車嗎？」

「淩晨四點半哪來的車。」蘇煥笑了出來。「需要睡一下嗎，你不是很清醒。」

「不清醒的是你。」

「我才喝了杯咖啡。」

「看著我。看著我。我說的不是咖啡。你得要認真起來。」

蘇煥收起了微笑。如果真是如此怎麼辦？他拉了下衣領，轉了轉冷氣。如果真被辭退，水電信用卡房貸育兒基金又該如何著落？他又轉了轉廣播的頻率，卻全都是雜訊。如果人生的目標⋯⋯。他盯著螢幕上的指針向左向右加速，忽快忽慢，像是雜技演員的紅色小球，彷彿下一秒就要跌落。轉著旋鈕的手指越掐越緊，他以為這樣就能控制墜落。身體忍不住前傾，右腳跟著越踩越緊。這不符合慣例。如果如果⋯⋯。

「停！」妻子突然大喊，嚇得蘇煥趕忙急煞。他們的臉都快撞上玻璃，好不容易停下。車子重新回到他的掌握。

「幹嘛！」

「你沒看到前面的車嗎！」

蘇煥才抬起頭，51號公路綿延著好幾公里的車潮，紅綠黃藍像是一隻隻昆蟲緊貼彼此。塞車。完全的停滯。

「這⋯⋯這不可能。現在不是才四點半嗎？」

「隨時都有可能塞車。」妻子回答。

蘇煥焦躁地轉了轉鈕，調到交通廣播電台，想知道會塞多久。一片白噪音。他又扭了扭，還是雜訊。

「幹！」

一輛輛警車正開往城市方向，十萬火急地想趕到車陣前方。警笛此起彼落，熱刀一般劈開車陣。車輛往內擠壓得更緊，為警車讓道。

「警察們也正儘速排除意外吧。」妻子安慰道。

他才冷靜：「應該很快就可以走了。」

妻子打開車門，剛升起的太陽就要透不過煙霾與廢氣，一團氤氳便困住車陣。停滯。他們哪也去不了。時間一分分的過，但他只能焦急地等待。蘇煥學那些人緊閉門窗，隔絕路上的霧霾，哪也不去。

「我們得要盤點食物。」妻子從後車箱大喊。「來幫忙！」

「塞個車而已……。」蘇煥嘟噥，但還是默默下車幫忙。

忽然一整面「一夜好夢」廣告壓上蘇煥，原來旁邊緊停著輛床墊卡車。他只好縮小腹，緩緩側步穿過。那床墊擠得他快不能呼吸，下巴縮緊，鼻尖緊貼「一夜好夢」。他想著家裡的床，今晚會是一夜好夢嗎？車底沉悶的廢氣燙著他的腳，逼迫他移動。

「快點！」妻子喊他。

他們翻了兩次後車廂，所有物品全數翻出又放回，又再度翻出。一無所獲。他們便倒出了備胎箱手套箱座椅中座椅下，甚至還打開了前蓋只為檢查有無松鼠遺留的松果。「翻！」妻子不停大喊。豔陽逐漸升高，舉在空中。幾百片金屬反射著51號公路的住民。她異常堅持，連坐墊都拆了開，腳踏墊都翻了遍才又細心裝回。夕陽逐漸西沉，悶在車裡的大家都走出車外透氣，或坐在車頂，或躺在前蓋，有些正仰望天邊的雲。對他們來說，長長的車陣已成既定事實。蘇煥和妻子持續翻找。他們找了一整天。

「停了吧。」蘇煥汗流浹背，終於鼓起勇氣出聲。「太陽都下山了。」

妻子終於坐回車上。他們分食著幾片夾著番茄醬的碎餅乾。

「你不是討厭塞車嗎？」妻子突然問。

「是啊。」蘇煥用衛生紙撿起身上的碎屑。他吃得很快，幾片餅乾根本不能塞牙。「那個麵包，要吃嗎？」

「不行，那是明天的份。」

「還有明天啊。」

「你覺得再發生這種事情的機率是多少？」

「零吧。」蘇煥吸著衛生紙上的碎屑，絲毫不放過一點。「運氣不好罷了。」

「不是零。」妻子立刻回應。「只不過是普通的塞車而已。萬物停滯。這種事件，並沒有什麼特別之處。」

很久。蘇煥只能乾燥地盯著方向盤。廣播的白噪音不受控地持續播放，他已經放棄控制旋鈕。

又一輛警車駛來，這次是從城裡的方向。警笛再也沒有響。公路上的車卻都默契地讓出條路，各自避開了無聲的警車。它高速向後衝刺，瞬間就越過了好幾輛車。眾人看著警車經過，紛紛咒罵，抱怨曠日持久的塞車。警車享受著51號公路的目光，輪胎都快被刺破。過了幾秒，它緩緩減速。停下，關窗。關燈。熄火。

「我去問問前面發生什麼事。」蘇煥說。

「沒興趣。」

但蘇煥已經下了車。他走向幾步外的警車，敲敲車窗。

「怎麼了。」警察搖下窗戶，剛睜開眼，睡眼惺忪的樣子。他才剛將座椅後仰，手腳準備塞進被裡。「太陽下山啦。五點！下班！」

「不好意思，警察先生。」

「下班就是下班！別煩人睡覺。」

「不好意思。」蘇煥急忙道歉。「想請問前方是發生了什麼事故嗎？」

「前方？前方哪裡？我已經開了好幾天了。」警察有些驚訝。「前方沒有事故啊。」

「那為什麼會塞車呢？」

「這只不過是再平庸不過的塞車罷了。不過如此。」

「不可能。」公路蒸散著熱氣，越來越悶熱。引擎轟隆作響。「這裡不會塞車，還從早上四點。你們到底行不行啊？」

「先生，聽我一句勸。硬要說『事故』的話，這場塞車的起因，所有人停滯於此的緣故，為什麼要翻一遍車的原因，當然在先生您的後方啊。從您來的方向，有些『事故』尚未解決。」

蘇煥愣住。事故。塞車。停滯。翻找。事故。幾組詞在腦裡反覆迴響。他回過神：「你到底在說什麼！解決不了就說。無能的警察，無能的公務員，什麼五點準時下班？什麼來自後方，怎麼可能。成天說些風涼話！」

警察聳聳肩，搖起車窗。蘇煥一人無能地踢著警車。

蘇煥只好回到車上。他乾瞪著方向盤，一手放在妻子腿上。如果滯留於此的話，方向盤又有何用呢？塞車。為什麼偏偏是今天？他再次看向旋鈕，雜訊持續播放，不知為何喇叭無法關閉。他轉了轉廣播的旋鈕，這次甚至是冷氣開始忽強忽弱。為什麼連你都不受控制呢？他乾瞪著方向盤。

「去搶警車吧。」妻子突然發言。「大家看到警車就會讓路。」

「搶警車？」

「搶警車。然後把警察塞到卡車上的床鋪。」

「搶警車？這是違法的吧。襲警，搶劫，強盜……。隨便就十幾條罪名。怎麼看都違法。」

「我負責床鋪，你負責把警察搬過來。」

「你有沒有聽到。違！反！法！律！」蘇煥歇斯底里地大吼，唾沫噴在妻子臉上。妻子只是閉眼。「你們今天都在說些什麼，先是明信片，然後是警察，還有妳？」

「所以你想不想要回你的工作。」

蘇煥沉默，雙手緊握方向盤。

妻子已經下了車，留下一把瑞士刀。

「啊！」蘇煥猛地把頭砸向方向盤，一聲喇叭劃破萬籟俱寂的夜。萬物持續停滯，路旁已經沒有鳥可以嚇走。為什麼，為什麼是我？瑞士刀躺在副駕駛座上，刀光閃爍，隱約映射出蘇煥的輪廓。

他顫抖著爬向妻子那裡，抓起瑞士刀，拽著身體從車門鑽出。

他走向警車，幾步的距離卻寸步難行。我被辭退了。他終於向前一步。我被塞車所困。另一步。明明才剛升職啊。他被嚇得往後跳，原來是某人的雨刷。不是警察，不是警察。車上只剩麵包。下一步。規畫。規畫。規畫……？突然又一聲喇叭響起，他緊忙摀住耳朵，忍不住落淚。又向後踉蹌了幾步。

我正搶著警車。

蘇煥向前衝刺，雙腳不停蠕動。他已經無法控制，一臉撞在警車上。雙腿一軟，身體一癱，像融雪一樣從警車上滑落。

「我做不到……」

他啜泣。坐在地上，一手拿著瑞士刀無力地拍打車門。低頭，發現自己緊緊握著刀刃。一陣溫暖傳來。他連雙手都無法掌握。他又站起，讓自己的手掌印在窗上，然後用刀柄砸向窗。什麼都沒改變。幾滴灑上他的臉，緩緩染紅他的淚。我做不到。他最後拉了拉車門把手。開了。警察正帶著眼罩睡著，毫無動靜。

「警察先生，不好意思。我要搶你的警車。」

一陣鼾聲。

蘇煥緩緩將警察先生抱起。警察的眼罩是圓圓的大眼，瞪著他。蘇煥不敢直視。別過頭，血色的眼淚甩上靛藍的制服。他撫過的每處都開始滲血。他將警察緊緊抱住，雙手繞過胸，拽起褲襠，以一種齷齪的形式。蘇煥閉著眼睛，雙唇緊抿，就快要親到警察。警察打著鼾，胸口貼著蘇煥的胸口起伏。他簡直能重新筆直地前進。

他抱著警察走到卡車，妻子已等候多時。

「放上去。」她說。

「放在路邊就不用搶床墊了。」

「不行。」妻子反駁。「必須是床墊。」

蘇煥於是把警察安放在貨車司機旁，蓋上被子。他們安詳地睡著，雙手環抱於胸前。妻子關上貨車門，讓無盡的黑暗伴他們沉沉地睡去。

「一夜好夢。」

蘇煥與妻子牽手走向警車。妻子快樂地小躍步。他們發動引擎，頭燈蓋過了星空，穿透車陣的霧霾，照亮前方幾寸。警笛沉默。

警車急速切過停滯的車陣，藍綠紅黃都毫無前進的跡象。蘇煥狂踩油門，身體前傾都快撞上玻璃，公路順勢綿延了好幾公里。51號公路的居民正沉睡著，同那司機還有警察。他們都還在道路上。

蘇煥終於真正握住方向盤，真正握住。他轉了轉廣播，音樂便響起。前方的車都規矩的禮讓。

蘇煥在儀表板上發現了明信片，那時他們已駛過了好幾座城。瑞士刀晾在一旁。妻子收回主刀，扳開銼刀修起指甲。明信片上，淌著血的藍鳥首次跳下懸崖。

早晨，六點四十三分。

蘇煥在51號公路上疾駛。

短篇小說獎

優勝獎　陳彥妤

遠處的喜劇

個人簡歷

2006 年生，就讀於馬公高中二年級。

得獎感言

謝謝評審，謝謝爸爸媽媽爺爺奶奶，謝謝 F 、 L 、King 和福神。還有貓。或許還有某崩○：○○鐵○，裡頭有個成就叫「所有悲傷的年輕人」。劇情忘了，但這幾個字卻一直烙在腦海裡。現在回想，我想寫的好像、似乎就是這個（雖然失敗了。）

不，學校怎麼會有六層樓呢？

帆低頭看了一眼。地板上確實寫著「四樓」。或許是通往四樓的意思，於是他抬頭看向電梯上方的標誌：確實是四樓沒錯。

那麼，將視線向左邊調轉，平行自己視線的這層樓，是四樓，再往上，當然就是五樓，五樓往上，就是六樓囉。

不，學校什麼時候有六樓了？

帆感到莫名其妙。他瞇起眼睛，仔細看著六樓的牆面，一整排緊閉的窗戶，它們看起來並不比學校任一處新。

那麼，就是在這裡上了一年學，擔任小老師，每周經過這條走廊，抱著小考本在教室和辦公室之間奔波的他，今天第一次發現學校有六層樓。

他看了看手錶：要是蹺掉打掃工作的話，離上課還有十五分鐘。於是他抱著小考本掉頭朝辦公室的方向走去，他大概知道是哪條樓梯通往那裡。

在他就學的一年，生物實驗室前的植物可說是愈發繁茂，鹿角蕨、人造玫瑰、茴香、羅勒……他從來沒有真正讀完那些標籤。

此時實驗室大門緊閉，燈關著，沒有任何人聲，倒是植物紛紛朝陽光開放，一片生機盎然。這段走廊天花板透光，溫暖的光線和周圍的寂靜塑造出一種莫名滲人的氛圍。

咦？帆抬頭一看。儘管因無人清理而蒙塵，但那背後灑下的是陽光沒錯。那上面不可能有建物啊。

他快步從各種保麗龍箱、花盆、支架、灑水器、肥料袋之間跑過，扭頭一看，確實有往上的階梯，在影子裡。

他猶豫了一下，就算生物老師個性溫和，被看到還是有些不妥……但他很快下定決心，輕快地跑向堆滿園藝工具而狹窄的樓梯。運動鞋柔韌的底部沒有發出任何聲音。

轉了個彎，再幾步，就到底了。這個角度就算老師回來了也看不見他。帆鬆了口氣，開始觀察周遭。樓梯頂端只恰好夠一個人站立。門框一圈白色塑膠，門板透明，兩者的交界積滿灰塵。室內空間筆直、狹長，但深處還有另一扇門，門前堆著圓桌，好幾把椅子，還有很多的保麗龍箱。

他凝神注視眼前的門。他可以推推看，測試門是否鎖著。現在是上學時段，保全應該不會響。

有些出乎意料地，門沒鎖，門框和洗石子地板摩擦時發出聲響，讓他有些心驚，但他沒有聽見任何腳步聲。他一閃身就闖了進去。

忽然他就置身在全然陌生、全然沉靜的空間裡，隻身一人。沒有人知道他在這裡，沒有人會覺得他在這裡。

帆忽然後知後覺地害怕了一下。腦海閃過電影裡殺人魔的台詞：「沒有人會來救你……」

他看了門一眼，萌生立刻跑下樓，假裝什麼事都沒發生的衝動。但又有一個聲音告訴他，方才的幻想未免太杞人憂天，要是真的給他碰上，那就是命了吧。

他把小考本隨手放在一個保麗龍箱上，朝其中一側的窗戶走去。從玻璃往外看，視線被平行的建築阻擋。他轉動空間概念貧瘠的腦袋，結合所知的細節，猜測這六樓大概設計成了U字形。中間留空採光，而深處的門可以通往另一側。

牆壁沒什麼好看的。他往另一邊走去。

這一頭可以看見海。視野比五樓的欄杆更好，工藝大樓之外的馬路，公園保留地、小鎮、海、島嶼。房舍聚集如團塊，散落在一叢叢衰敗的綠意之間。天空占了大部分的視野，在遠方的交界，一條藍絲帶似的海，在模糊的島嶼間擺動。雲飄得很快。

他推開一扇窗戶。涼爽的風灌入室內，掀開小考本的封面。陽光燙在皮膚上，五月的風只是涼爽，並不刺骨，但他忽然覺得冷。

在這個秩序之外、他人之外，蒙塵的一方淨土，只有風，不斷朝室內注入鮮活。他深吸一口氣，鼻腔呼出的細微聲響被風在耳畔的樂音抹消。沒有任何人聲。從這個角度往下看，生活稍微遙遠，沒有計算，沒有連續性的觸鬚，一切此刻且唯一。

起初他感到驚喜，然後那歡愉也逐漸朦朧，像霧氣，也像纖塵緩緩沉降在心的底部，最後整顆心落下，觸底時發出清脆的聲音。胸口灼熱，四肢卻在發冷。他感到一種異樣的清醒、敏銳，有什麼從皮膚下滲出，慢慢擴散，並從混濁的色彩逐漸透明。這裡以外的，似乎都在陷落，直到這一瞬脫離時間，獨立各種之外。

幾個月後他用〇．四原子筆猛然劃破左手臂時，浮現的也是這種心情。一種澄澈得恐怖的平靜，緩緩包裹神經末梢，感知被精確地校準，理智像抹了油的齒輪無聲運作。

「發生過這樣的事情。」

十月陽光落在結穗的草原上，曬得他們手臂發紅。

「為什麼是原子筆？」

「剛好手上拿著。」帆把手舉到平行視線的地方，不知道是不是墨水滲進了皮膚，隱約留著一條灰色的線。

段考完，阿常邀請帆到他的「私房景點」。從阿常家出發，經過幾塊廢棄魚塭，木麻黃、銀合歡、南洋杉的樹林，到山坡泛白的區域，隆起小丘上的木造建築。似乎是一座荒廢的賞鳥亭，屋頂的木板七零八落，牆上有幾張嚴重褪色的圖畫，介紹附近的鳥類，但字跡已經無法辨識。從空格看出去，草地延伸一段，突然接上白色的沙灘，從山坡滾落的碎石堆積在兩者的交界，遠方的海似乎有些躁動，浪花並不安穩地撲上。

阿常帶著他挑了塊沒有木刺的地面坐下，面朝背海的方向。藍天的另一頭布滿灰色烏雲。

「回去的路上會不會下雨啊？」

阿常沒有回答，把頭靠在他的肩膀上，壓到沒什麼肉的地方，短而刺的頭髮搔得脖子很癢。帆伸手，盡可能客氣地撥開，並調整姿勢。阿常沒表示意見。

帆往下瞄了一眼，方才他還是沿路拽著草莖才把自己拉上來的，希望下去的時候不會滑倒。棄置的魚塭被藻類占領，色彩濃郁得反光。他聽著遠處的海濤，恰好風吹，一波草桿隨之彎折，細緻的陰影像水波推進。兩側山坡的土石，被陽光切成兩面，受光那側彷彿是浮貼上去。

飛鳥掠過，忽遠忽近，模糊了景深。風輕柔地撫摸前額，閉上眼睛，遮蔽的陽光仍然柔和，草的氣味，海的氣味，淋過雨再乾燥的木頭的氣味。睡意比晴天更坦蕩地闖進他懷裡。

阿常無聲地哭泣，因為側著臉，淚水就滑到他肩膀上來。過了一陣子他坐起身，瞄了一眼帆衣服上的水漬，從口袋掏出一張衛生紙給他。帆沉默了一瞬，接過衛生紙，往阿常臉上抹了抹。他直直地盯著帆，或許刺探，或許沒有任何意圖。

阿常拉過他的左手，食指滑過那道疤。他的手臂柔韌、緊繃，體液在血管內不倦地奔流，脈搏扎實。那無疑是年輕的。阿常鬆手，幾乎有些惆悵地看著野原。帆看著他，覺得那校園安全死角的寂寞就要發作，鬆動視界的邊境。

他開始感覺阿常帶他到這裡，並非只是為了紓解段考的壓力。空氣中繃著一條看不見的線，那張力安靜、客氣地準備割斷誰的脖頸，而載著他們的吉普車不斷前進……他必須前進。這是命令。

阿常恢復平常的神色，舉起雙臂伸了個懶腰。「我決定了。」

「什麼？」

「拒馬、牆、鐵桿、木門、鎖……但無論我加蓋幾層，那東西還是一直靠近，捶打牆壁發出聲音……有一天我從縫隙中看到那究竟是什麼……那是我啊。為什麼我要把自己關在外面呢？」

帆保持沉默。

「我決定開門，就這樣。」阿常說完，猛然抬頭，露出清爽的笑容。「糟糕，真的要下雨了。」

帆順著他的視線看去，烏雲不知不覺已經來到近處。彷彿超現實主義畫作，鮮明得不可思議的陰影貼近地面，間歇性的強風撲面而來。下個瞬間，雨絲落下，像漸強的樂章，雨勢逐漸盛大。

阿常的聲音在水氣中顯得濕潤。「我其實早就下定決心了。讓你來這裡，只是想有人知道，我也想做一個和煦的人，跟這裡一樣，就算一切都——」

雷聲。

「走吧。」阿常朝他伸出手。

「走去哪？」

「回去吧。」

「雨這麼大？」

「拜託。」在呼號的風中，這句話格外纖細地飄進耳朵。

帆猶豫了，但他仍然回握那隻手。雨瞬間浸濕了衣服，他們從小丘上滑下去的時候泥土弄髒了褲管，鞋子泡得發出啪搭趴搭的聲響。兩人莫名其妙笑了起來，一邊笑一邊跑，喘得上氣不接下氣。

雨停的時候兩人看起來非常狼狽。事實上這場雨沒有解脫任何事情。阿常隱瞞的事沒有解決，帆心裡的憂慮依舊存在。但那當下，喜悅鮮活得彷彿以心為土壤生長，不是工具，不是運算結果，而是真切、簡單地存在於那裡。

幾天後阿常退學了。班上只有帆知道他試圖用菜刀刺殺父親，家人為了不把事情鬧大，沒報警，但把人綁去精神科醫院關了起來。

「發生過這樣的事情。」

「啊……我就說他們家管教的方式遲早要出事。」

畢業旅行辦在高二下學期。此時帆和陌仔正背著四個人的背包，坐在斷軌雲霄飛車旁的長椅。今年的畢旅不免俗地仍有遊樂園，對不喜刺激，更討厭排隊的兩人來說，簡直是噩耗。這下對紀念品店沒興趣的他們徹底成為了顧行李工具人。

「那時候的你跟現在好像差很多啊。」

「人都會變吧。」

「發生了什麼嗎？」

帆聳了聳肩。「這就好像問分手的情侶，為什麼不愛了一樣。」

「哼。」上禮拜才被分手的陌仔冷笑。

帆打了個呵欠，四月天氣不至於炎熱，但外頭陽光還是照得他有些睜不開眼睛。

「啊，有螞蟻。」陌仔用運動鞋踩了兩腳，因為鞋底的溝痕，沒踩到，只是讓隊伍四處逃竄。

他於是收起剛剛才在便利商店買的陽傘，用尖端準確地戳死螞蟻。他看向陌仔的表情，並不意外地發現，那裡一片空蕩。

帆站起身，抓住他的手。

「幹嘛？」

「這裡蟲多就走吧。」

陌仔愣了一下，隨即露出微笑。「你不會喜歡螞蟻吧？」

「並沒有。小時候我很愛看牠們把螞蟻藥搬回家。」

「那為什麼阻止我？」

「人都會變吧。」帆低頭，那些被壓斃的黑點，在四月恬淡的樹蔭裡，毫無主張得令人吃驚。「你傳個訊息給他們，我們去坐旋轉木馬。」

不是寒暑假的上班日，他們很快便成功登上轉台。兩人選了馬車的座位，儘管仍是戶外，但因為有遮罩，比零落的樹蔭涼爽一些。

童趣的樂音從粗嘎的喇叭中傳出，毫不考慮人體工學的塑膠座椅並不舒服，但帆依然靠上扶手，撐著頭，順著起伏，闔上眼皮。

陌仔低聲說了些什麼，但他沒聽見。也好久沒去探望阿常了，不知道他會不會想見現在的自己，他想，他會變嗎，他希望他變嗎？

有人拍了他的肩膀，他睜開眼睛，陌仔遞過一隻耳機，他接過，塞在左耳，再次閉上眼睛。於是現在一邊傳來歡樂的童謠，一邊是陌仔的失戀歌單。

他睡著了。

醒來對上工作人員抱歉又疏離的神情，他抹了抹嘴角，慶幸自己沒流口水，抓著兩個背包從出口離開。腦袋泡在疲倦裡像浸福馬林。

「……接下來去哪裡？」

他愣住，環顧四周，附近當然沒有陌仔的身影。摸了摸左耳，當然也沒有 AirPods。印象沒有留言，手機沒有訊息。

旋轉木馬的暈眩終於抓住了他，沒有起點，沒有終點，工整而規律的暈眩以一定的頻率搖晃壓克力桶裡的大腦，太陽穴自顧自地跳動。

他需要一個基準來停止這搖晃，對抗這一次次追來的倦怠。思考也顯得操勞。他忽然強烈地渴望有人掏出一把槍，解除保險，扣下扳機，筆直、滾燙、不可抗力地打散他的腦漿。

好讓他能名正言順地在遊樂園的地上躺下。

這時有什麼和他對上視線。一對男女在嬰兒車旁爭執，一個小男孩茫然地吃著爆米花。但注視他的是陰影裡的嬰兒，一雙圓且濕潤的大眼目不轉睛地盯著他。

他下意識禮貌地微笑。

一瞬間他彷彿看見眼睛的主人成長、衰老，融進影子裡，一恍神，回到最初的狀態，嬰兒車裡的嬰兒對他回以笑容。什麼也不想地。

兩種震波互相干涉，而暈眩緩緩退去。細密的汗水從後頸滲下，陽光鍍在身上非常溫暖，從頭頂馳過又驚又喜的叫喊。他嘆了口氣。

然後他的身影慢慢消失在人群裡。

「發生過這樣的事情。」

「……」

我把一綹潮濕的髮從L的前額移開，三十分鐘前他試圖在藥物的輔助下溺死自己。昏暗的室內只有吊扇，和他放棄似的呼吸。

「這根本是童話故事。」最後他無力地抱怨。

「我覺得你需要一點童話故事。」

「然後呢？」

「故事說完，說晚安。」

「我是說，你的故事不用結尾嗎。」

「結尾？」我把頭輕輕貼上他胸口，心臟鼓動著，要是當事人能跟我一樣高興就好了。「故事又還沒結束。」

「不過……」我感覺到他把手放在了我頭頂。「我敢說他是快樂的。」

「憑什麼。」

「我開心。」

內向世代的書寫：二〇二四第二十一屆台積電青年學生文學獎——短篇小說組決審紀要

時間：二〇二四年六月二十三日下午二時—四時
決審委員：林俊頴、林黛嫚、黃崇凱、蔡素芬、駱以軍（按姓氏筆畫序）
列席：宇文正、許峻郎、胡靖
王柄富／記錄整理

二〇二四第二十一屆台積電青年學生文學獎小說組，共收到一一四件作品，九件不符資格，共一〇五件進入評選階段，複審委員為王聰威、李屏瑤、陳柏言、邱常婷、楊富閔、王仁劭，選出十九件進入決審。

複審認為，這批作品具備普遍性的選材與關懷，可看出受大眾文學、類型文學、動漫作品與韓劇影響，可能是因為高中生對影音內容有更多接觸，其書寫經常有剪接的斷裂感，較缺乏相應的鋪陳。本批作品也具有「典範轉移」的現象，高中生更關注台灣歷史與鄉土，另一方面他們也更沒有負擔地去書寫同性情誼等題材，能夠看到高中生捕捉到時代精神的面向。

決審委員推舉林黛嫚為主席，主席並邀請各委員先說明對此次稿件的整體印象。

整體意見

林俊頴：這十九篇作品，給我的印象很兩極，一端很堅持傳統小說的敘事與操作，題材多來自生活經歷，另一極端則是內向世代的書寫，這一部分較令我眼睛一亮，他們都有很獨特的敘述魅力。

黃崇凱：確如俊頴老師所說，有的作品很近很寫實，有的遠得像某種寓言，這些東西在高中生有限的閱歷中，往往掌握得不錯。近的書寫我會更好奇作者如何切入。

蔡素芬：這批作品每篇文字的敘述能力都很好，在高中生這階段我覺得能夠突破寫實的寫法，運用象徵，是相當值得鼓勵的。我印象最深刻的書寫，一種是敘述很細膩，能夠帶出生活的細節與情感；另一種是語言很率性，無拘無束，充滿高中生書寫的潛力。

林黛嫚：我看到傳統的小說書寫，也看到很多受影像影響的新世代書寫，生活歷練可能不是最重要的，反而是閱讀與觀看。看待這些作品，我會選擇把故事說得更完整的作品。

駱以軍：現在的創作者非常會寫被迫害、被霸凌，家庭中的創傷經驗，但你創傷背後的所本、路徑是什麼，我會試著用這個角度去看待這些作品。

◎第一輪投票

以下進行第一輪投票，每位評審各選出五篇入選作品。

第一輪投票結果，一票作品共四篇：

〈事故〉（縜）
〈牲禮〉（黛）
〈怪獸〉（黃）
〈海．鳥〉（駱）

兩票作品：

〈遠處的喜劇〉（縜、黛）
〈消失〉（黛、蔡）

三票作品：

〈初戀〉（黃、駱；蔡）

四票作品：

〈賣耳〉（黃、縜、駱、蔡）

五票作品：

〈流放記〉（全）
〈白腳底黑貓〉（全）

◎一票作品討論

〈事故〉

林俊頴：這篇就是我前面談到的一個極端，非常個人、非常內向，他的基底觸及到存在主義，裡面提到「庸碌而平凡的人生生活」，你要如何破解它？這篇可以和〈流放記〉比較，但他筆調比較冷，也有大將之風，會讓我想到唐·德里羅的〈白噪音〉，甚至是卡夫卡。

蔡素芬：這篇我也覺得相當好，我說的象徵性的寫法就是在說這一篇。塞車的情境被用來比喻人生遇到的困難，警察比喻著公務的，某種更大系統的箝制。這位作者的思想很深刻，但使用的語言卻不沉重。

林黛嫚：我這篇想法很奇特，也讓我眼睛一亮，可惜有五千字的篇幅限制，這個題材還是需要更多字數才能做得更完整。

黃崇凱：這篇讓我想到阿根廷的科塔薩爾的小說〈南方高速公路〉，就是整條公路突然就塞住了，路上的人完全不知道為什麼，大家需要水、需要食物，需要彼此詢問才能知道發生了什麼……作者在這麼短小的篇幅裡可以做到像這樣的地步是很不錯的，但限於五千字的篇幅，又可以看到當中一些累贅，作者捨不得拿掉，這是蠻可惜的地方。

駱以軍：這篇算是我的第六第七名，調度能力蠻讓我驚訝，不過比起其他篇，我覺得它好像還沒有構成一個敘事的行動，所以我就沒有選擇它。

〈牲禮〉

林黛嫚：我覺得這篇是相對完整、意念清楚的作品。藉校園的小事，呈現成人社會解決事情的方式，在五千字小品的篇幅裡面，能夠有每一步驟環環相扣的表達，是很好的。不過這篇只有我投票，我同意放棄這篇。

〈怪獸〉

黃崇凱：這篇是我的第二名，我給它的分數特別高，這篇小說讓我了解他們青少年生活的情境是如何，網路環境、連線狀態……在這個情境裡，有個片段是手機的ＡＰＰ排列之後，桌布上露出的一個宛若門神的眼睛。我這幾年評審文學獎的經驗，沒有看過這樣與我們非常靠近，但又很少注意到的描寫。小說從頭到尾都處在一個不可思議的控制狀態，但可能因為比較節制，乍看之下不如〈賣耳〉，那種衝出來表現的感覺。

林黛嫚：我同意崇凱講的優點，但同時也是缺點，它的敘事實在太不明朗了，讓我們要努力去尋找線索，來自己解釋。但我覺得怪獸的意象確實蠻好的。

〈海．鳥〉

駱以軍：這篇是我投的，但我可以放棄。他文字的掌控很不成熟，但非常可愛。雖然不像其他篇的高手感覺受過高強度的小說訓練，但他小說中有一段寫「飛起來了，飛起來了」的寫作狀態，我很喜歡。

一票作品經討論後，〈牲禮〉與〈海．鳥〉兩篇被放棄，其餘與兩票以上的作品進入第二輪的評分。

◎二票作品討論

〈遠處的喜劇〉

林俊頴：這篇比其他篇好的原因，是它不像其他小說在整體掌握上那麼老練或精到，但有它稚嫩的好處，我尤其喜歡它的標題；內容也表現出青少年對未來的恐懼與隱喻，包含成長、衰老、性別認同，這些東西被混合以後如此呈現，有它可愛之處。

林黛嫚：這篇題目很吸引人，開頭隱約有吳明益《天橋上的魔術師》的感覺，看到他們在尋找不存在的六樓，藉此書寫親情、友情，從中能看到一個比較特別的視角，有陌生感又有閱讀的喜悅，包含他們不坐遊樂器，幫他們看東西，這些片段又非常有現實感，現實魔幻夾雜，很有小說敘事的魅力。

黃崇凱：它的缺點可能在於，每一段都切得很乾淨，很像找到一個可以深挖的地方時，又突然跳開了。

〈消失〉

蔡素芬：〈消失〉這篇我給它滿高分的，因為它有現代意識。一個年輕駭客經常駭入別人的帳號，有一天他發現自己的帳號也被駭了，這樣的情節有諷刺性；在等待ＩＧ回復帳號的時間，他去清理房間的垃圾，這就是一種生活的重整；並且他是一個狗狗的帳號，整個敘述就是在比喻「人生如狗」：做著駭客的生活，不知道自己正在被誰監視，這些題材與關懷都被這個作者照顧到了。

林黛嫚：幾篇作品是超齡演出，〈消失〉就是其中之一，他為了這篇文章做的調查是很到位的，我沒有ＩＧ，但也看出來這裡的細節很有可信度。並且這個議題是我們非常切身相關的，不只是談你的帳號，你的資料，而是你的人生有可能在某個時間點就突然消失了。

駱以軍：以我來看，他這篇小說的人物設定太類型化了，這個阿達太理所當然，我覺得作為一個駭客，他好像沒有比我多懂了哪一些。我所下注的其他作品，可能會有更多的真跟虛之間的較勁。

◎三票作品討論

〈初戀〉

黃崇凱：這篇在寫友誼的張力，寫兩個女生之間介於友誼與同性之愛的關係。寫的是一個很當下的高中生活狀態，隨時可能逆轉的友誼關係，並且處理得非常細膩。

蔡素芬：〈初戀〉我覺得它很有張愛玲的風格。這篇跟〈賣耳〉都算女同書寫，但有一點不太一樣，兩個女性之間的感情要發展，最後阻力居然是成績的競爭，因為嫉妒心，乃至於說有一個人要刻意放水，讓成績再低一點、再低一點……我覺得談到了這個成績之於感情的關係，是非常獨特的書寫。

駱以軍：我覺得這個作者給我感覺很像陳淑瑤，不用學習複雜的，只要繼續寫下去就好。他那種張派的基本功不是戲劇化的情節，而是動態的低眉低眼，去寫女同的那種附屬關係，因為成績而有的動態權力，一個十六七歲的小孩能寫到這樣，寫得真的很好。

◎四票作品討論

〈賣耳〉

林俊頴：這篇相較〈初戀〉更有一分感情的溫度，能讓我更快進入狀況。它的設定也確實技巧很多，一個女生聽障，另外一位可能是口吃，或者假裝口吃。作者用「耳環」和「口紅」這兩個象徵，來強化聽和說的意象，作者很懂得如何炫耀他的技術。

黃崇凱：這篇是我最喜歡的一篇。它描述兩個身心障礙者，本來相濡以沫，但又同時想融入一個更大的人群，不願意繼續待在邊緣的位置，於是兩個人的關係就開始產生背叛與被背叛，拋下對方才能前進的某些心思。整篇小說的敘事節奏掌握得非常好。

蔡素芬：這篇因為情節變動，很容易讓人印象深刻；但我覺得他缺乏敘述的點，是他聽障程度到哪裡？另外有一個地方，是她撞見了一個男生在裡面幫那個女生慶生，男生因為被發現就慌亂逃離現場，這裡男生為什麼要慌亂，我覺得也缺乏解釋。以及〈賣耳〉的「賣」是什麼意思，背叛、欺騙算是一種賣嗎？

駱以軍：「賣」我覺得就是出賣的意思。這篇是我心目中的第一名，我覺得它整篇從起手式開始，都非常超齡。並且他的設定非常迷人，這種殘缺者的結盟與依存，作者每個落子都不心浮氣躁，讓人佩服。

林黛嫚：這篇我沒有投的原因是，我覺得他描寫的聽障距離實情太遠，也有許多沒有解釋到的地方，同時是他〈賣耳〉這篇作品很重要之處，所以就很可惜。另外為什麼某些詞用注音符號「ㄇㄢˋ　ㄕㄡˊ」「」　ㄌㄨㄥˊ　˙ㄗ」，若說是結巴，又為什麼只是這兩個詞使用注音……但除去這些模糊的地方，確實不妨礙它是一篇好小說。

◎五票作品討論

〈流放記〉

駱以軍：我對這篇有點猶豫的是人變成代號，這種設定讓我想到〈大象席地而坐〉的胡波，或是三十年前的王小波。如果這個作者是大陸來的小孩，是在一個暴力的恐怖之境，他如此象徵式寓言式的寫法，寫這種靜靜的暴力，我會覺得是很棒的作品；但我恐怕他是不是在學習某個範本，因為這屬於一種演算法的寫法，中國大陸的大獎其實出現過很多。

蔡素芬：這篇場景是類似集中營的地方，描述的是人生的虛無感，被流放後等死的感覺，細節與語言我覺得他處理得很率直，包含男男之間的關係，語言能透出一股狠勁，這對高中生來說是可貴的。

黃崇凱：我把這篇擺到寓言式寫作的那一端，當中的人際互動，整個體制的全景，我覺得都很厲害，但看到一半又讓我想到以前在私立男校的某些往事的現場，於是它又脫離了寓言，有某種寫實性。

林俊頴：這篇與〈白腳底黑貓〉得到五票我覺得不意外，這兩篇確實是這批小說裡面分數最平均，也是處理得最老練的兩篇，只是這類的作品讀起來都似曾相識。

林黛嫚：這篇完全顛覆了我對科幻小說的印象，我在學校告訴同學參加文學獎千萬不要寫科幻小說，因為幾千字的篇幅，你很難交代清楚。但這篇能在這樣的篇幅裡面，忽略許多設定依然可以吸引我們去看，包含描寫在那個禁閉環境下，人依然需要玩具，需要紀念品，這些特殊細節都處理得非常好。

〈白腳底黑貓〉

林黛嫚：這篇作品描寫一個底層的生活，不到二十歲的小孩可以關注這樣的題材，我覺得是非常可貴的，據我觀察台積電這幾年來得獎的同學都是明星學校的孩子，都有一定的社經能力，所以作者能夠透過細膩的心靈，用這隻貓作為他們之間的媒介去描述，我覺得非常好。這篇非常寫實，與〈流放記〉算是兩個極端，但文字都非常地到位。

林俊頴：這一篇相對於〈流放記〉，就是很遵守小說傳統的敘事與策略，整體的表現、架構、鋪排，對小說的掌控力與腔調都非常的老練。他用一隻被遺棄的街貓，去比喻自己離開原生家庭的經歷，與自身成為一個共伴效應。我覺得這篇確實是十九篇裡很完整的，並有小說敘事的奇特魅力的作品。

黃崇凱：這篇讓我想到駱以軍〈棄的故事〉，也讓我想到今年出版的胡慕情《一位女性殺人犯的素描》。通常社經地位比較低的孩子，很難有清醒的神智去察覺自己處在一個什麼樣的位置，但這個作者不可思議的觀察到這個角色處在這個情境裡，會遇到什麼樣的問題，比如你都過得這麼窮，渾身是病了，為什麼還要帶著幾隻貓幾隻狗？當我們察覺這些困苦的人，心裡面還有強烈的悲憫，你會覺得更悲傷，作者的這些描寫十分準確又出乎意料。

蔡素芬：我覺得這篇題材本身不特殊，但文字的運用關係著作者關心事情的視角，他寫「失業者懶懶躺在床上，彷彿要被租屋處安靜的空氣壓死」，像這種描述會帶入畫面，你會感受到情境與內在的貼切。我覺得這作者很有創造力，描述也非常的精準，真的是相當的有才華。

駱以軍：這篇在幾位的討論過程裡，我也把他分數提升上來，原來它有許多讀起來很順，其實內在關節是非常厲害的地方，我喜歡它描寫那種非常靜置的時光，有一段小公貓陪在主角身邊，一邊在舔雞雞，沒有性的意涵，但這種書寫貼切的陳述了那一段被遺棄的時光，我覺得很厲害。

◎第二輪投票

進行第二輪投票，每位評審各選出五篇作品給分，分數為五到一分（不重複），再依照分數統計結果，決定名次。

事故，3分（顥3）
怪獸，6分（黃4駱2）
流放記，14分（顥4黛4黃1蔡2駱3）
初戀，4分（黃2蔡1駱1）
白腳底黑貓，23分（顥5黛5黃3蔡5駱5）
賣耳，16分（顥2黛2黃5蔡3駱4）
遠處的喜劇，1分（黛1）
消失，8分（顥1黛3蔡4）

依投票分數高低，第一名為〈白腳底黑貓〉，第二名為〈賣耳〉，第三名為〈流放記〉。優選不分名次，共五篇：〈事故〉、〈怪獸〉、〈初戀〉、〈遠處的喜劇〉、〈消失〉。

散文獎

散文獎

首獎　劉子新

天鵝踩破湖水

個人簡歷

2005 年生，畢業於嘉義女中，即將就讀台灣師範大學國文學系。
目前還是無可救藥的偶像宅、萬惡的同人女，也還是會很笨地對著手機裡的人多愁善感，或者感到幸福。

得獎感言

感謝台積電青年學生文學獎、感謝評審老師、感謝每個幫助過我的人。也要誠摯地感謝平野紫耀和永瀬廉，沒有你們就不會有這篇，雖然你們常常讓我很痛苦就是了。收到得獎通知的五天前我第一次花了自己的獎金去日本看了演唱會，很幸福，下次還要去。
（文內提到的 MV 是ヨルシカ的〈阿爾吉儂〉，但是聽著米津玄師的〈地球儀〉寫的。）

陽光瑣碎的灑在樹幹上，我們好像闖進一片野林，踩碎樹葉就像踩碎被陽光脆化的塑膠，枯藤與新枝在樹和樹之間交織，葉間撒下像柵欄的光漫山遍野。鞋底很難抓住泥土，我低聲向媽媽抱怨，又從口袋裡掏出手機。

來時聽爸爸說這條山道是八通關古道的一條分支，其實我也不算太確定自己聽得究竟對不對，畢竟我一直都興致缺缺。更何況今天還有喜歡的偶像團體的直播，在山裡我無論如何都接不到訊號。

我開著所剩無幾的流量，撥開樹葉奢望網路能被風吹進密林，能讓繞著圈圈的直播畫面出現轉機，能讓我喜歡的人清晰的動起來。

「手機收起來，回去再看重播就好了。」媽媽回頭和我說，錯落的光影打在她的圓盤帽上。

可是那不一樣、完全不一樣、我討厭看重播。

路況漸漸開始荒謬起來，石板與木階梯全然不見，只剩下天然的泥土陡坡，不知是野草淹沒了這裡原先的石板，又或者我們走錯路了。

爸爸嘗試用手機確認方位，腳步卻沒有停下。為了跟上他，我們只能嘗試抓住旁邊的樹幹，地上枯黃的落葉大幅降低了摩擦力。還有其實我一直覺得厚實的落葉像被踩扁的、季節的屍體。

後來我只好把手機收起來了，卻沒有死心的開著聲音，聽著他們在口袋裡斷斷續續的說話。從手機傳出來有些扁平的電子聲音混雜著夏天的蟬鳴。此前我實在有很長一段時間不太願意去上學，要面對現實無論如何都有點太痛苦了。就像撕開血淋淋的傷口，就像要感受自己被時間一腳又一腳的踩過。

可是明明可以選擇閉上眼睛、戴上耳機，那麼為什麼要去面對呢……就算有一天總要揭開傷疤，那也不是今天。

終於陽光的碎屑灑在前路，我們終於看見土坡的盡頭。

「這真的是路嗎？」我忍不住抱怨。

「我看別人是這樣走的，可是有些山路一段時間沒有人整理，路就會不見。」爸爸先走到土坡下，可是前面就算是平地，草卻高過眼睛就像軟的牢籠，也因此山變得像綠色的熔爐，連呼吸都像要被熨熟，還有蟲蟻爬上鞋子，就好像牠們也在翻山越嶺。

蒼蠅在混著泥土腥味的空氣中飛，我好害怕自己呼吸進牠們的翅膀。手機還在斷斷續續的發出聲音，我把這個當作最後的慰藉，最後乾脆切到音樂程式，塞上耳機，把輕快的、有海洋氣息的前奏塞進耳朵，又覺得自己好像在作夢，眼前的東西好像假的，蟬鳴又遠又近就像泡在水中的火警聲音。

爸爸揮著登山杖劈倒雜草，濃稠的空氣似乎終於稍微能夠流動，他讓我們站在原處等，他去找找看路，如果找不到路就要原路繞回去。他就這樣踩折了那些銳利的草，踩出一條不甚清明的路來。

我看著手機上的網路符號像潮起潮落一樣拍打到上方，再慢慢落回來。最後嘆了一口氣，又把音樂開大聲了幾格。

所以人為什麼要登山呢？我無法從中獲得樂趣，更害怕走了許久，前路卻被攪進濃霧裡無法看清，又要原路折返。我不知道為什麼我們總是要冒險，要走一眼看不到頭、不知道有沒有終點的路？

媽媽也拿著登山杖撥開了另一邊的草，可只是輕輕向下一壓，綠草的另一頭竟是一塊小小的池塘。

耳機裡的人聲好像突然在那瞬間被畫面稀釋了，那突如其來的池塘裡竟然還有一隻鴨子。那鴨子拍了拍翅膀，就在草與草的縫隙中的一攤濁水裡游。

我蹲在草沒蔓延過來的一塊泥土地，怔怔的看著那隻像夢一樣的鴨子，牠甚至張了張橘色的嘴巴發出有點乾燥的叫聲。我摘下耳機，真實的鳥鳴與風粗糙地摩擦我的耳膜，爸爸的聲音好像從遠方傳來，他說讓我們順著他剛剛踩的地方過來，再十公尺就是水泥路了。

我與媽媽於是跟著過去，我聽見媽媽向爸爸抱怨，再兩公尺就是水池了喔，掉下去怎麼辦？

那十公尺的雜草路也許是因為那水池的緣故很是濕潤泥濘，鞋子踩進去會微微陷下去，舉步維艱，走下一步時又要把後腳從中拔出。從水泥路切出去，就是柏油路了。

我們久違的車就停在那裡，可是我一直想到那隻鴨子。

離開那荒山終於能夠打開直播，可是我一點進去，偶像團體頭像邊的光圈頹然繞了繞就消失了，直播就在我點進去的那一秒結束了。

我索然無味的刷著其他有好感的樂團的ＭＶ，在車上確實有點頭暈，媽媽一直要我把手機放下，可是我心情不好，不知道要怎麼排解。我討厭鏡子裡的自己，討厭考卷上的自己，甚至討厭手機關上時映出的自己，所以只好讓它一直亮著，或者閉上眼睛。

在搖搖晃晃的車上我戴著耳機睡著了，等再睡醒，窗外就已經渾黑一片。那天晚上的夜色像是流動的墨，我在一次煞車時撞上車門才醒來，不明所以的摸了摸自己的額角，耳朵裡喜歡的樂團正好唱到我最喜歡的副歌。

我永遠記得那天，也許是因為那天真的太熱、太熱了，又或者是因為在那天我在音樂包裹著的世界裡看見那隻生在那一攤隱蔽綠水中的鴨子。

後來，偶像團體裡我最喜歡的成員退團了，他說他的夢想沒辦法在團體裡完成，所以決定離開。那之後我不太敢再聽他們的歌，因為我已經無處可藏、退無可退，我不知道我還能怎麼逃避，反覆切了幾次歌單堪堪躲過，其實對於偶像，要避而不見算容易的，我們本就是最遠也最近的陌生人，卻看見許久沒聽的樂團的一隻舊影像拼接而成的ＭＶ。

不知為何，我以前從沒看過這個版本，我的心臟莫名的跳得很快，幾乎就像在發呆似的看見手機上出現解析度極差的畫面，有一隻朦朧的天鵝正蹬著腿、拍著翅膀，像是要飛。

天鵝沒辦法飛吧？清淡的和弦在我的耳朵裡顫動，我想過就這樣得過且過生活下去。我慣於守成，找到危險的平衡就想就這樣最低限度的延續。沒什麼夢想，學不會即時停損，急流勇退。可是卻會喜歡這樣的人，並且隱隱然想成為這樣的人。

有時候，我都好想問他為什麼能夠那麼勇敢？

我可是連日常生活都需要挖掘逃避的洞穴，需要暫時戴上耳機才有辦法勉力支撐下去的。我一直把這些東西當作重心，花很多錢買周邊想把櫃子和心都填滿，結交同好，一起分析喜歡的人說過的話、寫的歌詞，一起跑現場，一起寫同人文，接受評論裡萍水相逢的誇讚。那些時刻我都很喜歡，也覺得自己幸福，可那種幸福就像陣痛，尖銳的痛過就消失。好像快樂就只是這樣的。但我真的有在變好嗎？有時候我也好想問問他。

為了能播放ＣＤ，前幾個月我的房間添置了一台ＣＤ播放器，那機器運轉前會發出像是哽咽的聲音就像早將我靈魂的一角攪進去似的，我安靜的聽著、聽著，我卻變得越來越少。

茫然好像也是一種痛覺。

一直以來我努力撥開迷霧想要找到方向，可是一切都好像那天在破敗的山道裡的、斷斷續續的音訊，就這樣一圈、又一圈頹然且孤獨的繞著。

後來我問過爸爸有什麼理由喜歡爬山，他思考了一下，說爬山的話就只要想腳下要踩哪裡。

「不過我也喜歡從森林走到外面的那瞬間。」他說。我聽完沉默了很久，直到現在，我腦袋裡也還是會不斷出現這句話。

我最喜歡把挑選過的歌單開隨機模式，隨大數據調動情緒，反正只要那當下可以什麼都不想就好了。直到我又聽到那首畫面裡有天鵝的歌。

短短幾秒的畫面，那隻陳年的老舊天鵝扇扇翅膀、伸長了脖頸，我看見牠在螢幕的池裡掙動了一下，踩破了一池深綠的湖水，那一刻好像要陷下去，又好像要飛起來。

不知為何，在看清那種生動的決絕時，我好像突然有些理解了為什麼我爸總想帶著我們闖入每座欠缺管理的矮山與森林、理解了喜歡的偶像他遠大到有點天真的夢想，也有點理解了那個擅長逃避的自己。

也許只是因為我們有真正想去的目標，卻又仍需要一些地方棲息。還有我們是不是總有一天都要，或者早就已經該從樹蔭濃密的森林裡出來？

想到這些的瞬間，我好像又陷入了那座荒山的盛夏泥濘裡。雖然我還在思考、還在回想。但我經常會在無所事事時想起那段好像會發出老舊的雜音的回憶，會想起那隻莫名其妙的、難以理解的、在荒山的山腳下的鴨子，牠浮水的方式。

所以也許有一天我會的。我是這樣想著。

名家推薦——

透過古道的健行，到戶外探索出路，與網路直播時把耳機塞起來，處於個人的宇宙中，這兩種意象呈現了開放與封閉，實與虛的對照，設計恰到好處。——簡媜

非常喜歡這篇文章，寫出一種隨時可能發生的日常片段。——陳大為

對聲音的描寫貫串全文，像是隱形的線索，串接作者想表達的內涵。——李欣倫

散文獎

二獎　陳彥妤

把心放在地上

個人簡歷

2006 年生，就讀於馬公高中二升三年級。

得獎感言

謝謝評審，謝謝爸爸媽媽爺爺奶奶，謝謝夥伴 F、L 和貓。世界太複雜了，不知道怎麼謝比較好。

一百一十五公分，是我心臟的離地高度。近來這兩個多月，我時時在思考如何創造更多把它降至〇的機會。

第一次浮現這種衝動，是在看完電影《猜火車》之後的星期三。三月初春，清風徐徐，新綠的草地襯得跑道顏色愈發妖豔，四下無人……我突然非常強烈地渴望躺下。這種心情，或許就像我家的貓看到曬好的床單，非得要第一個躺一樣。看到那平整、乾燥、溫度適中的地面，我問自己：有何不可？如果馬克都可以躺蘇格蘭鐵軌，我為什麼不能躺跑道？

就在慾望和道德約束拉鋸的同時，慢跑的伯伯出現在跑道的另一頭，精實得令人刮目相看的身影不斷靠近，我只好匆匆拋下方才的念頭，背著書包故作淡定地放學。

但慾望總在刻意避開的視線之外生長，直到那鬚根纏繞上每幅風景，像遠方的戰鼓那般，不斷提醒我那個懸而未決的問題——如何把心放在地上。

這種渴求，不難想像，歸根結柢出於釋放疲憊的需求。作為一個害怕搭乘飛機，喜歡腳踏實地的人，可以想像我的心也已經厭倦總是懸空，睡不滿的八小時加劇那飢渴，使它時時要求被放下。

何況文學中，躺在草地上是多麼經典的橋段啊！

草地依舊在，教室涼爽的磨石子地磚，藍色跑道，沙灘，老家前的庭院，故鄉的小徑……處處可躺，為何我卻從未想過索求？什麼阻止了我？

只要不在馬路上影響交通，衣著整齊不妨礙風化，沒有明文規定不可以躺著吧。

但在我細數回憶的過程中，聽到彷彿昨日的：「不要躺在那裡！很髒！」母親並非會在公共場合怒斥的人，但我仍聽見她咋舌一聲，一把把我從百貨公司的地上拉了起來。當時我想必露出了困惑又不滿的表情吧。

原來是衛生觀念嗎？確實，雖然空氣中也分布著數量可觀的病菌，地面上仍可能沉積更多的病原體。但對免疫力尚不夠強大的嬰幼兒實行管制有道理，對健康、強壯的青年人來說，躺一下就染病有些不切實際。是因為我們尚未意識到這點，所以捨棄了躺下的權利嗎？

我和身為醫師的母親提到這件事，她表示對我只有兩點要求：就算沒車也不准躺車道，還有草叢可能有恙蟲，草地可能有紅螞蟻，躺不得。

真可惜。聽過我的計畫之後，朋友本來幫我物色了一塊被細心養護的草皮。因為他躺過大安森林公園，熱心於向我推廣，目前是我計畫的最有力夥伴。

但就算草地遭到排除，我仍然有一個離我極近的目標。那就是之前失之交臂的跑道。平常我就和兩個朋友約好每天放學跑操場一圈，算上我們收拾書包、八卦閒聊的時間，到終點線時，同學大多都回家了。除了少數社區人士，場地相當寬敞。於是我向兩人提出邀請，其中之一是先前提到的夥伴。兩人很夠朋友地答應了。

當我們就準備位置，還是猶豫了。儘管沒有占到跑者的道次，仍不免想像即將招惹的視線。為何對擦肩而過的他者，人大多不會留意，但同樣毫不相關，躺著的人，卻會被行注目禮呢？躺下這件事，究竟有這麼違背禮儀嗎？

原始部落生活中，隨時都有危險潛伏，在打獵和被狩獵的時代，躺下是非常高風險的行為。在那樣的狀態下，若遭遇天敵，無法第一時間操縱肢體做出反應。因此，躺下這行動，無論是對人還是對我家的貓，都是放鬆警戒、安全、從容的表示。

也就是說，在我們的社會中，展現鬆懈的一面是會招人側目的。我們有默契，把脆弱的一面留給自己和親近的人，在外總要展現強勢、不可欺的樣子。

當然，躺下被視為不禮，有另外的原因。在寸土寸金，空間亦是財富的時代，躺下，會占據更大的面積，換句話說，壓迫到別人的領域。因此，在空間有限的情況下，要求眾人站或坐是有理的。

然而此刻沒有那種需要！所以我就躺下了。

「制服不會髒掉嗎？」朋友低頭問我。他似乎沒打算一起。

他的顧慮並非沒有道理。維持清潔是基本禮儀的一環。骯髒、不潔聯繫到疾病甚至死亡，是人類心中原始的抗拒。而清洗衣服需要額外花費的資源、時間和精力，也是我們所想避免的。小時候我和朋友突發奇想，想用顏料加水打一場多彩多姿的水球戰爭，母親就威脅我：「可以啊，以後衣服你都自己洗就讓你去。」不過那本來就不是該洗掉的東西吧！

不過因為敝校制服並非白色，我猜母親應該看不出來，就理直氣壯地躺了下去。

轉換觀點，就能看到不一樣的世界，這句話已經俗濫到作文都不好意思用了。但，那顯然是事實。我才發覺，一躺下，視野中看不到任何人。敝校周圍高大的建物不多，因此道路、房舍都被占滿視野的天空擠了出去。

雲朵背後有更高的天空，天空背後，便是無限廣袤的宇宙。地科老師常說，若把地球比作蘋果，大氣層的厚度其實比果皮還薄。我們和平均溫度3K的黑暗之間，就是這樣一層空氣。

天還亮著，月亮已經升起。當我躺下，她彷彿在我正上方。忽然我發現她正飛快地移動，凝神注視，那速度輕快得不可思議。我興奮而急切地喊著，於是夥伴也躺了下來，我們一起看著那天文奇觀——直到有人發現是雲朵在動，而不是月亮以違背常識的速度西行。

「看來上面風很強喔。」我假裝鎮定地接話。

好蠢。看來我實在太興奮了。總向下看著大地的我，習慣於各種標誌、定準，在仰望天空的時候，竟犯了刻舟求劍的錯誤。

我們漸漸消止了話語，僅是沉默地並列。躺著的時候，呼吸方式似乎也和平常不同。放鬆下來，我發覺自己平常的呼吸有多淺，多侷促，深呼吸之後彷彿肩膀的肌肉也鬆懈了下來。我自然而然打了個呵欠，莫名就釋放了疲憊。

心放在地上，四肢、耳朵都更貼近地面。聲音傳來的方式似乎有些不同，一些細碎的聲響，草葉摩擦、雀鳥啼鳴，似乎移開了視線，它們才害羞地顯露出來。陽光得以平等地鋪滿從頭到腳，跑道之前吸收的熱度，也溫和地遞到我身上。

心靜了下來，好像在感謝我免除它懸宕的苦楚。

我累了。有時我不願意，有時我不能承認這件事。

那時候我段考受挫，最重視的兩科大幅退步，讓希望以繁星升學的我感到可怕的憂慮，想到要面對那些審視和檢討，連關心都讓人疲憊。也是在那個日子，連續好幾天，聳人聽聞的社會案件充斥媒體，兇殺案，悲劇的災禍，遠處的戰火，在晚餐時候看這些新聞，根本連吃飯的胃口都沒了。

世界、國家、社會、個人的悲哀，說讀書人要心懷天下，但世界的痛苦如此巨大，我到底有什麼能抵抗它。我不知道要做些什麼。我不知道。但明天還是要到來。事情沒有好轉。但我必須起床，上學，放學，補習，我得要……但我不是做不到。感覺最糟的是我完全可以端起心，如常執行這一切。

或許因為這樣，我才想無傷大雅地打破規範，用另一種方式，把心放在地上。為了不讓規則奪走所有的我。

我看到天空很美，很純粹。這個傍晚很美。

雖然遠方有戰爭，同族被屠戮，年輕的思想被焚燒，子彈貫穿夢境。就算人在人群裡寂寞，空虛比時代更快地滾動。就算人被模糊的理由殺死，就算生命在恐怖中消逝。

草場的風依舊輕盈。某處的山雨，秋葉，初雪一定還是那麼美麗。

黯淡藍點。蒼白石堆中的一塊。

我不知道怎麼對抗這些。也不知道怎麼接受這些。

數學比我好的人，比我會寫文章的人，比我善良的人。如果我不能給世界帶來改變，我存在有什麼意義……許多人都問過這問題，但似乎沒有達成共識。

但我躺在這裡，我並沒有放棄。我還是想知道，人類的痛究竟有什麼價值。就算自然在它面前無動於衷。

我躺在這裡，看不見自己的手腳，彷彿這樣能讓目光超越自我。天地……或許我們渺小，才會被悲傷滿溢。當我把心貼近原始而純粹，生於思考之前的大地，我沒有得到解答，但我看到的世界，沒有人的世界，空虛得如此淒美，像一陣從遠方來到此處死去的風。

希望這顆心真正被放下，無言而赤裸地和大地結合時，我已經不需要答案了。

名家推薦——

作者的處理方式很聰明，在文中加入原始部落、疾病、死亡與躺下的關係，可以加重文章的厚度，使作品不至於太過輕盈。——石曉楓

光靠作者的文字，就能令人感同身受，這就是文學的一大樂趣。——郭強生

題材特殊，行文看似隨興其實對多處細節用心，文章在處理「躺下來」這個念頭，節奏較快，不拖泥帶水，讀起來令人感到愉快。——陳大為

散文獎

三獎　李育箴

不去遶境的那天

個人簡歷

2007年生，明道中學二年級，剛從文史哲共學社群和校刊社退役。得過一些文學獎。嗜讀小說雖然總寫散文，《純真博物館》和《呼吸鞦韆》是《聖經》。目前正在進行帕慕克作品馬拉松和等待《好預兆》第三季。

得獎感言

爬進信箱原為了收重設密碼信件。看完得獎通知人輕飄飄的，還沒下載的論文被扔到腦後。

謝謝幫我看稿印稿的L、挑文章問題給我建議的星期一、其他友人和麥當勞早餐鬆餅。

寫完散文後，人生還是繼續推著超市推車跟在後頭幫忙想晚餐要吃什麼。

最後給媽媽：如果看到，請滑走，不要看。就算看了也不要讓我知道，我會尷尬。很愛你。

週日早上八點半，我坐在員林一家麥當勞內，二樓的靠窗位。

人幾乎要淹滿下方馬路的對向道。早些時候警察就騎警用機車到場，周遭封路。神轎即將抵達，沿街鞭炮開始此起彼落的炸，甚至大白天當空放起煙火。三月瘋媽祖。

我打開紙盒，為我的早餐鬆餅抹奶油、淋糖漿。

哨角隊剛剛經過，三十六執士隊的身影出現在路的末尾。此時街道上萬頭攢動，如沸水鍋般，好像下一秒就要溢出。我看見站在便利商店前的父親與哥哥起步，加入了遶境隊伍，像匯入河流，他們的身影一下子就淹沒在信眾中。

又等了一段時間，等神轎經過，等這場熱鬧散場，我才看到母親走過斑馬線，來找我。當她在我面前現身時，端著一個托盤，內用杯內裝了拿鐵。她剛把托盤放下，一隻手就伸入包包內翻找，掏出了一枝筆遞給我。

2B 畫卡筆的黑色筆身用黃色印了「大甲鎮瀾宮　執士團文昌筆」和「心想事成」字樣，她語帶興奮地和我說她如何找到執士團班長，為我和哥哥拿到文昌筆的奇幻旅程。我任由她說，塑膠刀叉向鬆餅積極進攻。

父親說過，我和哥哥有給大甲媽作契子女，媽祖娘娘會保佑我們健康長大、用功上進。每年除了過年時一家四口前往大甲拜拜外，每年還會挑一天假日，跟著遶境隊伍走一段。我是不加入這行列的，或說我早已不參加了。

不跟著走，仍被拉著一起出門，原因是不放心我一人顧家。我怕鞭炮，所以母親先將我安頓在這，說等等再轉來找我。

「接下來想去哪？」她問。

「他們有說要走到哪嗎？過不過西螺大橋？還是要一路殺到福興宮？到時候那邊很難停車耶。」

「我問過了，你爸沒有說就走了。」

「那回家，我要補眠。」

說到這，我收穫了她的嘮叨，叫我要早點睡，不要每天過十二點才關燈。我在內心嘀咕，拜託你去作普查看看，有哪個高中生有睡滿八小時啊？作業、娛樂和睡眠的取捨，權衡利弊之下，無庸置疑是睡眠慘遭淘汰呀……

她話鋒一轉，說不知道哪時候要去載他們回來，彰化南投開車兩邊跑，很累。我說那你就應該讓他們自己來，當什麼司機啊？

她又問彰化有沒有電影院，我一口回絕，告訴她我受夠那些讓人煩躁的美式愛情喜劇片：她抗議說，我愛看的盡是節奏緩慢又悲傷、還沒有配樂或主題曲的沉悶歐洲電影。這提案自然是告吹。

最後我們踏入附近的一家大潤發，逛逛賣場打發時間。

推著那仍需餵食十元硬幣解鎖的老購物推車，我們晃進生鮮區。「水果家裡還有。」她示意我們往蔬菜區走，我說這邊的肉品區看起來種類很多元，琳瑯滿目，不去看一下嗎？她回答：「那些買了不趕快放冷凍會壞掉。」

畢竟沒有一台自小客車會裝配冰箱。

我拿起一包鴻喜菇，說可以煮湯，母親要我放回去：「你爸說那些菇類農藥都下很重，不能買。」兩人眼神無奈。

我想起小時候常和她上傳統市場，踏過凹凸不平的水泥地板，小心不要踩進那些癱在窟窿裡的水。要豬肉攤老闆幫忙挑些適合某道菜餚的肉、買菜結帳時遞過來的塑膠袋內多了一枝蔥，和她討論今天、或明後天的菜色。

那是我還會在廚房跑腿的時期。有時母親會喊我過去瓦斯爐邊。在冒著熱氣的中式大炒鍋前，她叨叨絮絮，講的大都是極為簡單的菜餚、食材處理或一些小撇步：怎麼煮麵線、豆芽菜根部要記得折掉口感比較好之類的。我會站在一旁捧個場，但那些話語永遠不願在我的海馬迴長居，左耳進右耳出的結果是某天飢腸轆轆之時，只能用快煮壺弄熱水，等待水滾的同時，撕開某杯來一客的封膜打一顆蛋。

她總說我學會的話，以後在外我們兄妹倆可以互相照應。他當醫生賺大錢，你幫他管家煮飯照顧他。我問要不要乾脆我現在就從高中降轉到高職去念餐飲科？母親嘆氣說她又不是這個意思。我忍不住又回嘴：「他既然聰明到能當上醫生，那我想以他的聰明才智，學做家事應該不成問題。」這時父親走進廚房，問飯煮好了沒？他走到流理枱前，把茶杯擱進水槽叫我們幫忙洗一下，順便告訴我小孩不要應嘴應舌，頂嘴不好。

每次母親這麼說時總會惹火我，她說這種日子只剩一兩年要過，等我和哥哥上大學她就自由了，我惡狠狠地說那你目前的生活就是自找的。暑假你不是想出國玩嗎？考慮把目的地改成羅馬嗎？行程安排梵諦岡，去參觀聖彼得教堂，找到聖殤像，拿支槌子把瑪麗亞敲掉換你坐上去抱著耶穌。

哥哥對母親頤指氣使，使喚她倒水印資料，剛開始我不准她做，無效，後來我再也沒立足點為她說任何話。哥哥要她閉嘴滾蛋，不要在他身邊問東問西，打擾他讀書，她慢慢的在這個家失去了聲音。

有天晚上就寢前我和她說她不應該再這樣下去，母親只是疲憊的對我說：「這個家只剩你會這樣說了。」我討厭她什麼也不做就放棄戰鬥，我告訴她不喜歡現在的生活就去改變啊。

但她覺得我要變成一個「女權鬥士」了。

吵歸吵，日子還是得繼續過，但我不再和她談理想和未來，當她出聲關心學測、個中的規則時，我傳了幾個參考網站連結，堵住她的問題，說不對她失望是不可能的。

走到麵包、熟食區，她眼睛一下子亮了起來，說可以買一些麵包，這樣她就不必煩惱明天要準備什麼樣的早餐。

楚門每天說著：「早安，萬一我沒見到你們，先祝你們午安跟晚安。」母親日復一日提問：「明天早餐想吃什麼？午餐錢放桌上了，晚餐看看有沒有想吃的我買回來，不然就用冰箱有的煮。」當有抱怨聲音傳出，她總說她煮了二十幾年的飯，老狗變不出新把戲。

有時我會接著說，你屬猴，應該講老猴變不出新把戲了。

母親總要我好好念書，將來才能考上好大學。我很想問她，如果成績優秀的人是這種待人接物法，那她還要嗎？為什麼就是無法承認我的學業、我的能力並非那麼突出呢？我說她像隻鴕鳥，對我或家庭的事務都是。

她從沒問過我為什麼不跟著走遶境了，理所當然地陪我，她自己再另外找一天自己走。

國二，鑾轎預定經過的街旁等待時，父親將我拉到一旁，小聲問我今日「那個」是否報到？若有，那就不能鑽轎底。聽到當下我感到錯愕，腦中一片混亂。母親問我剛才與父親的對話，我什麼也沒說，她問我要不要去排隊鑽轎底時用了尿遁法離開。廁所隔間裡我看著沾滿經血的衛生棉，突然沒有走下去的動力。

那是我最後一次去遶境。

母親站在玻璃櫃前喊我，指著蛋塔旁的貝殼型小蛋糕問我這是什麼？小小一塊就這麼貴。

「它叫瑪德蓮，如果配茶吃會讓人開始回憶過往。」我回答。她問我這又是哪本書的什麼情節？當然，她對普魯斯特一無所知。

她有時候會提自己還未結婚前的生活有多自由自在，現在她賺的錢都拿去繳我和哥哥貴桑桑的私立中學學費。她夾了兩塊瑪德蓮，說來吃吃看，她把袋子遞給我，要我拿去過磅。

結完帳，把兩袋雜貨弄上車後，母親把裝著瑪德蓮的袋子拿出，砰一聲關上後車門。「去一樓的美食街坐坐吧。」她說。手扶梯上，母親默默地把手塞過來，我順勢挽住，那隻手的皮膚日漸鬆垮，卻很溫暖。

法蘭岑的《修正》，結局寫艾爾佛瑞過世後，依妮德預備為生活做出改變。

我是多麼希望她能做出任何行動，一個也好，而不是被動等待。人們不是說做母親的得為孩子做出榜樣嗎？但我想我是能諒解她的軟弱的，以一個女兒的身分。

咬下瑪德蓮時，我相信我回憶起的是那個與母親，還無硝煙的時光。

名家推薦——

全文在輕鬆自然的氛圍中，將母女情感做了細膩的處理，雖然寫的是沉重的議題，但是讀起來還是相當輕快的。——石曉楓

篇名是一個隱喻，也造成了結構與閱讀上的懸疑，作者寫出真正從生活得來的啟發，同時將事件寫得如此真實自然，十分可取。——郭強生

透過《追憶似水年華》的瑪德蓮，作者提到相信自己會回憶起與母親還沒有硝煙的時光，媽媽則覺得這樣的小點心很貴，確實一個家庭裡面最貴的就是人與人之間的和氣。——簡媜

散文獎

優勝獎　林昀臻

羽光

個人簡歷

2007 年 1 月 9 日生，就讀高雄市鳳山區福誠中學，在黎光旻老師的班上學習寫作：寫散文、新詩和小說。喜歡看大眾文學的作品，對新詩還沒想通，但是有慢慢長出「文學」的腹足，「象徵」的眼點，以及像鍵盤顆粒的殼，在 word 滴滴爬行。

得獎感言

感謝我的家人和學校老師支持，感謝黎光旻老師的指導和鼓勵，沒有他們，我不可能取得這樣的成就。再一次，謝謝黎光旻老師，謝謝爸爸媽媽。

司令台旁的豔紫荊撐開巨傘，葉蹄在藍天微跛，一陣呼啦啦吹來，浪潮彷彿隨時都要迎風奔騰。大片陽光從藍白間隙垂掛在這座洋面上，粼粼灑灑的波光越過近兩甲地盡情作畫，四季都有分明的色彩。

據說是建校時的巧思，除了廊道復原海邊小村的迂迴，每一轉角都掛上老村的舊門牌和遷村後新地址，帆型體育館甚至使用舊村廟拆下來的山牆與石墩作為基石。遷樹時亦愛屋及烏，舊鳥巢小心翼翼包裹作記號，要在新居賦予落成的意義。

小羽一家就是遷村過來的舊人。小羽媽媽說，沒有賣掉以地換地的補償權利，這裡靠近市區，能給小羽更好的教育資源，過完農曆年，褪去冬羽的麻鷺也會隨老樹遷到新居嗎？居民都期待著。

新校保留舊村想像，捨棄傳統ＰＵ跑道並鋪植綠色海洋，司令台周圍都是從舊村遷來的老樹，尤以東邊草原盡頭的一群百年茄苳和雨豆樹資歷最深，怕是擔心老樹不習慣新家，念舊的老里長搬來海邊布滿孔洞的咾咕石不遠不近的圍著它們。早已離海的石紋風化略顯蒼白，笨拙鞋底越過它們時，孔洞裡的積水就會震起水紋，驚起一些躲藏在洞裡面的生物。

小羽在溫暖潮濕的蔭下躡足，腳下發出枯葉細碎的聲響。她捏著小玻璃罐，聽見遠方傳來鳥語，林下的分解以怠速運轉，但她更像是一位不速之客，下課時間極短，而她只需要足夠的安靜。很少人注意樹下影子移動，除了我以外，更多時候她就像一株攀藤植物。從教學大樓的某個透明玻璃窗望來，明明是個靜得難以察覺的女孩，但一轉眼，她的觸鬚又攀上校園某個角落，像在安靜濕潤的地方悄悄生長。不久她蹲在生態池邊，我隨意撿起腳邊一顆小石子投入水中，底棲魚群顯然感覺到什麼，竄過淤泥騰起一陣混濁，她伸長手臂將小玻璃罐沒入水中，而瓶口僅咕噥嚥下一整池滯悶，撈起一株小葉浮萍，她意外的發現底下羽生根系竟然攀附一隻抱卵的小蝦。

拉著我，她喜孜孜的護著小蝦跑往資源班，唇齒間艱難的挑選字詞想告訴老師新發現，老師挨著她，用放大鏡透著枱光仔細觀察，並要她記錄下來。浮萍和小蝦至此脫離平靜，以絢爛的姿態披覆瀏亮：無莖，葉簇生，兩面有細毛，葉面下突起呈扇狀。米蝦約 15mm，體色點綴黃褐橫斑，泳足下抱卵，卵點在枱光下閃閃發亮。

即使隔著一層清玻璃，我們和米蝦交換的雙眼仍是感到震驚無比，老師牽著小羽的右手笨拙的畫下線條，小羽調整視焦後便驚呼起來，因為有幾隻小小蝦就在母蝦踢動的泳足間掉了下來。在那對視的當下有種朦朧的具體實感，倘若瓶中的時間就此靜止，所有微觀想像就會放大：微小的星點努力向母體游去，前肢抓呀抓的刮下水藻，卻更像無論如何都要用力吞嚥下去，此時的教室裡有紛亂的呼吸卻又各自獨立，我們是闖進母蝦視角的外來者，在一定程度上應該被忽視或被意外的注視，像小羽，像我，像無意間驚起一陣岸邊簌簌鷺鷥振翅後遺落的飛羽彷若一瞬間的雪映入心之屬地……或者那只是融入黑夜的幾許殘星。

可是，明明每天夜空都有殘星，但又有誰會記得是哪幾顆殘星呢？

將米蝦還給生態池後的第三天下午，遠遠就看見老榕下蹲著兩個人，這次她沒有拿玻璃罐，握著小樹枝撥弄的M是少數能和小羽一起為草地等待的人。

我跨坐在離她們最近的咾咕石上，手肘頂住膝蓋撐著下巴坐了下來，「妳們在看什麼？」

時間以爬藤植物的速度在咾咕碎石間挪移，M用枝杈撥弄那堆長得毫無驚奇感的枝葉：「像是地不容。」小羽點點頭，但沒有說話，確實這整片校地在遷村前是台糖出租的農地，而且產業道路對邊就是大片甘蔗田，長出個什麼黑白芝麻或是當歸枸杞也不是怪事，外婆家的菜園什麼都種，校園溪邊圍牆就爬進一片乾得發黃的野葡萄。

自認為自己也算能留心植物的人，但眼前這些微凹圓形複製排列的葉型我實在看不出和一般金錢草有何不同，我試著集中注意力彷若小羽和M，但調整睫狀肌後被凝聚的卻是小黑蚊的攻擊，大腿、手臂、和耳廓旁的嗡嗡響。我把手背縮進外套口袋，M翻開植株根部，那裡沒有預見的塊根，而小羽徹底專心致志的畫圖，她們像探索最後幾塊拼圖的孩子，在這種共鳴的情境下，所有紛擾的聲音都會安靜，時間靜止。

快要打鐘了，我站起身準備跨出留白的縫隙說：「那，我要先走囉。」M抬眸向我揮揮手，小羽嘛嘴一下，還是沒有說話。漫步回到三樓近窗的教室透過清玻璃往老樹群瞧去，她倆還是蹲在那裡，像虔誠的信仰者，伏在無人的曠野諦聽神的回音。

我疑惑地想，成為別人眼中的不一樣究竟需要多大的勇氣？走一樣的路坐一樣的位置，背一樣的書包翻開一樣的課本，說一樣的話聽一樣的道理，那種好奇像是走進幽暗等身的洞穴，這裡自由最少孤寂最多，即便遠方有指引卻仍不免令人疑惑壁龕幽暗處似有微光，知道自己走在一條被安排好的道路，手握地圖仍不免被路邊的壁畫吸引而滯留，我看不清，偶有岔路能看見其他的人，她們凝鍊的眼底有炬光，借其光甚至能看見微觀刻劃並觸摸紋路，可心底仍清楚知道，我們在取得一瞬之光時，背後也正投射巨大陰影。

這天看見小羽和M走在一塊，樹蔭廣大如覆盆，是靠近雨豆樹的邊坡。她們走走停停，偶而撿拾地面果莢放進柔軟的摺紙盒裡，小羽抬頭聽見樹上有啾啾鳥鳴，是黑冠麻鷺的巢，M剝開豆莢挑出子實。最早她們走過茄苳、老榕，然後停在雨豆樹下。如果說小羽有雙微觀的眼睛，那M的就是遠觀之眼了。M一眼就望見親鳥歇在稍遠的老榕枝梢上，身形隱入枝杈間定定的朝這邊望。若不是因為腹面黃褐且暗色縱斑，麻鷺縮頸不動的時候很像尖嘴又瘦長的鴿。而真正的野鴿歇在司令台上方無梁的瓦下，牠們從不參與校園作息，自成聚落且咕咕悠哉著，不怎麼和鄰居交流。

這時小羽驚呼起來，在雨豆葉堆中有個灰白的什麼在動，像一團灰塵，儘管距離已經這麼近，我直盯盯的看一會兒還是有點小失落，而M已經捧起裝滿雨豆葉的紙盒，將小傢伙輕輕放進盒裡，然後遞給小羽的掌心：「落巢的麻鷺雛鳥。」一旦知道視焦該聚往何處，觀察就會變成習慣，知道雛鳥再無返巢可能，和以往一樣，我們捧著雛鳥往資源班跑去。

顯然牠虛弱得一丁點聲音都發不出來，老師說可以找些校園的蚯蚓或小蟲餵牠，鐘聲響了，我和M各自回班，親鳥會固定淩晨離巢覓食和餵食雛鳥。一節課接一節課，上課，一趟又一趟離巢返巢，餵食，直到某個時間終了，離校或離巢，規律的節奏逐步建立，我們包括麻鷺、老樹、小蝦……彷若以校園為核心運轉，參與整個終點未知的計畫，但是撿到落巢的雛鳥似乎不在計畫之中，而小羽成為鳥媽媽也是個意外。

小羽更加頻繁出現在樹蔭下的落葉區，使用小鏟子和鑷子掘蟲，不會有人刻意觀察她的不一樣，她應該被忽視而不是注視，然而現在她更專注在是否能掘到足夠的蚯蚓或雞母蟲，她會夾起小蟲靠近鳥喙，而牠似乎能辨識氣味或身影，快速吞嚥然後排遺，褪去灰撲撲幼絨，以最快速度長出亞成鳥的深色褐羽，在意外的計畫中持續往終點邁去，那約莫是今年農曆年的終點。

寒假開始，紙箱裡的稚鳥在第三天已不知去向，教室裡遍尋不著稚鳥的小羽垂下了手臂正準備離開，卻聽見窗簾後嚶嚶聲，她警戒著捏開窗簾一角，隨即傳來羽翅與透明玻璃撲打的簌簌聲響。深瞳對上的時候，她與牠都看見微光。深吸一口氣，勇氣脹滿胸膛，她扳下窗鎖推開窗櫺，拂過眼眶的陽光濕潤，窗外雨豆樹上正勾著一隻撲翅的麻鷺成鳥。牠新長成的春羽以慢速在時間空白處張開，幾乎可以看見根部的幼絨尚未完全褪去，透光的淺褐橫斑接近毛玻璃霧感，身下微蹲的牠在新羽張開後回望了她一眼，倏地縱身躍出窗櫺。

這天陽光很慢很亮，連撲簌簌振翅的聲音都是那麼好聽，兩隻麻鷺飛走了，微風走進窗簾，落下一根繡紅色的褐羽，很美，燦爛披上小羽的睫毛，撲閃撲閃的。

散文獎

優勝獎　徐嘉恩

雷陣雨

個人簡歷

2007 年生，就讀文華高中，非常焦慮且平靜地即將成為高三生。

得獎感言

寫前在哭、寫時在哭、寫後在哭，得獎還能再哭一遍，感覺人生要被眼淚淹沒了，悲傷混雜喜悅的，談人生又太早了。

謝謝每一個抱過我的家人，謝謝怡君老師，謝謝支持我的朋友，包容我像一顆情緒炸彈一樣橫衝直撞。

於是夏天真的到了，時間沒有停，我們也沒有停，還是繼續往前。說人生是場漫長的告別，是也不是。

那是三月的最後一天，星期日，母親在飯廳專心致志的看一部舞台劇，手機大聲外放著駭浪拍擊的聲音和水手的呼喊，在我問之前，我還以為她在看《神鬼奇航》。

「在看什麼？」我漫不經心的問。

母親拉開她身旁的椅子招呼我坐下，講了一些《聖經》、耶穌、出海、門徒之類的故事，我聽得不是很認真，歸根究柢，我不是個虔誠的教徒，對於信仰多採質疑和批判，一點嘲弄的口吻和滿不在乎的態度，在憤世嫉俗的青少年背景下，這些不敬也還算情有可原。

「今天是復活節。」最後她講，推給我一顆從教會帶回來的茶葉蛋，用綠色的玻璃紙包著，看上去像雜貨店賣的皮蛋。可能是基於成本或健康問題，我從小見過的都是水煮蛋。

雖然童話裡兔子藏的都是巧克力蛋。

我記得第一次參加的找彩蛋活動，當牧師喊出遊戲開始後，一群小孩子從禮堂蜂擁而出。我找到的第一顆彩蛋在一間講廳，角落有一架巨大的三角鋼琴，講台正中央是一張放著《聖經》的講桌，右手邊是一排罩在紅絲絨窗簾下的玻璃窗，彩蛋就藏在其中一面窗簾後。

白色的蛋殼被統一塗成了紅色，雞蛋吃起來又乾又柴，當時倒也興高采烈的向朋友大聲炫耀，小心翼翼地捧在手心上帶回家。

我沒吃那顆母親遞過來的茶葉蛋。從前那種不實用又不好吃的彩繪水煮蛋似乎已經被淘汰了，更精益求精的產品出現，我卻沒再慶祝過復活節。

手機裡的舞台劇演到了五餅二魚的情節，我興致缺缺的轉回去吃西瓜，黃色的果肉，切成尖尖的三角，一整盤放在桌上，夏天好像就要到了。

我拿著叉子的手一頓，窗外驟然響起一陣槍林彈雨的爆破，烏雲壓上大地，驟增的雨點急迫的擊打著，猛烈的暴雨裹挾著打雷閃電席捲地表，一瞬間的閃光後轟隆聲接踵而來，從耳膜，到心臟，震盪著一場說下就下的西北雨。

轟然巨響壓過《聖經》的奇蹟，蓋過傳道的嗓音，轟轟烈烈勢不可擋的來，這就是今年第一場雷陣雨。

春末夏初一條模糊的線，在閃光下清晰了一瞬。

好像所有就事物都要在今天刷新了。明天就是四月，明天就是周一，明天就是夏季，明天就是復活後的第一天。

而我還深陷春寒料峭裡，握著一雙蒼白的手，在急轉直下的寒潮中一同失溫。

阿伯猝逝的凌晨也是雨天，在三個禮拜前的週一。母親一接到出事的消息便急匆匆跑出房門去找滿叔*，而我正在寫給朋友的生日祝福信，「生」字寫到最後一畫，我沒停筆問她的匆忙。

我從未想過，這樣平凡的、日常的擦肩而過的一秒，就是生與死相隔最近的一刻。

這樣子的一秒，太多這樣驚心動魄又恍然不可置信的一秒，堆疊成了一個人的死亡。

砰，房門被摔開。

*滿叔是客語裡最小的叔叔

忙音，電話接起又掛下。

沒事的，思緒混亂的叮囑和安慰。

十指緊扣，並不虔誠的人跪在床頭邊祈禱。

閉眼再睜眼，母親坐在床邊無聲而傾注所有的注視。

一秒，只要一秒，相互交疊交錯交織，糾纏不清，像眼裡的血絲，失焦的視線，寂靜裡放輕的呼吸。只要擁抱時收緊的手，眼角乾涸的淚跡，沉痛的悲傷就不需要言語。

怕她擔心，我試圖假裝自己還不知道，只是微笑、盥洗、下樓，讓母親載我去車站搭車上學。路途短暫而安靜，我從機車上下來，踏上人行道，轉身想如往常向她道別，卻說不出再見。

我的潰堤也只是那一秒。

一滴眼淚像太早抵達的夏季陣雨，從天空無波的眼滴落到石磚地上，暈染出小小的、深色的圓，而後就是席捲世界的暴雨，驟然的、猛烈的奪眶而出。

行人來來往往，乘客旅客過客，他們都太習慣了離別，注意不到車站習以為常的分別，習慣各奔東西，習慣淚水、擁抱、再見和再也不見。

太陽下永恆的分離，那就是十七歲第一場雷陣雨。

我不是走向十字架的人，卻在哭悼慨然赴死的先行者，他奔向他從不畏懼另一個世界，留下來的人卻在過受難日。

幾天後的晚上，我在洗碗，滿叔拿著一杯咖啡走進廚房。我有點擔心他，怕他每天靠一杯咖啡清醒，靠一杯啤酒入眠，讓時間的巨輪推著他渾渾噩噩的過，怕他成為滾輪裡的人，奔跑著消耗生命卻走不出悲傷的循環。

「妳現在還好嗎？」他問，總是一些更應該悲傷的人來慰問我，我確實不是個擅長應對分別的人，也不是個理性克制的人。

還好。我回答。

「還好啊，還好就好。」他笑得很猶豫，像手裡發苦的咖啡，「我有時候在房間裡待著做自己的事，就會突然想到妳阿伯，就是餘光突然看到他溜進我房間，大喊我的名字，叫我下去吃飯或跟我要根菸。」

他模仿阿伯的動作，兩隻手提著掛在肋骨兩側，駝著背鬼鬼祟祟的突然冒出來，從不先提醒，只是像驚喜一樣出現嚇他一跳。

我幾乎能想像到阿伯的樣子，稀疏的捲髮，消瘦的身材，一雙有點半瞇著的下垂眼，笑起來沒一口完整的牙，穿著那件寬大的灰色風衣外套和黑色涼鞋，滔滔不絕的講述無邊無際的故事。

他們其實挺像的。我看著滿叔，突然想。

我們其實都挺像的，悲傷下我們都是同一種人，害怕觸及一些過去阿伯愛講的故事，我不敢讀三國，他不敢看科普，但有一天我們都會懷著睹物思人的眼淚走回正軌，我們都會坐在餐桌邊暢談往昔，講那些糗事、瑣事、蠢事。

因為我們都害怕遺忘，遺忘意味著消失，消失就是真正的死去。

談論得多了，有時候我會覺得他還在，雙眼偶爾游離的注視虛空時，都恍惚的看到阿伯的身影，好像他也在聽，也在某個世界裡興高采烈的插話，揮舞著雙手，露出一個缺心眼的笑容。

在他離去的後幾天，每一個擁抱與虔誠的目光都不屬於自己，我們都在透過另一個人的體溫與瞳孔感受已逝之人的存在，希望他也能收到這些牽掛。

他是個很隨興的人，卻不是不用心的人。我記得我隨口一句「想吃可麗餅」被他惦記了那麼久，偶爾回一趟家就興沖沖的拉著我去買那早就被我拋到九霄雲外的一時嘴饞，在忠孝路夜市轉了一大圈才在原點找到當時被草草略過的不起眼小店。

夏季潮濕悶熱的天氣和一場大快人心的雨，我們躲在狹窄的遮雨棚下等兩份半小時都輪不到的可麗餅，雨打在地上碎成一攤小水窪，濺起的水花沾濕了鞋，他還是一副天塌下來也沒事的樣子，悠哉的等老闆慢吞吞的處理訂單，笑著說反正也沒帶傘，乾脆就在這等雨停。

西北雨來得一陣大一陣小，他微雨時躲到對面的人行道上抽菸，那身不修邊幅的經典穿著垮在身上，在雨幕的另一邊朦朧成深淺不一的灰色色塊，在記憶的深處變作輪廓模糊的石碑，永恆的矗立。

在家人對死亡的臆想中，阿伯是最不浪漫的人，他後來也是第一個對未知的實踐者。

他說他相信科學，相信分子、原子、電子，相信人類於宇宙的渺小，相信渺小構築世界的廣袤，人的死亡會歸於這些微末的本質，回歸整個宇宙。

靈魂散落在每個或抽象或具體的節點，宏觀上我們存在，微觀上我們永恆。

回過頭想，或許這就是他對我們最真摯、最釋然的告別。

他的靈魂只是不再與時間並行，跳脫出這條單程的線性敘事，以更自由的方式停留，春天的第一縷風，夏令的第一滴雨，秋日落下的第一片落葉與冬季盛開的第一朵梅花，潮起潮退、日升日落，和人生此前此後的一切。

他不再是此時此刻，卻成了每時每刻。

受難日後就是復活節，死亡以後就是重生。我不敢跨出這個漫長的三月，我怕把思念與存在留在了昨天，我害怕有些事物會不受控制的消逝，我們不曾平等的擁有時間。

西北雨來得快去得也快，風起，陽光又在雲彩後若隱若現。舞台劇播完了，母親穿上圍裙開始準備晚餐，哥哥在二樓房間激動的連線著遊戲，妹妹從四樓溜下來，吃到了她從初春就心心念念的西瓜。

前進不是遺忘。

一個生命的逝去，是另一個生命的雷陣雨。每到夏天來臨，我們就會記起，於是他從未遠去。

明天就是四月，明天就是周一，明天就是夏季，明天就是復活後的第一天，無論如何，明天都是新的一天。

你好，再見。

阿伯，夏天又要到了。

散文獎

優勝獎　邱伊敏

體育生

個人簡歷

2005 年生，中山女高高三生，半個體生半個藝術人。

得獎感言

第一次投台積電，得獎有嚇到，感謝吳佳芬、張逸潔老師；感謝杜玉玲、劉秀慧教練；感謝爸媽和每個支持我的人，成長的路太多花花草草，希望永不忘記文字的美好。

體育生的生活如一部乏人問津的紀錄片。

滑至下顎線滴落的汗珠、拉筋伸展微蹙的眉頭，正急促開闔吐氣的嘴——幾個特寫重複播放在每個校門口還冷冷清清的早晨。不太悅耳的片頭曲是，拉筋時身體關節劈啪的聲響、教練微微沙啞的嗓音、高分貝的電子哨、二十幾人的呼吸。或急或緩，或重或輕，或夾雜幾聲痛苦的嗚咽，不知道是因為缺氧、乏力，還是其他。

每一幕隨著攝影鏡頭推、拉、搖、移、升、降，視角在俯、仰、平、斜輪轉，景框在遠、全、中、近切換，然而精心設計的鏡頭調度，就算能呈現量級選手減重時營養不足的頭暈目眩，田徑運動員噙著汗水的雙眼看去的朦朧……也難完美復刻那些與視野交融的感情。

人數眾多，拍攝的角色交替輪換。第一幕，是前去醫院回診的Ａ，診療室裡的醫生穿著白大褂，手握繃帶剪，仔細丈量下刀處，神情嚴肅。石膏上，有奇異筆書寫得歪歪扭扭的祝福，一圈一圈密密麻麻的字樣，藏住了又癢又痛的傷口、錯過的比賽、萎縮的肌肉、兩個多月的術後復健期……裹住傷處的白終於被緩緩切開，明顯的色差和拆線留下的褐色疤痕短時間是消不下去了，醫生一邊動作，一邊用像Ａ手指指尖繭子粗厚的嗓音溫吞地說，與傷痛相處是體育生的必修課，Ａ不是很在意美醜問題，只是覺得重新曝光的皮膚，有點像騎腳踏車出門晨訓，抬頭時總是常常能見到的，魚肚白的天空。

畫面闖進Ｂ的臥室，設在四點的鬧鐘鈴一陣陣輾過脆弱的夢，從淹沒全身的睡意中勉強站起，簡單洗漱更衣，Ｂ和過去幾百次一樣穿戴塑膠手套、緊握抹刀，睡眠不足、對廚房瓶瓶罐罐的厭倦、不清楚疲憊的身體能否熬過早練……那些未曾說出口的，跟著厚厚的醬料，在白吐司上曇花一現，然後被緊密夾藏，要是情緒有味道，藍莓吐司可能苦澀，那巧克力吐司會不會辛辣的難以下嚥？B忙碌在越南裔母親的早餐店裡，漫無目的地想像著的同時，鏡頭悄悄離開。

小麥色皮膚蓋不住大夜班嵌進C眼窩的，那兩只又大又重的黑眼圈，顏色與之相近的夜色沉重，似乎在啃食他微駝的背。工廠的素色工裝沒有形似眼睛的菱形紋，在部落傳說中那象徵祖靈的庇佑……族人不知道經濟問題才是最惡毒的詛咒，被其緊緊纏縛的靈魂，會逐漸習慣脫去神聖的傳統衣飾，忘記紋面，任憑泰雅的熱血冷卻。幸好，工廠裡總弓著腰操作機械的C，站上運動場，就能重新抬起驕傲的頭顱、緊盯對手、繃緊肌肉，讓戰鬥民族的野性重獲自由，C總感覺體壇似乎長留祖靈的祝福。在夜裡，微弱的星光費力卻堅定閃爍著，像是祖靈的眼睛，鏡頭淡出那一條從工廠回家，疲憊但月色溫柔的路。

場景換到了掛滿學校學業成績優良證書的客廳，「這次段考不到前〇名就退隊算了！」父母瞪大雙眼，理直氣壯地大吼，D握緊拳頭、指甲微微泛白，而反抗的聲音在喉嚨顫抖、滾動，最終面對一句句問責，還是保持緘默，像極了冤囚。屬於班排、類排、校排一道道的標準釘在身上，D不知道向誰問起，提神讀書的黑咖啡會引起心悸怎麼辦？被迫停練、停賽的日子到底有沒有盡頭？各科考卷經常作為罪狀被粗魯地攤在客廳冷冰冰的大理石桌，像成為職業運動員的夢也像自尊，赤裸而殘破。物品摔落的重響，夾雜幾聲歇斯底里的哭吼從客廳傳來，D熟練地關門，把一切尖銳的爭吵隔絕在房間外，任由單人床的柔軟把自己淹沒，到底要不要脫下隊服，放棄自己的堅持呢？貼滿床頭邊，體壇偶像的海報起不了作用，仰慕的選手在各國競技場上奮鬥，D卻連打開房門的勇氣都沒有。

不同鏡頭銜接時的相互對照，衝突是一種表現蒙太奇。「可以和我交往嗎！」青澀戀情是伊甸園的禁果——E收下告白信的手戰慄不止，分不清是慌恐還是欣喜。在沒有假練時低調約會的兩顆心，隨著一個個賽季過去，越來越靠近，直到消息進了教練耳朵，不知情的情侶還在西門町玩拍貼機。攝影機突兀地開拍一場室外球，不到中場時天色忽然轉陰，暴雨不給反應時間地沖刷而下，冷卻了未完成的比賽，來不及轟動、來不及高潮，一切就戛然而止……跳接回E的場景，校隊專用室正一片死寂，只有憤怒的教練反覆強調校隊的禁愛令，十指緊扣的親密、兩人相擁的溫馨、並肩而行的默契皆在咆嘯中被判出局，此時E才知道，那隻摘下果實的手有罪。被撞破的戀情結局像是被迫終止的球賽，站得筆挺的E抿著唇、壓著呼吸，淚流滿面，像那個仰頭在豪雨中，身著球衣不甘心的少年。

攝影機推拉進賽場的角落，坐在板凳上的F已經習慣在待影子裡，默然遙望選手在場上為勝利相擁、喜極而泣，F的雙眼是乾燥的，而教練在遠處掛著欣慰笑容，明明處在同一處空間，卻像兩種截然不同的鏡頭在交叉剪接。替先發聲嘶力竭地加油、遞水擦汗，又掐緊秒數替傷員包紮、拿冰袋。任勞任怨的打雜日常過於耗費精力，要不要撥空加強技術？教練到底有沒有把自己放在眼裡？這種無傷大雅的問題只有在夜深人靜時才有機會一一浮現……刺耳的鬧鈴昭告著新的一天即將到來，F起身盥洗，看向梳妝鏡，安靜地見證一名板凳球員說不出口的失望與不甘，在眼睛下方悄悄沉澱了又一個夜晚，堆積出影子顏色，那熟悉的青黑一片，畫面定格在妝鏡裡一雙要笑不笑的眼睛。

ＡＢＣ等不過冰山一角，《體育生》能記錄的人物遠遠超出二十六個，帶著各自理由、故事走入體壇的人們前仆後繼，即使全世界的教練演出兼導演，大概也永遠等不到殺青的一天，如此枯燥又冗長，無人聞問似乎也不是那麼難以接受。

但是還是期待著以生命出演的劇場能有人落座。

有人能看見被校服掩蓋住的瘀傷嗎？有人能感受到眾目睽睽下每一場與心理壓力的抗衡嗎？有人能聽見支撐著疲憊身體前進的夢想嗎？有人能理解作為紀錄片基調來自訓練生活的高歌慶祝和放聲大哭嗎？

「下一組預備三、二、一、開始！」主題曲的歌詞一成不變……

不知道這一次紀錄片拍攝角色又輪到了誰。

不知道他還能有幾次 Action。

散文獎

優勝獎　沈宇麒

莫曼斯克港的曙光

個人簡歷

2005 年生，就讀與畢業於內壢高中三年級。
曾得過內高文藝獎新詩第二名，散文、短篇小說優勝，元智文藝獎。
一位喜歡睡前寫作和各種語言的男孩，喜歡跳舞、新朋友們，生活豐富的 ENFP。
請追蹤我的 Ins：是與其呀。

得獎感言

寫了三年，兜兜轉轉還是回來散文類。考完學測驚覺自己要畢業，再不投稿就沒有高中文學獎，所以投了高三最後一次稿，最終得到賞識，謝謝台積電文學獎，謝謝評審。
未來進不了台積電工作的話，能拿個獎也是心滿意足。
因為習慣在睡前寫作，能把一天的靈感觀察丟進去題材裡，這篇是好幾個夜晚潤稿的結果，還算得上成功，不辜負那幾個晚睡的黑眼圈。

有一位朋友，高一才認識，初次見面給我的感覺卻很熟悉，也許是因為我們都住在觀音，一個風中無時無刻充斥鹹味的小鎮。從起始站上車，我沒想過會有人和我同一站，願意每天搭一小時的校車上學，偏鄉網路也不好，等待的時間避免尷尬總要找個話聊，漸漸的就熟稔了。

有一次我去找她看海，海浪無畏地趕上岸，好似要把我們吞噬。買了一袋炸海鮮和兩杯檸檬山粉圓在她旁邊，坐在海岸線前的磨石子平台上吃著。我一廂情願，無懼的聊著對未來的憧憬，卻不曉得她的未來可能是不存在的，殘忍至極。海邊打鬧踏沙奔跑，海風吹拂髮絲顯得她白皙的側臉更美，貝殼和蟹駐足觀賞了。海浪是移動的音符，那暮色就是高音譜記號，襯托2/2拍的音符，沿著海流把我緩緩地送回家，她卻停靠在原岸向我揮手道別，用盡最後一絲氣力不讓我察覺到她在硬撐。

踩著餘暉的殘溫，腳下一如流沙要把我們的時間抽走。我們走進海，聲音很淡，真空裡我幾乎聽不到她的求救聲，握著她的手五感卻只剩鹹味。醒過來，沒有夜盲症，卻一絲光線都不存在，會不會突然衝出一頭獅子把我甩開？我興許佇在馬戲團的舞台中央等待開場，也可能是美國的林中公路，等待電鋸殺人魔來追逐我，但真的什麼都看不到了。再醒過來，不知道是不是真的醒過來，還在夢境？是被吵醒抑或被救贖？我是否被溺死和鋸開肚子，無從得知。在那樣的環境中生活是沒有線索也沒有未來的，在這次的觀海體驗，我第一次切身感覺到無助油然而生，那是自己都不想拉自己浮出海面的撒手。無邪的我只感受到了一角，揮手道別的背後是多大的冰山？那超出了我當時的理解範圍。

第二次看海。

過了兩個月她都消失的無影無蹤，天氣很熱，但校車上無人陪伴，悶得慌。某天放學我途經海灘，消波塊的縫隙中依稀有她微小的身影。那是我第一次看她穿短袖，被海水潑灑的有些許透光，但眼眸黯淡了，當我走近她，海風呼嘯地太大聲，掩蓋了我的腳步。手臂上都是瘀青和結痂，我著實嚇到了，不知道該不該就這樣轉身離開，輕輕地來也默默地離，基於朋友，不該。我輕踏著白沙走到她身邊，由於恍神，沒立刻察覺到我的存在，直到再走近一步才醒過來。

前一刻她也在馬戲團的舞台中央嗎？屬於她的舞台我希望是充斥鎂光燈的一場表演，掌聲如雷貫耳，深淵的海洋裡溺不死她的美，但願如此。

「你知道，被喜歡的人喜歡是什麼感覺嗎？」她拋出了這個問題給我，應該要狂喜，這理當是一場雙向奔赴，然而她坐在淺灘，給我講述了一個故事。

女孩有個喜歡的男孩，大海見證了他們的成長，沒有交往，維持著最安全的戀人未滿。陽光從雲層的間隙偷窺，長大後的他們披著初中生的制服在荒蕪沒有人煙的海邊散步，那是自幼以來的祕密基地，男孩控制不住情愫，徒留一身幼稚和赤裸的人性，女孩受驚不已。那刻男孩從白馬王子變成了亞得米勒，女孩推開他跑向海，女孩走進海。海的聲音很淡，真空地沉在海裡卻怎麼也抽不掉那個魔音，是失樂園中墮落的笑聲。女孩沒有聲張，只是不再來往了，從此之後她的身上多了一些瘀青和傷口，浴室的排水孔滿是結痂。

她以前還會跟我爭執什麼的時候我都以為沒事，可到了後來什麼都不爭了，說話輕輕的，像潮間帶底層被捲起的沙一般漂到岸上，我就大概知道來不及了。人走不出來的那面會被困在時間裡迴環複沓，被囚在名為「回憶」的縲紲折磨，久了就疲勞，對生活也厭倦了，所以才會柔柔的。那不是釋懷，是危險地把自己從世界淡出。

這個聽起來荒誕無稽的故事卻不是胡謅，我真的有一位這樣的朋友需要幫忙，然而那個涉世未深的我不知道要怎麼處理，讓她沉溺怕浮不上來，陪她說話又怕增添壓力。不知道那種窒息，是能夠多吸幾口氧氣就苟延殘喘的嗎？

我一直想，如果男孩當時能再慢一點，一如沿岸流緩緩的進入關係，洋流大概也不會牴觸，結局就不會沉到海底，也不會有人被殺人魔追殺。不過說到底也只是不嚴謹的揣測，真正發生什麼，獅子是馴服過抑或野獸，我無從證明。

隔幾天的晚上，即便我的體質很難入睡，卻三番兩次在夢魘中感覺到男孩的具體形象，故事情節身歷其境。就她講述的內容，我在迷濛中體會到那句問題的真義。流到另一個夢裡，我們依舊坐在淺灘，身後有一個女人朝我們喊了「多多」，我下意識地轉過身子，尚未看清楚是誰，女孩卻站起身跑向她，可能是她的母親吧！原來女孩趕巧和我有一樣的小名，不過我上高中後就沒人再如此稱呼我了。

因為靠海長大，所以她嚮往山林，好幾次我都想和她去拉拉山走走，看看樹蔭下攀在石階上的地衣，聽聽山嶽的聲音，雖然那邊海拔不如阿里山或玉山，景色沒那麼多元，但她的力氣只能走這麼遠了。最終我們一次也沒去，用她的話說就是，有些憧憬保持想像才能稱得上憧憬，我是不會強迫她的。山上的日出很美，神祕的阿波羅是永不衰老的美少年，蟲草般的光澤閃耀了一整片蒼穹，和清晨零下的白霧交織在一起……我曾乘著小火車與神木作伴觀日。這次輪到我向她說故事了，可能也親眼看過，但她一輩子都感受不到美。

電視上曾出現過媲美山林的不凍港，俄羅斯的莫曼斯克港，因為北大西洋暖流所以在北極圈內都不會結冰。北緯 68.5 度的極地還沒走到地球的端點，唯有冬至時分黑夜才籠罩終日，而那天的體感對外國人來說很漫長，像盼了好多年，總望不到破曉。其餘時間由民用曙暮光把城市照得通紅，映照出副熱帶國家看不到的壯麗，這不是多走幾步就能體驗的。

她陪了我在原地停了兩年半，高三上學期結束，我開始前進後就再也沒有見過她。或許在街頭有幸與她碰頭過，也許去整形，形成一個重生，至少我希望是這樣。可能自殺了，幫自己請了一輩子的心理假。我也請過心理假，不過是下大雨不願獨自在站牌等車，浸透了從澎湖帶回來的塑膠拖鞋和我的足弓。但她不如我一樣，心裡的謊話如腳下雨水混著泥沙一般汙濁，潔白無瑕的。我也想像過她的樣子，是自縊呢？還是安眠藥（我曾在我的口袋中找到過史蒂諾斯）？也可能在這小島的某一隅好好生活著，把那個救不回的自我埋沒於沙灘，死過了才知道怎麼活。我不會去驚擾她，即使我知道她住在左邊的房間，主動脈把回憶不斷泵浦給我。我看過她死前的模樣，來生就不必再幫她殘忍的回顧了。我們這輩子恐怕不會再見了。

她和我說過，感覺自己和《如懿傳》裡的乾隆一樣，佇立於無人之巔。山巔的白雪靜靜地躺在永凍土層頂端，一株高山苔蘚都沒有的無人陪伴，我只是每日灑落的微光，始終沒辦法造成任何融化。她也不會雪崩，沒有動機再潰堤，因為雪已經冰封而無法再遷徙了。

我們都會說屬於自己的故事，眼淚告訴我們是否真實，還占走心中某部分嗎？釋懷與否只不過是一條蠶絲的差別，渡與不渡，她乘著竹筏沉浮太久了，可能溢出了群馬縣就不再屬於三途川，蜿蜒的河道上找不到半管竹筒。

我也想過為什麼不是小正太或老爺爺，而是年紀相仿的女孩？她的出現或許是船伕，我才是那個需要渡河的乘客。性別可能是讓我逃離男孩的唯一理由，我不再是男性是不是就能免除這些惡夢了？

自從她淡出我的生活，這世界就只剩一個多多。過去的我不停朝自己提問、假設，如今再也不會在房間自言自語，其中一杯從來沒喝過的檸檬山粉圓也不復存在，粼粼的海我能以唯一的面向觀望。她到底是誰？我們的關係不過只是鄰居般住在不同的心房，她不過就是解離後的我。

我的日出帶來朝氣，她則永遠留在冬至極夜的北極圈裡。盼望屬於她的頂峰之雪已走成一條冰川，冰川的角峰看得到七千公里外，我們一起等了兩年半的莫曼斯克港的曙光。

散文獎

優勝獎　張允昊

三香粽記

個人簡歷

2005 年生，宜蘭高中三年級，六月初熱騰騰地畢業了。想一個人住在普吉島海邊的小房子，每天聽著潮漲潮落起床，再聽著退流行的音樂睡去。

得獎感言

感謝主辦單位的用心、評審老師的肯定，感謝雅心老師、沛芬老師在創作上的辛勤指導。還記得我疲累地準備大考時，老師突然拿著印出來的稿子，走到我的座位旁說：「這篇寫得超好的耶！」今年我依然沒有吃到外婆的粽子，希望明年能帶幾顆回去跟老師分享。

序

想著較早的時陣，外媽攏會家治縛粽，佇重午的一月日進前，伊著會一个人騎彼台足老足舊的 oo-tóo-bái（摩托車）來去附近的菜市仔買食材，猶會記得細漢時我早早坐佇咧大厝中央房外口的石級仔頂頭，看光光个日頭予雲尪的夢染到又紅閣柑，外媽著用雙跤帶動 oo-tóo-bái，沓沓仔徙到我的面頭前，問講：「欲食粽嗎？」

五年前外公在舊宅的三合院逝世後，父親便將寂寞的外婆接回都市。外婆喜愛那些花花綠綠的衣衫，以條紋與波點為佳。居住的市區不算太大，搭乘她略顯老舊的十一號公車便可走透整個小鎮，在如此喧囂的地域，外婆仍能緩慢地保持浪漫步調——生活的樂趣來自於傳統節慶的料理，論回味無窮而剎那思念，無疑是端午包粽。小時候幾乎每半個月就會攜著輕便的行囊，一家三口乘著三五歲的小客車來往鄉里的故宅，凝望外婆開始準備包粽，便會提前一個月醞釀粽葉，高高地掛在房簷之上，隨著微風曬乾體膚，搖曳粽葉的氣味。

外婆習於使用塑膠製的白色圓籃盛裝粽葉，中央鏤空，粽葉有兩面，一面較為粗糙，另一面則趨近平整滑順。將葉子順著圓籃的外框向外擺放，猶如一朵朝陽生長的向日葵。端午前一周，家裡便能搶先吃得第一批新鮮粽子，在那之前，外婆和姨母就會趕工作業。備料的步驟早已薰香了整間房屋，母親會親自前往傳統市場挑選五花肉，過去的版本總是肥滋肥滋的，但是考量年歲漸長，便改為使用多為瘦肉的品項，母親的手既細又嫩，擇肉之道必為一流。據她所述，肉質色澤應呈現明亮的鮮紅色，若過於灰褐，或是蒼白如失了營養，都是不新鮮的表現，這時我總托了托高度數的眼鏡，疑惑地思考肉質顏色的差異……

外婆的身軀稍駝，廚灶前的窗戶彷若有微光，將她的形影延伸得長長的，套上卡通圖案的老圍裙，旁人或許誤以為是退隱的中餐廳主廚即將復出，那樣的姿態極其沉穩莊重。爬滿皺紋的小手綁緊固定圍裙的衣帶，手有些不方便伸至背部，但我想，外婆將要舉辦一場和粽子的相見禮。

傾斜裝著油的琉璃罐，亮光可以輕易地穿過些許的氣泡，暈染得似黃似綠地。加緊腳步豪爽地撒下油蔥，嗞啦嗞啦，鍋鏟摩擦炒鍋；劈里啪啦，蔥的顏色便蛻成暗褐，像玉米成為爆米花般，成為了油蔥酥，順手摻些小蝦米，原本乾癟的表皮蘸上熱油，逐漸潤濕了起來——此刻是第一香。配料均勻地裹纏一層薄薄的香味後，控制好火候，在鍋裡下一場醬油雨，但僅僅是午後雷陣，多了便會過鹹，影響口感。染成深咖啡的米粒擁護那些小料，外婆挪了挪身子，從殷紅的兩層瓷鍋拿取昨夜浸泡於水的糯米，瀝乾之後混入共炒，以手指敏捷斗量，食指與拇指搓揉出糖，作為甜蜜的綴襯。

外婆迷你的身體卻能帶動沉甸甸的炒鍋發出鏗鏘之聲，沒有任何一粒米飯被遺落，全都安分守己地待在鍋裡等候時機。她一邊翻炒小料，一邊用鍋鏟織出了雲朵，瀰漫在整個廚房，甚至探頭進客廳，令室內空氣害臊地升溫，呼吸時感覺又熱又濕。炒鍋邊緣會冒出細瑣的氣泡，這時是滾燙的時辰，毫不猶豫地倒入熱高湯，確保漸趨茁壯的米飯都能獨立自主，不再黏糊彼此。最後加入五花肉、花生、香菇、筍絲等主料大火炒熟，當糯米呈現半透明即可起鍋放涼——。

姨母手拿洗淨且乾燥的粽葉，約略一半之處，摺疊後從摺線的右緣往內翻，最後上壓，反摺愈多次成形的粽子將愈小，反之則能包出更大的粽子。粽葉輕放掌央，尖角朝下，五指緊扣粽葉，以不鏽鋼的長湯匙舀料放入葉內空間，完美粽子的撇步是裝到八分滿就此停手，因為米粒容易膨脹，過於貪心，到時候形狀會千奇百怪。以中指、拇指相互合作，另一隻手將上方的粽葉往前推移，形成兩處皺褶，多餘的葉末能夠再反摺二到三次，直至長度合適。棉繩浸濕增加阻力，環繞粽身兩圈後緊緊拉起，綁上活結便親眼見證一顆粽子的誕生。

以隔水蒸煮之法，計時約六十分鐘，沉睡的粽子就會在極熱的鍋中甦醒，糯米飯的汗水浸透粽葉，將所有氣味鎖在小小的三角形中，色香味即將俱全。我經常搶先領養第一顆粽子寶寶，剛蒸好出鍋的粽葉燙得難以用手拿起，我便會先將棉繩拆開，用兩根手指頭將葉子抽走，放在碗中呈現金黃軟糯的金字塔，粽葉往往包不住粽子的氣味，含苞待放，我獨自享受著那米飯清甜的基底下，多重迭起的醬香，深邃的油蔥味與熟透的香菇是中調，尾調則由熱騰騰的五花肉單獨負責，微妙的花生香從米粒的隙縫中竄出，是粽子的味道——這是第二香。

過去家裡曾用長糯米，但口感較硬，粽體也偏向鬆散，如今習慣的短糯米更加富有彈性，蒸後會產生黏性，鞏固整個粽子的形體。唇畔閃著油光，嘴角也不禁滿足地上揚，舌頭觸碰米飯，彷彿口嚼粽葉，粒粒分明卻又緊擁不捨，偶爾不小心被中間的料燙傷了舌尖，五花瘦肉具有自我意識，獨樹一格，和蒸後軟化的食材迥然相異，它依然保有韌度，愈嚼愈令人上癮，產生唾液的催化劑。拳頭大小的粽子總是倏忽地被挨餓的胃捕食，我在唇齒之間看見竹籜生長之地，竹殼葉便是俗稱的粽葉原名，多麼野生的觸感，粗糙的一面有它的經絡，我仔細為竹籜把脈，當場便篤定未來將成為外婆手中的珍饈。

外婆疲累一天後拿起鍋內僅存未多的粽子，傴僂地倚靠在陽台邊的落地窗，此時的她卻又看似優雅從容，不同於廚房內的激昂慷慨，這是如此浪漫的食物傳承……遺憾一年前外婆在家中誤將手臂摔傷，胳膊連接肩膀的骨幹移位，倘若堅決做手術盼盡快復原，便是最為危險的選擇。外婆年事已高，無法負荷手術要求的全身麻醉，固然只能以三角巾固定手臂，每個月重複回診確保骨頭自行歸位。主治醫生只是反覆搖頭嘆息，評估至少一年的時間才可生長出骨頭的黏合劑，回復原狀。據說粽子的作法是太姥姥傳給外婆的，縱然每一代都會有食譜的變動，而那一份食譜是無形的記憶，是只能口語傳述的瑰寶，外婆休養的日子裡，再也無人做得出那樣的味道。

母親從未接受外婆的傳承，因為她天生對粽葉過敏，一碰即長滿全身的小紅疹子，重則高燒不退；姨母則是不擅廚藝，僅能協助外婆準備簡單的小料，若是依照食譜製作，應該也是難於複製相同的味道……。而我卻被外婆責備年齒太小，進廚房實在危險——今年端午，恐怕沒了熟悉的香味。

端午粽似乎取代冬至湯圓，象徵我每一年增長的歲數，我依稀能回憶著外婆將一根長長的鐵棍架在牆壁和櫥櫃之間，用以晾曬粽葉，每到那個時候，整個房屋像是一顆熱粽，葉子特殊的氣味從門縫，從窗扉，從鼻腔溢了整個世界。我凝望外婆坐在搖椅上，用未受傷的一隻手拉起毛毯，遮蔽無法移動的另一隻手，朝窗外嘆了無聲無息的感慨，這一份食譜，這一分情感，這一分傳統與堅持，都是串連我對於端午的重要回憶，當家裡掛滿了粽葉，我便知曉端午之日即將抵達。嗅著芬芳遇見屈原漫步在江邊，遇見白素貞趕著盜取仙草，遇見曹娥尋覓父屍，我們都是偶然地擦肩而過，而那能被我捧在掌中的小三角，早已成為記憶裡的第三香——

流動、飄蕩而多采：
二〇二四第二十一屆台積電青年學生文學獎——散文組決審紀要

時間：二〇二四年六月二十三日下午一時三十分
決審委員：石曉楓、李欣倫、郭強生、陳大爲、簡媜（按姓氏筆畫序）
列席：宇文正、王盛弘
張馨潔／記錄整理

本年度台積電青年學生文學獎來稿共一三四件，扣除資格不符的作品後共有一三〇件，透過江鵝、吳鈞堯、孫梓評、陳栢青、彭樹君、蔣亞妮（按姓氏筆畫序）六位複審委員評選二十一篇作品入圍決審。

複審委員讚賞一三〇件作品整體創作水準高，樂見年輕創作者藉文字爬梳細緻的情緒，筆下環繞著親情、友情而生的煩惱與思索，寫出中學生觀看世界的方式，讚賞「天才彷彿成群結隊而來」！亦提出近年來創作者刻意追求老成，反倒不是那麼樂衷於書寫當下身處的時代；同時，書寫無法安放的、遲疑感受的作品較少，較為可惜。

決審委員推舉李欣倫擔任主席，主持會議流程。會議開始，李欣倫請委員們發表審閱作品的整體觀察，最後評審們決定各自選出心目中最佳的五篇作品，再依票數逐一討論。

整體意見

簡　媜：今對這屆整體作品的第一個印象是傷痕如此之多，許多作者寫到生活或生命與生帶來的困境，高中生的他們那麼早就察覺到了書寫這些傷痕的必要，令人感到心疼。第二個印象是整體而言寫作的技巧更加進步，同時本屆作品對於鑄造新詞、濃縮句義的創新意圖更加明顯，偶爾也有詰屈聱牙、文法欠妥之處，但可以感受到作者歪歪斜斜地在開闢路徑。第三個印象是能看到作者想將母語帶入作品的意圖，這批作品有許多的閩南語入文，部分流暢度有待加強，但不造成閱讀上太大的障礙。第四個印象是民俗活動方面的題材入文，有作品寫到媽祖遶境、到宮廟當志工……有貼近本土元素、台灣主體的趨向。第五個印象是題材的多元，有描寫體育生的生活、準備科展的生活，展現高中生的世界朝向寬廣的方向發展。

這一次的作品當中，篇數最多的是書寫自我成長的類別，數量第二高的是親情類別，展現家庭或人生困難的第一個現場，取材能力好，各有開展。其他題材的書寫包含友誼、自我成長、情感、同志書寫等。我的評審標準在於：一、能否掌握題材特殊性；二、書寫策略、結構布局方面，情節與文字能否相輔相成；三、主題意識能否在情景交融中清晰地呈現，兼具技術跟藝術。

陳大為：這批作品能夠勇敢赤裸地暴露自我內心世界，對於內在的挖掘超越以前的作品。評審過程中我雖喜歡創意，但更在意作者為了達到創意，而過分刻意地影響結構與段落的安排，失去散文寫作的自然感，因此自然與結構這兩個矛盾的概念要能在散文中拿捏平衡。我也著重於作者能在文章裡呈現自己的想法、個性，以及獨特的世界觀，我喜歡其中一篇文章寫作者躺在地上的觀察，展現對事物的敏銳感受。

郭強生：我完全同意兩位所說。這批作品讓我看到危機，作品同質性很高，母子、憂鬱症、同志成為三大題材與我創作班上的學生創作主題不謀而合。我憂心這可能是閱讀上已經有了套式所導致，例如在班上我希望學生跟全班同學分享作品發想與寫作的過程，我發現學生表達不出來，也說不出自己是被何物觸發，發現學生創作的源頭多數不是來自實際的生命經驗，這是我的觀察。評審標準方面，散文像是庭園造景，透過節奏感引導讀者慢慢參觀，靠著作者的才思作為關鍵，來連結各個景致。文氣也是我所看重的，它並非來自於現場的拍攝，而是反芻生活中的關鍵點，才能觸發而出的滋味。

石曉楓：本次作品的題材非常多元，除了本土的台灣題材以外，大致還有三類印象較深刻的，我想從這三類來談談個人的觀察。第一類是親情，其中有幾篇寫到後面逐漸有作文化的傾向，我在思考這是否來自於教科書選文的暗示，作者們彷彿認為作品一定要有個溫暖的收束，可惜轉折都流於生硬。第二類是關於同儕關係的書寫，尤其書寫同性情誼的部分曖昧而多元，充滿各種可能性，也彰顯了高中生複雜的內心世界。第三類是關於自我或是存在的叩問，展現出高中生恍惚茫然的某種生活共相，文中常能看到大量 3C 產品，尤其是耳機隔絕了外在的世界，進入封閉的單人生活，幸好其中也還有內向性的自省。

這次有幾篇讓我很驚豔的作品，充滿了想像力、創意與新奇感，他們充分調度了各種感官經驗，儼然形成新世代特殊的表達方式。借用這裡面有一篇創作的題目名之為〈流緒〉：所謂「流」，指涉新世代的文意是流動、飄蕩而多采的；而所謂「緒」，我把它詮釋為其中又有情感的內在連續性，期待具有潛力的一批散文作者慢慢成形。至於談到評選標準的話，除了主題，或者是技巧、題材等基本要求外，我不會去預設其他標準，因為我希望參賽作品可以打破我原來的標準

李欣倫：這批作品在文字裡面的影像感十分濃烈，作品傾向鏡頭語言來思考。其中影像感最強烈的作品是〈體育生〉，整個敘事的推移令人意識到有鏡頭的存在。而其他的作品亦能夠發現作者不滿足於從頭到尾線性的陳述，而是透過剪接的方式，甚至把舞台的場景寫入文本中，或許是這個影像世代對他們的內化。因此讀到他們在談人我關係的時候，能感受到有一台攝影機，跟著他們在移動，甚至某些場景讓人感受到視覺是慢慢淡出的，有一些篇章會特別描述聲音，有一種環繞音效的感覺。我也發現有些作品在金句上進行雕琢或經營，對白設計充滿巧思，折射出作者怎麼看這個世界。評審過程中，在內容、形式、敘事手法，我會盡量找一個平衡。延續曉楓老師的說法，有些作品不脫作文的格式，要寫出光明溫暖的結尾，明顯在收尾上產生瑕疵，其實他們正處於探索的世代，不一定要立刻給出答案。

◎第一輪投票

五票作品

〈天鵝踩破湖水〉（簡、郭、石、李、陳）

〈不去邊境的那天〉（簡、郭、石、李、陳）

四票作品

〈把心放在地上〉（簡、郭、石、陳）

二票作品

〈綠霧分離〉（李、陳）

〈羽光〉（簡、石）

〈莫曼斯克港的曙光〉（郭、石）

一票作品

〈軀殼〉（簡）

〈三溫暖〉（李）

〈雷陣雨〉（陳）

〈體育生〉（李）

〈三香粽記〉（郭）

〇票作品

〈生日〉、〈為你，輸一場遊戲〉、〈流緒〉、〈日向〉、〈異食〉、〈花園〉、〈蚊子與科展〉、〈乾燥自己〉、〈時差〉、〈囡仔〉。

獲二票以上者確定進入第二輪表決，○票作品則不列入討論。評審先針對獲一票的作品，逐一發表意見，選出進入第二輪表決的作品。

◎一票作品討論

〈軀殼〉

簡媜談到本文寫的是一個染毒的父親、受暴的童年，可以感受得到文字當中充斥的痛苦。可惜內容與題目關聯不大，同時若是能拿掉引用的歌曲，繼續大膽挖掘自身經驗會更理想。

陳大為補充，作者將引用歌曲解釋為帶有反毒的目的，削弱了詮釋上的說服力，他重聽數次並斟酌許久，仍難以認同作者對於歌曲的觀點。

〈三溫暖〉

李欣倫說明本文書寫一家人的日常剪影，其中對於身體感的描寫，以及作為旁觀者人物的素描皆有不少令人驚喜的部分，而這篇文章缺失在於內容鬆散，結構不夠清晰，因此她沒有特別堅持。

〈體育生〉

李欣倫提到我們通常對體育生的想像比較模糊，本篇同時為讀者展現多位體育生真實的生活，有的人受傷，有人要幫忙家務或大夜工讀，甚至是念體育跟家人起衝突，可惜每一則小故事皆點到為止，像是一則則短影音，不夠深入。而文章結尾太有設計感了，支撐不起前面的敘事，因此本篇她沒有特別堅持。

石曉楓認為本文寫法雖然較為簡單，但其中有非常形象化的運鏡設計，無論構思、布局或題材都值得鼓勵。

簡媜補充本篇文章大量標點符號的運用失誤，是明顯的敗筆。

〈雷陣雨〉

陳大為認為，這篇散文安排了許多很有意思的伏筆，復活節和「生」字的最後一畫，銜接下去的竟然是阿伯不可預期的死亡，配上一場富有寓意的雷陣雨，讀來毫不突兀。它最令人動容的還是亡者遺給作者和滿叔生活中的殘影，剛開始不敢多談，後來「談論得多了，有時候我會覺得他還在」，再後來「他不再是此時此刻，卻成了每時每刻」，這個心理進程的描述簡單、乾淨，而且有力。文末再回到復活節，以及雷陣雨。巨大的思念就像雷陣雨，讓人佇足良久，但一定會再前進；阿伯成為時間的一部分，卻也不怕被淡忘。這個收尾甚好，不會太刻意。全文讀下來，有好些思念呈現點狀或片狀，未能融為一體，比較可惜。

〈三香粽記〉

郭強生認為本文文筆中規中矩，但時有佳句。認為飲食文學在散文裡面是大宗，即使在有如此多範本的前提下，作者仍穩紮穩打從實際的文字本身，進行自我鍛煉，呈現也很完整。而文章一開始的序為敗筆，若刪去更好。

簡媜同樣談到對於序文的意見，不解作者何以要如此書寫。也提到修辭方面，有些地方顯得不夠流暢，文中描寫了外婆包粽子的過程，像是教學法的說明較為無趣。她也提到本文用「三香」來描寫包粽富有層次，這樣的設計與布局值得嘉許。

石曉楓亦讚賞本文描寫飲食部分與「三香」的設計，但提到文章開頭的文字不夠流暢，末尾引用典故則較為刻意，流於作文化。

獲一票的作品討論完畢。簡媜放棄〈軀殼〉，李欣倫放棄〈三溫暖〉。〈體育生〉、〈三香粽記〉兩篇將進入第二輪投票。

◎二票作品討論

〈綠霧分離〉

李欣倫表示作者雖然年輕，但對世界的觀察與反思滿老練與成熟。整篇文章看起來沒有很強的敘事線，而是透過反芻同儕的幾句話來看待自己，這樣的表現很符合中學生的年紀。文中的影像感跟設計對白很有特色，例如作者與同儕薄荷的對話提到「墜落的定義就是受傷」，或是第二頁提到「這裡不存在真正的降落」都能讓讀者跳脫現實，思索存在的意義。文中也會使用一些學科語言，像是談世界歪斜物理的折射現象，作者把所學的知識，變成他觀察自己還有人我關係的比喻。雖然文字有點濃稠，標題不甚合理，但她滿能夠進入作者想要給讀者的氛圍之中。

陳大為談到會挑選這篇，是因為本篇可作為比賽中此種類型作品的代表，他認為作者觀察事物十分細微，但對白讀起來卻過於虛幻，不像真實生活中會出現的對話，同時補充本次比賽的多篇作品因為這樣的理由而被他淘汰。陳大為表示這是他心中的第五名，心中的前三名作品已入選，此篇排名在〈雷陣雨〉之後，因而他沒有特別堅持保留本篇。

簡媜認為在閱讀的時候很快地可以感受到作者營造的氛圍，但在讀第二遍的時候，發現題目指涉不清，認為文章如此營造過於刻意，反倒不夠自然。文中引用的《阿飛正傳》、張國榮、王傑等信息，並沒有在作者的書寫當中具有任務，可以被刪除，散文寫作中一旦出現這樣的情況就表示設計上出現了空缺，內容過於鬆散。文章中四個人角色在友誼上的周旋，確實也是青春歲月當中很重要的經驗，但是本文的寫法將之迷濛化，有時候要透露出傷痕，有時候又刻意要掩蓋傷痕，所以閱讀起來難以打動人且讓她感到困惑。

郭強生認同簡媜的說法，認為本文標題不合理，同時文中除了人物敘述之外，穿插的電影、學科的文句使文章流於造作。若陳大為要放棄本文，保留〈雷陣雨〉，他可以支持。石曉楓也同樣表示可以支持放棄〈綠霧分離〉，保留〈雷陣雨〉。

最後評審們全數同意保留〈綠霧分離〉，並讓〈雷陣雨〉也加入第二輪投票。

〈羽光〉

石曉楓談到自己非常喜歡這篇作品，作者寫出萬物和諧、自然舒展的感覺，全篇文字很安靜且有質地，把校園場域如同一個大型的生態池來呈現，人、動物、植物共同在其中維持規律的節奏，就像上課的鐘聲或是鳥兒固定的飛巡，都是規律感的呈現。但自然規律中偶有意外，例如資源班學生，例如墜落的雛鳥，而即使有這樣的意外，我們也不需要驚疑或是投以特別的注視，因為那也是自然的一部分。羽光的明滅閃爍之間，每一個生命無論是人或動物都充滿了獨特的、天然的丰采，讓我們看到一個寬廣的，關於自然的概念。她覺得高中生選擇這樣的題材，寫出這樣的題材並不容易。

簡媜認為本文用微觀的筆法，不是透過吶喊，也不是透過直接書寫傷痕，而是透過緩慢敘述、細節推移，達到作者要想傳達的氛圍與領悟。刻劃細膩的文字，在這一批作品中數一數二。能夠在短短的字數內，書寫完整的故事，同時在自然書寫中洋溢人情的溫暖，透過資源班的學生、墜落的雛鳥兩種對照組，帶領讀者去感受最後的核心，達到自然與人合一的境界是很不容易的，讚賞作者充滿潛力。

郭強生提及本文前後的比重應該調整，作者一開始帶出多位人物，但是有一些人物後來便消失了，破壞了整篇文章的平衡，在他看來有著結構上的缺點，但本文若作為佳作是合宜的，作者的文筆值得鼓勵。

李欣倫說道，文中角色M出現時，她一開始也有點錯愕，但是後續作者已經作了一個對照，提到小羽是微觀的眼睛，M是遠觀的眼睛，作者把這兩個人物介紹出來，應該是有敘事觀點轉移的用意。她認為本文文字流暢，因此也支持這一篇作品。

〈莫曼斯克港的曙光〉

郭強生談到本文是青少年常寫的憂鬱症題材，在結構與鋪陳上貼近這個年紀面對傷痕與遺憾的方式，寫得收斂，令他印象深刻。

石曉楓談到本次參賽作品中，有許多篇的題目都訂得很出色，本篇也是其中之一。憂鬱症的題材雖然常見，但是作者發展出了另外一種寫作方式，把醒跟夢之間、真實跟幻想之間的對望寫得很有詩意與想像力，找出另外一種有潛力的散文寫法。她覺得文中有幾處呼應處理得宜，像獅子反撲，或殺人魔來了的比喻一直在文中閃現。全文最後用情節回應題目，也處理得很完整。

簡媜認為本文似乎體現了一種性別認同的掙扎，可惜朦朧、解離式的寫法影響了讀者對文章的理解，同時修辭上也有些失誤。有些地方談到傷痕、瘀青、結痂等意象，讓我們知道作者受到重大的傷害，後文描述「這個荒誕無稽的故事卻不是胡謅，我真的有一個這樣的朋友需要幫忙」以及提到《如懿傳》的乾隆，與原先營造的氛圍產生落差，令人感到突兀。

郭強生補充說明，很少人注意到作為憂鬱症患者的身邊的陪伴者或朋友，也處在黑暗漩渦之中，作者關懷一位憂鬱症的朋友，同時處理自己性別認同的問題，為這篇文章帶來迷離感，因為他也走在迷霧邊緣，而這樣的敘述觀點是比較少見的，寫出跟從前的憂鬱症題材不同的風格。

◎四票作品討論

〈把心放在地上〉

陳大為認為本文題材特殊，行文看似隨性其實對多處細節用心，文章在處理「躺下來」這個念頭，節奏較快，不拖泥帶水，讀起來令人感到愉快。全文的鋪陳具有層次感，也談到躺下這種行為是被阻止的，因為文明社會裡面比較不能接受人們表現過分鬆弛的一面。他最喜歡文章後半部，作者寫出躺下來之後發現視野中沒有任何人，視覺世界被重組，然後發現聲音傳來的方式不太一樣……讓作者對世界的體悟方式、創造方式，不同於以往。但文章的題目訂定帶有有點說教的意味，題目上是否需要刻意營造這樣的氛圍，可以再斟酌。

簡嫃談道，這篇是用另外一種方式寫「躺平」，寫出奇思異想，手法也很詼諧。她同意陳大為老師所說的優點，認為躺平是為了尋找新的視角，全文活潑，具有生命力。整體來說敘述流暢，修辭有些小瑕疵，也是她喜歡的其中一篇作品。

郭強生表示這篇讀來舒適，作者將全文掌握得很好，能感受到躺下來之後，作者的視角在擴大、變換，從一個小念頭開始，用自己的文字慢慢渲染躺下之後那個不一樣的世界帶來的感受，非常不容易。他覺得光靠作者的文字，就能令人感同身受，這就是文學的一大樂趣。同時本文體現而出的，專屬於青少年的那種可愛與情懷，在這一批作品中是難得的。

石曉楓認為這是一篇典型的「小題大作」式的文章，當她讀到作者躺下之後，寫下身體的感覺與思考，感受到其中的真誠。而且文字表達深刻，尤其談到天空很美、傍晚很美，雖然遠方有戰爭的段落處，每一段都寫得很好。此外她也認為作者的處理方式很聰明，在文中加入原始部落、疾病、死亡與躺下的關係，可以加重文章的厚度，使作品不至於太過輕盈。

◎五票作品討論

〈天鵝踩破湖水〉

李欣倫認為本文在結構上經過設計，卻不過度經營，達到了平衡。文章分為兩軌書寫，一軌是寫作者與父母去爬山；另一軌作者在山裡面看直播，但網路斷斷續續，再從直播談到喜愛的偶像團體要單飛，也反觀自己對未來的迷惘，有自覺地透過反思，凝視自己對現實的逃避。整篇文章還有另一處具有設計感的地方，是寫山上收訊不佳，手機的聲音斷斷續續，作者摘下耳機聽見真實的鳥鳴與風聲，對聲音的描寫貫串全文，像是隱形的線索，串接他想表達的內涵。文中天鵝與鴨子的隱喻也有巧思。

陳大為談道，他非常喜歡這篇文章，寫出一種隨時可能發生的日常片段，以迷路了但可以脫困的山林作為場景，場景的營造也很逼真。他特別喜歡作者對於細節的描寫，例如作者討厭手機變成黑畫面的時候，會映照出自己的臉，以及呈現自己猶如鴨子的狀態，處於濁水中，天鵝成為另一種想像——雖然沒有什麼能力，但能奮力一搏脫離困境。寫法直接，展現年輕人的思緒與心態。

簡媜談道〈羽光〉、〈天鵝踩破湖水〉、〈把心放在地上〉這三篇是這一批作品中文字最好的。她把本文歸類為自我成長與探索的作品，文章透過古道的健行，到戶外探索出路，與網路直播時把耳機塞起來，處於個人的宇宙中，這兩種意象呈現了開放與封閉，實與虛的對照，設計恰到好處。敘事者本來帶著煩躁的情緒不想參加健行，直到那隻鴨子處在封閉的環境裡，為他帶來了啟示，如同他的內在有一部分同樣是封閉不為人知，不被探索，也不想去尋找出路；但作者必須找到一條情感上面的出路，天鵝成為了此處的象徵，這隻天鵝是來自他喜歡的樂團，樂團其中有一人追尋自己的夢想而要單飛，最後在舊的MV中看見了這隻天鵝拍動翅膀像要飛一樣，寫到這裡的時候鴨子跟天鵝合而為一，同時都是指作者自身。全文在設計方面，以及文字的質感及刻畫都達到相當的高度，很是難得。

郭強生認為讀完後覺得作者非常超齡，故事的設計與細節的安排都做得很好，非常想給他第一名，但令他感到猶豫之處是這樣的想法與設計，是電影式、劇本式的設計，彰顯出作品的電影感，以及作者描述細節的能力，雖然寫得非常好，但散文最難得的部分——作者對散文的某種境界跟文氣的追求反而沒有被彰顯。而關於文中提到樂團單飛這件事，多半的樂團人單飛對外都說是為了理想，但事實上多半是合約問題，何以此事對於敘述者有如此大的影響？他會期待再表達得更完整。

石曉楓表示這篇作品設計得非常繁複，作者的經營很有條理，文章開篇作者寫陽光照在枝幹上，腳踩在落葉上，落葉像被踩扁的季節的屍體，暗喻著每個人被生活碾壓的過程，而透過陽光彷彿希望尋求一條出路，所以第一頁一開始很快就寫道「這真的是路嗎？我忍不住抱怨」，這句話帶有隱喻。文中寫出草像軟的牢籠，爸爸要把這些雜草鬪除，暗喻爸爸也要把牢籠劈除出一條路徑，其中也有親子之間的映照。樂團的部分作者確實沒有交代得太清楚，然而全文的整體意象都非常完整，具有清晰的視覺感，她不會認為此點是本文的缺陷。

〈不去遶境的那天〉

簡媜說道本文探討的內容較為沉重，以遶境寫女性與母女心結、男女不平等。文中的母女互相成為對方最堅定的反對派，作者透過衝突細節寫自己對母親的厭棄到同情，內容層次分明。遶境的媽祖是女性，但是作者碰到生理期卻不能去，好像女性的身體是一種限制，是一種對神明的褻瀆，所以作者察覺這些不公平之後，到後開始拒絕遶境。母親的角色從女兒的眼光看來，在家裡處處陪小心，承受諸多不禮貌的對待，透過女兒看到母親的討厭與可憐。最後的轉折非常好，母女逛街也是另一種遶境，透過《追憶似水年華》的瑪德蓮，作者提到相信自己會回憶起與母親還沒有硝煙的時光，媽媽覺得這樣的小點心很貴，確實一個家庭裡面最貴的就是人與人之間的和氣。整篇文章固然在修辭方面有一些瑕疵，文字也不夠驚豔，不過文中有許多動人的地方。

石曉楓認為相對而言，這是一篇文氣自然的文章，用很平淡的，等待遶境的短短一天，帶出非常沉重的家庭問題、女性問題。她特別喜歡裡面其中時而用動作，時而用言語描寫母女衝突之處，作者寫媽媽很興奮地說幫她拿到文昌筆，她任由母親說話，塑膠刀叉向鬆餅積極進攻，這樣的動作描繪便表現出母女之間的隔閡感。後來寫言語上的互嗆，一段比一段精采，例如諷刺母親去聖彼得教堂找到聖殤像取代聖母瑪利亞，都寫得非常生動。但讀者也能經由對話逐漸感受到，這種互嗆本質上是基於對母親更深刻的愛跟惜。全文在輕鬆自然的氛圍中，將母女情感做了細膩的處理，雖然寫的是沉重的議題，但是讀起來還是相當輕快的。

郭強生認為此篇是標題取得最好的一篇，他表示本篇篇名是一個隱喻，也造成了結構與閱讀上的懸疑，作者寫出真正從生活得來的啟發，同時將事件寫得如此真實自然，十分可取。作者並沒有直接寫下對母親的想法，而是不帶批判地以母親那一天的行為與事件來展現母女之間稀疏的裂痕，與人間煙火氣的真實感，看似隨興書寫，其實內容都有彼此呼應，安排妥當。

陳大為談道這篇比起〈天鵝踩破湖水〉擁有更加動人的自然感，雖也經過設計，但把母親的形象、生活日常點點滴滴，以及作者的內心世界在逸境那一天中處理完。往往類似的題材讀多了，會感到缺乏新奇，但這篇是他非常喜歡的一篇，關鍵不是作者寫什麼，而是作者怎麼寫，因此在他心目中是前三名。

李欣倫表示本篇題目取得很好，帶來懸疑感。從一個女兒來觀看母親，觀看母親的奉獻在家庭裡變成理所當然，甚至是耗盡自己的身心也要為家庭付出，同時在父權之下還要鞏固兒子的地位，文中暗諷母親為聖母，安排真是絕妙。文末瑪德蓮的收尾也很精采，媽媽問作者這個點心是什麼，作者回答如果配茶吃就會開始讓人回憶過往，呼應《追憶似水年華》，呈現出一位讀了一些書的女性，嗆媽媽的時候擁有堅固的武器彈藥庫，自憐但又同情媽媽的處境，沒有太複雜的設計卻引人入勝。

◎第二輪投票

李欣倫主席邀請評審們針對上述九篇作品，以排名順序給予9～1分（第一名9分，依次遞減），選出前三名和五篇佳作。

〈天鵝踩破湖水〉40分（石8、李9、陳8、郭7、簡8）
〈把心放在地上〉36分（石6、李5、陳9、郭9、簡7）
〈不去邊境的那天〉36分（石7、李8、陳7、郭8、簡6）
〈羽光〉32分（石9、李7、陳5、郭3、簡9）
〈莫曼斯克港的曙光〉23分（石5、李6、陳2、郭5、簡5）
〈三香粽記〉19分（石3、李3、陳4、郭6、簡3）
〈體育生〉15分（石4、李2、陳1、郭4、簡4）
〈雷陣雨〉12分（石2、李1、陳6、郭2、簡1）

〈綠霧分離〉11分（石1、李4、陳3、郭1、簡2）

依據統計結果，〈天鵝踩破湖水〉獲得首獎。〈把心放在地上〉、〈不去邊境的那天〉兩篇同分，〈把心放在地上〉獲得兩位評審的最高分為第二名，〈不去邊境的那天〉為第三名，〈羽光〉、〈莫曼斯克港的曙光〉、〈三香粽記〉、〈體育生〉、〈雷陣雨〉五篇榮獲佳作。

新詩獎

新詩獎

首獎　范致綾

407 次
自強號即景

個人簡歷

西元 2006 年生，花蓮人。現就讀花蓮女中二年級，但沒上過幾天課，該去學校的日子裡更常做的事情是喝酒。

相信海、陽台或一切具有邊緣的事物。其實沒有那麼喜歡文學。

得獎感言

「我比十七歲的你還厲害了喔！」得到得獎的消息之後打電話跟他說。

當然他不是十七歲很久很久了。

我還在嘗試指認這一切。

我們還是彼此的窗嗎
一面是山，另一面是海
晴朗，乾淨，有著對方的表情

那時你睡著的側臉起伏
下巴，嘴唇，人中，
接著是鼻梁
影子在臉頰上搖晃
搖晃間幾乎有我

有我溺在座椅裡
五官散落沉入水，遲遲
遲遲因看不清座位號碼
而不敢入睡

火車進隧道之後我們就是隧道了——

沿著長長的隧道看你，看你的外面
外面什麼也沒有。只好看你
睫毛，斂起的眼皮，眉毛

外面什麼也沒有，
我才能用瀝乾的眼睛
端詳自己：
在你隧道一樣綿延的燈條
姿勢僵硬的椅背之間，
對折身體就像是對折手心捏著的車票

——出了隧道火車的一面是山
另一面是海
我的眼睛又被山淹沒
看見你，看見山頂無雲
卻始終不確定海上的天氣

「我們是窗嗎。」
於是你睡著的側臉仍然起伏
仍然晴朗乾淨
從不醒來看向哪裡；
於是我溺在座位裡，遲遲
遲遲找不到自己的表情

名家推薦——

主題聚集，反覆詠嘆，文質相襯，特別注重聽覺、節奏而充滿官能之美的獨白，濃情蜜意的語法幾無敗筆。——羅智成

語言乾淨，內情外景交融，不落俗套，既是觀察者、冥想者，也是參與者。情境跳脫時空限制，呈現出人總是在孤獨的旅程上。——陳育虹

「窗」的意象，是彼此的視窗，也是心窗，從我看你，再到我看自己，層次布局豐富。——李進文

新詩獎

二獎　王以安

蔥仔蒜田裡

個人簡歷

2005 年生，畢業於蘭陽女中語資班。新詩下午茶詩社、每天為你讀一首詩社群成員。喜歡文字、飲食、田野、地方文化。比起地面，更愛將雙腳埋在泥裡。

得獎感言

蔥仔蒜，一種種子來自歐洲、在宜蘭長大、採收後裝箱北漂的蒜，單炒炭烤煎蛋炒豆乾包水餃都好吃，遇見它的話，請買一把來試試看吧！

感謝評審青睞。感謝一直陪伴我們的曜裕老師、鼓勵我的家人朋友。感謝農會的筱姍姊、讓我打擾了好幾個下午的農夫錫雲大哥一家、陪我種蒜的越南阿姨，以及國五旁那片迎風的蔥蒜田。感恩所有。

妳走進蔥蒜田裡，拉起鬆垮花褲管
蹲下，翻出褐鏽斑斑的鐵蔥插
「五株……六株……都可以！」
老闆這樣吩咐，鳳眼的妳笑著揮手
這麼告訴我——

「這是我第一次——種蒜！」
剛來幫忙不久，前幾天穿不住外套的時候
太陽大，不像現在涼涼
都是拔——而已——
「對喔妹妹，這是蔥，還是蒜呀？」

都不是、也都是
伊是蔥仔蒜（tshang-á-suàn），我嘀咕
仔（á）：名詞後綴，有小的意思
蔥在前小、蒜在後大，說起來

還是偏蒜的一種吧？

大蒜：蔥蒜。批發代號ＳＧ４
英文的Leek，德語的Pórree
總得換成符碼才確認，好比
身分證字號拼成我，而妳——
「我同學的老婆啦，我請她來幫忙！」

「沒種蔥，沒種蒜，也沒有這個。」
妳說，無颱風無地震的老家
也務農，榴槤芒果蓮霧波羅蜜
蔥仔蒜、沒有、第一次種
「蔥怕熱啦！都被蟲蟲吃掉囉！」

採收後的蔥仔蒜，泡好澡、理完髮
送預冷室吹冷氣，凌晨時打箱，坐上

北漂的運銷車，喊價批發，米其林餐廳
當牛排好朋友、歐式濃湯原料
落梅雨的產地插下一批新苗

台灣的榴槤太貴，我說，妳咯咯
笑了，滑開手機裡的相簿遞來
家鄉那，弟弟剛採下滿室青綠刺果
「機票錢啦機票錢！」妳說
來台灣，蔬果都要坐飛機

「無人要做田啦！」膚色和妳同黑
老闆撥開一把把蔥苗，乾裂的土噴濺
「越南仔（Ua't-lâm-á）、越南仔。」
他們這樣喊，不過，姊姊，「這也是我
第一次——種蔥仔蒜哦！」

名家推薦——

呈現階級、城鄉差異，相當精采。——楊澤

以字源學般的書寫策略，自然、輕盈，洋溢著明朗的熱情，苦中帶甜地書寫外籍移工的心境，過程生動，彷彿帶著讀者到田裡種蔥仔蒜。——羅智成

寫法不同於一般文學獎寫外籍移工的方式，聚焦寫此地的生活實感，並不濫情說教。——楊佳嫻

新詩獎

三獎　黃予宏

找穩

個人簡歷

西元 2003 年生，現為成功高中三年級應屆畢業生，即將前往台大中文就讀。曾於高中休學期間出版詩集，並獲濟城文學獎雙獎、全國台灣文學營創作獎首獎、羅葉文學獎優選、砂城文學獎優等、紅樓現代文學獎入圍決審等等。

得獎感言

高中校內第一次獲獎後，兩年休學期間我再無獲獎；復學後，很意外接連受到肯定，更獲頒傑出市長獎。這些年來，憂鬱症使我不得不說些絮語，漫無目的散步也多了很多，面對質疑與急切的探詢，我仍然惶懼。

若我還能書寫，請您眷顧我，請款待、偏愛我，我仍甘願犧牲。

感謝身邊的相信與善意，感謝一切使我存活的無意與機遇。

你可以離開，因你曾涉雨前來
此刻，櫥裡的大衣再無法保持乾燥了，倚過的牆磚也掉了
當枕套空著
棉絮只能，飛了

嗨，我是 Grindr 上的圖鑑 BTM1069
總在市民廣場的隊伍中，活成過剩的原罪
在 gay ptt 上尋人與自介時
會自覺地附上照騙，會先「抱歉我是有憂鬱症的臭甲」
但我不約、不聊色，始終貞潔不當蕩婦
當大野狼問「找什麼」，我說：

「愛人。」

兩點的紅樓，mojito
我有病，你有房號，彼此排列組合

儘管床榻間凝視你光耀的靈魂，體溫驅散我的鬼魅
儘管終於在神聖中，相信救贖，如火
才發現原來再 long，也只是 stay
允許 one night
不允許愛

親友都要我搬到晴朗的城市
我卻心安理得地，恨所有旅經的列車（擠不上的）
恨所有停靠的臉孔（愛不到的）
恨久候與催促，也恨微笑與釋懷
想看見只得破繭的蝶，只能 happy 的 ending
活該輕信，我卻不能忘記
你回望的眼神

今日的諮商室開了窗，台北
很暖。老唱片，過曝的黑白電影，與生霉的圍巾

這張白蟻朽蝕的木頭桌子，知道
雨水快接不住自己。

名家推薦——

語言細膩深入，不會瑣碎，收束具電影感，內在戲劇張力一流，呈現漂浮於都會文明中的孤寂單子。——楊澤

「找穩」可以指涉「穩定聊天」與「穩定交往」，表達方式帶著現代語彙，腔調獨特自然，具「文青感」及新世代理直氣壯的態度，語言收放自如，情緒擺盪於疏離感和奔放之間。——李進文

很恰當地展演了青少年的負面情感，不只局限於同志的感受，也是當代人的生命處境。——楊佳嫻

新詩獎

優勝獎　黃靖兪

就像那樣
融成液態那又怎樣

個人簡歷

2006 年生，2024 年畢業於國立苑裡高中。可能是因為生長在離海很近的地方所以喜歡潮溼又帶點藍灰的文字。明明是狗派但詩裡全是貓、明明喜歡水的任何意象，甚至綽號是鯨魚卻游五公尺就會嗆水沉下去，怎麼會？

得獎感言

看到結果時還在擦濕到滴水的頭髮，確認真的是我得獎後就任髮貼在衣服上，邊手抖邊傳訊息，等悶到有點頭昏腦脹才想起來應該要先走出浴室才對。謝謝炳彰老師，雖然上次說過了，還是想謝謝你帶我走進詩或其他。謝謝推我一把的朋友。謝謝開始寫出自己喜歡的文字的我自己。

等一等我們先不要說愛我說
因為浪來了
被晃出刺眼的點和波動
我瞇眼看你背脊拱起像海起伏又破碎攤開
像沉睡的貓我只敢輕觸柔毛的尖端而你輕輕顫動
閉上眼像溺在水裡觸摸那些泡泡吐出你的影子
隨即在沙灘上消散
小心呼吸還是吸進滿肺的窒息像被火灼到融化的岩層
就算爬上岸還是只會吐出炙熱的熔岩吧我想

等一等我們先不要說愛你說
因為風來了
被月亮割出青澀的光
你說那些光映在我的雙眼像浪在我的身體搖晃
你又說我的臉被風還是什麼割過為什麼像在流血
我說你的手才像板塊運動還是怎樣

不然為什麼像地震一樣一直抖抖抖又濕得像海嘯
然後我們大笑彈開
因為不小心聽到對方的心臟轟鳴像山崩
而我就要被掩埋

等一等我們先不要說愛我們說
因為一看到對方的眼睛就不小心想到油鹽詩詞洗碗擁抱
麵包四季衣服還有愛
那些霧太潮濕太模糊了
他們沒有看見我們就這樣融成液態
我和你快融成一灘
但我好像不怕熔岩了你好像也無所謂地震了
那油鹽詩詞洗碗擁抱麵包四季衣服就跟著融化好了

不要等了我們來說愛吧你說
好吧那真的不要等了好不好我們來說愛吧我說

然後我們說來接吻吧我們說
然後大口喘氣
融成像鯨魚墜入水面那樣的一片海
好吧我們來愛吧

新詩獎

優勝獎　劉子新

蟲群

個人簡歷

2005 年生，畢業於嘉義女中，即將就讀台灣師範大學國文學系。
喜歡連續劇裡看到行色匆匆的路人會覺得寂寞難過的角色，有一隻叫作諾貝爾的貓。
目前的人設是竊蛋龍和吟遊詩人。不知道什麼時候會膩，但我現在還覺得很好玩。

得獎感言

我作夢都沒辦法夢到那麼好的結果。
現在還是覺得自己在作夢，不想醒來，哈哈。
這篇最後的稿子好像是在畢業考考完數學，交完卷坐在走廊的地板上修改的，我記得那天的樹葉很綠，隔壁國小的午餐廚房的煙囪冒著水蒸氣，我還把稿子拿給甲魚看了。應該是這樣的。
（如果我真的醒來，想起夢裡自己在打這段大概會覺得很惆悵）

你說白天的蟲會不會執意飛向太陽直到缺氧
夜晚才
一次一次去衝撞燈罩
撞擊發出骨骼的聲響

因為我只是慣常早晨刷牙嘗試開啟每日的滔滔滔滔不絕
卻失手揉開綠色蛾的翅膀
就像揉開春天裡飽滿汁液的綠葉
我想我的手背應該只是跳板
牠是要飛向窗戶飛向太陽的
應該是 應該 應該

可鎮日我手上有洗不淨的綠色的鱗粉
我總有掐死飛行的罪惡
又想起自己在刷牙再刷牙然後手背發癢就
揉開翅膀又揉開綠色的飛蛾汁液

潮濕的飛行與潮濕的蟲我想牠是想飛往太陽

你說我未來要去哪裡嗎你已經決定好了
我揉了揉發著綠色螢光的手背
看熾白的日光燈快被眩暈撕裂
還沒有 還沒 還沒

假如蟲在夜晚是不是很容易找到要去哪裡於是
一次一次撞上燈罩
可是蟲在白天會不會要尋找太陽卻一頭卡在紗窗
閃著翅膀搖搖晃晃 觸角與斷線糾纏

你說我是不是白天裡的趨光蟲子
而室內的燈盡關了

於是

掙扎著扇動翅膀就要窒息了我
手背卻在春天的燥熱的煩悶的陽光中反射我

你說蟲原先是不是就是從無數個個體堆疊成的整體
從造字與生態就能窺見
那瑣碎的頭胸腹不是蟲不是生態
唯有數量龐大的整體才具靈智

所以人是不是也悲哀地像悲哀的蟲
誰又能從人群中看見人呢
可我只是想聽人群中一個靈魂一個孤單的聲音

與我自己的聲音

我又開始在刷牙再刷牙
有乏味模糊的像夢一樣的夢想被攪進泡沫了

我的手背上又反射著綠色螢光
自從我捏死一隻飛蛾之後就洗不乾淨手

新詩獎

優勝獎　林祐圩

家

個人簡歷

2005 年生，就讀苗栗縣立大同高中高三生。敞亮的人，圩的意思是，中間低而四周高起。努力生活，匯聚靈感，一點點虛構，但真的是黎光旻老師的學生。與所有持筆者共勉，在寫作路上都會發現自己。

得獎感言

承蒙抬愛。感謝父母把我養大之餘，也感謝黎光旻老師指導，謝謝自己有了緩慢書寫的決心。這句話講了三年，放在這裡卻有點不一樣。愛是心的神明但你不知道，有你在，就是家了。致十八歲，我索居的字型，歪斜而有愛的痙攣。祝好，我們有詩和生活。

扮仙結束快板遊賞調入奏
拉長樂聲染上淡淡、閃著金黃色的藤桿紅纓槍
嘈雜吆喝蠻橫刺開
一式四份離婚協議書的塑膠包裝
跟著父系的根

流轉唱腔，他的嘴型噘起如尾大的魚
當新的媽媽喘息頻率吐泡泡
我就必須趕快從租房溜開

母親沒有問我要選擇誰
但她丟向婚紗照眉筆，劃開腕間和頸側凌亂疊加裂口
直到細姨生下一兒
我試圖從父面尋當年慈愛
卻無從想像他擁過我

搬回細姨老家，一待
就是我全部青春期

愛到信仰卻迷失藺居的床
我被困在舞台上下樓階
旦角踩著小旦步，腳尖踏拍
向陽的器具沒有方向
皇帝和身懷六甲的皇后在出遊半路遭遇匪徒，急需救駕
一搭一兜一捌一打地
槍桿一挺「倉——才！」亮相
猛然對上我剛燃起的火柱
我的皮強制褪下，粉嫩的焦黑
試圖追本溯源，依賴戶籍潦草字跡

回家，哪一個？
明明都是不會淹水的地方

我們淋著雨走回去，像雨尋找一座山脈
島嶼的形狀勃起從夢中

什麼是根？
「你喜歡這裡嗎？」
蝸居生分的雙人床上還能安穩睡著？
被連根拔起，再換上新的地址
全部的我，扮仙一曲接一曲

新詩獎

優勝獎　林子甯

說話練習

個人簡歷

西元 2005 年生，曉明女中高三畢業，即將離開台中舊城區，前往清大人社就讀。素食者，還沒出生時就已經吃素。喜歡單口喜劇、嘻哈音樂、籃球和桌球。曾擔任校刊社的社長兼主編，曾獲新北市文學獎。

得獎感言

去年得獎的同學邀請我去頒獎典禮，我說明年等我得獎再一起去，結果今年我們真的做到了！

謝謝評審老師的肯定，謝謝看完我的詩感動到在地上哭五十分鐘的同學，謝謝每個陪我練習說話、教我如何自我介紹的老師，讓我得以藉由這首詩第一行的回答，順利通過大學面試。在這個聲音紛雜的社會，至少我們還可以相信文學。

「請你自我介紹一分鐘。」
面試場合如戰場，我張開嘴巴
舌頭化為加特林機槍——
將高速轉動的思緒不斷填充成話語然後擊發
聲音落下，字句的彈殼橫陳
——卻沒有一句話命中目標。
教授說，言語要能夠呼吸

於是我開始練習呼吸
的節奏，練習張大嘴巴
將話語在心中排列整齊
再緩緩吐出。像是八歲時第一次
面試：堅持排好顏色混雜的積木
組合出夢想的建築物

記得小時候不愛說話，被處罰

跑九圈操場——被大人的話語追趕
那幾年有同學只用氣音說話，抵抗
過於吵雜的世界

小時候說話的彈道是直線
長大了就必須修正成圓滑的弧線
——然而這樣還不夠。

教授說，言語要有情感
否則人類就和ＡＩ沒兩樣

舌頭和言語需擺放的位置太複雜
所以我寫詩
以文字代替我說話——
詩歌也要能夠呼吸、要有情感
但不像言語需要服從於另一個言語

面試場合如戰場，我不能屈服
以免消失在聲音紛雜的社會
當我再次張開嘴巴，我向
不擅長說話的自己道歉

新詩獎

優勝獎　洪翊喬

讓我們把風殺死

個人簡歷

西元 2004 年生，現就讀高雄市非學校型態實驗教育二年級，想一輩子賴在高雄。

得獎感言

有個出口就好，謝謝文壇哥哥跟文學少女。

讓我們把風殺死
把風留在汪洋裡

撈上岸時白骨蜿蜒
是妳初次穿的洋裝被扭彎的裙邊
瘀痕拓印花樣　偽裝成胎記
高唱陶瓷娃娃與生俱來的證明
（讓我們為美麗的藝術品高歌一曲！）
找不著妳的眼珠
風從妳眼眶流下哭啼
摸不著妳的嗓音
風從妳口中嘆出哀戚

妳說　風會在你們腳邊低語
把他的霾吹散
讓太陽帶妳看見妳看不見的雙影

從二合為一

在他雕刻妳時
拔不出的是愛還是羞恥
牽著扯不斷的絲線
妳的紅被他搗碎
搗進妳的嘴妳的眼睛
他說要澆灌妳乾涸的性靈
把妳壓入海　聽不見風的聲音
招呼所有祭司跳入海裡
（讓我們為偉大的獻祭高歌一曲！）

讓我們用肢體朗誦經典
驅逐風和陽光
把少女的血肉在熟透前
用妳的一生雕成永生花

讓我們把少女殺死
把骨肉的證明留在汪洋裡
妳在時間滯留
成為長大的祭品

以新世代的說話腔調鑄詩：二〇二四第二十一屆台積電青年學生文學獎——新詩組決審紀要

時間：二〇二四年六月二十三日下午一時
地點：聯合報大樓一樓會議室
決審委員：李進文、陳育虹、楊佳嫻、楊澤、羅智成（按姓氏筆劃序）
列席：許峻郎、宇文正、陳玫君
陳昱文／記錄整理

本屆新詩組來稿經剔除資格不符的稿件後共一五一件。初複審委員有淩性傑、陳柏煜、顏艾琳、羅任玲四位，共選出二十六篇進入決審。初複審委員表示，此屆作品程度高低明顯。不少相對不突出的作品運用諧音梗，製造音樂性，並不自然，而且寫法和關注的主題老舊，甚至有的作品似乎受字音字型比賽的影響，以生僻字入詩，造成詩句拗口。相反的，經營完整的作品往往能取材生活經驗，呈現環境細節，詩行語氣相信自己的直覺判斷，行文自然。從關注的主題而言，令人眼睛一亮：不僅限於校園讀書課業壓力，而能關注社會時事、性別、網路交友、悼亡，甚至是台灣農村狀況與新住民議題。

決審委員們共同推選楊佳嫻為主席，主持本次會議的投票進度、評點流程。五位評審分別就進入決選的二十六篇作品進行整體的評論。並輪流發表整體感言。

整體感言

楊澤表示此屆好幾篇決審作品很亮眼，要推選出前三名可能需多花時間討論。有的好作品不僅世故又帶著都會風景，偏向現代派凸顯的內心複雜圖像，這類型作品誕生在單質化的都會日常似乎不讓人意外。有的作品描繪自然風景，筆鋒明快、輕盈，甚至帶著甜美，寫景功力一流。能閱讀到這些作品，令人驚喜。

李進文觀察此屆作品水準整齊，有些作品寫出新時代的腔調、音樂感，展演成獨特風格，令人激賞。整體而言，題材多元，像是親情、愛情、疾病、戰爭、死亡，較特別的是寫網路議題，呈現新世代的說話腔調。滿多作品關注內心的困境，不知道是否和資訊龐雜的時代特色有關。圈選作品的標準，著重一首詩的整體性能否帶給讀者舒適的感受，包含文字的乾淨度、層次性、布局感，不刻意運用高難度的技巧，文字要自然，而非單一句子的突出亮眼。

陳育虹指出此屆決審作品確實水準平均。她分享前一段時間閱讀洛爾加（Lorca）如何評論西班牙人跳佛朗明哥的功夫，就要看雙腳有沒有活力、熱情，因此特別期待看見詩語言中的活力。另外，詩表達的是詩人和文字、詩人和自我的關係，詩人也需擁有使用文字跳脫出現實，不受時空束縛的能力。

羅智成則忍不住思索：究竟是誰影響了青年創作者對於詩的想像？他認同此屆作品的確水準整齊，但有的詩作晦澀、勇敢，有的則細膩、開朗，作品風格紛繁，具有不可比較的特性，評審該如何挑選作品，去形塑某種美學標準是一個挑戰，因為此屆得獎作品的風格，往往會影響下一屆作品的樣貌。我們究竟是要鼓勵同學更勇敢一點，去鍛造語言，或提醒同學過於晦澀會阻礙到溝通的效率，這是接下來的討論可以期待的焦點。

楊佳嫻認為此刻考取大學有「特殊選材」制度，語文專長的學生獲取台積電文學獎對多元升學大加分。清大曾收幾位得過大獎的學生，即使他們就讀理工科系，也繼續創作，人文素養高。閱讀此屆作品驚喜於不少參賽者用自己的語言捕捉新世代的感受，作品反映了升學制度的變化、網路交友文化的變化。題材上有可愛的情詩，也關注社會議題，充滿生活感，而非口號，令人讚賞。

◎第一輪投票

第一輪投票，每位委員以不計分的方式勾選傾心的五件作品。共十三篇作品得票，投票結果如下：

〈半夢〉（羅）

〈家〉（陳、澤）

〈說話練習〉（李、佳、羅）

〈我的父親〉（羅）

〈找穩〉（李、佳、澤）
〈蟲群〉（李、佳）
〈畫圓〉（陳）
〈讓我們把風殺死〉（澤）
〈望遠鏡〉（澤）
〈就像那樣融成液態那又怎樣〉（李、陳、佳）
〈二分之一的房間〉（羅）
〈蔥仔蒜田裡〉（陳、佳、羅）
〈407 次自強號即景〉（李、陳、澤）

主席表示依序從一票的作品討論起，可以放棄或拉票。

◎一票作品討論

〈半夢〉

羅智成認為這篇作品是很細膩的微物書寫，強調意識邊緣的情緒與情感，而且掌控能力很好，就是稍許過度修辭。

〈我的父親〉

羅智成認為雖然篇幅不長，但傳達的訊息與表現的力道都很強，展現了自信以及節奏處理和組織的能力。作者以克制、壓抑的方式處理父子間的緊張關係，從中引發的閱讀張力令人印象深刻。楊佳嫻提出此詩描繪不太擅長表達愛的父親，但不是單面地控訴父親，而是想找出自己和父親相處的方式。李進文指出詩的內容未交待父親發生了哪些事件，導致要「你學會如何忘記」，且順著文意脈絡，詩末的主詞應為「直到『我』學會如何忘記」，而非「你」。楊澤表示此詩情緒感強烈，但第四段有些沉重。

〈畫圓〉

陳育虹欣賞此詩以數理名詞描寫自閉症孩子，詩中運用數學術語具新鮮感，特別是第三段：「可以把絕望放進絕對值嗎？」「可以把願望鑲在分母嗎？」呈現出自閉症孩子的敏銳特質，但一段最後一行「闖進」二字可刪除。李進文指出，滿欣賞這首「數學詩」加「病情詩」，數學定理公式頗有考究，但結尾提到「期許」稍嫌直接，且全詩在情感的渲染上不足。羅智成則認為此詩緊守自己創造出來的規則，遊戲性稍高，頻繁化用數學定理，反客為主，有些刻意。

〈讓我們把風殺死〉

楊澤讚賞此詩以戲劇性的方式談性與靈的衝突，張力十足，兩次運用括號恍如副歌，可惜結尾兩段說明性稍強。楊佳嫻指出詩作講述房思琪般的故事，有強烈的控訴意味，但可更深入地談議題，不只停頓在少女靈肉因被傷害而滯留。李進文認為詩中主詞太多，容易讓讀者混淆。

〈望遠鏡〉

楊澤表示現代詩有害羞不知如何面對公眾議題的面向。此詩有些晦澀，但寫景相當飽滿傑出，跟著此詩的節奏、意象、氣氛走，具有閱讀的喜悅，表面風景，實則蘊藏深層的哲學意義。李進文認為詩題命名為「望遠鏡」和內容連結度不高。楊佳嫻觀察到作品綿密的迴行像風流動，氣氛極佳，但結尾「鳥屍」的意象讓人困惑。陳育虹表示詩行安排「鹽晶」的意象，也很讓人疑惑。

〈二分之一的房間〉

羅智成認為此詩淺顯、清晰，表達祖孫兩代的情感生動、自然，閱讀起來沒有壓力，卻有深刻共鳴，像是觀賞一部小品電影，選擇此詩也呼應著前述的思考：究竟我們期待高中生可以怎樣表達自我。楊佳嫻補充的確是一首溫暖、主題清晰的詩，但語言有些雜沓，建議可再壓縮。李進文表示結尾「帶著／二分之一的記憶睡著了」，應當是帶著全部記憶才符合邏輯。

◎二票作品討論

〈家〉

陳育虹欣賞此詩題為「家」，實則「無家」，以豐富的細節畫面描繪壓抑的親情，運用跳接技巧，融入戲曲腔調，生猛有力，有些創作者是瞪著牆壁在寫作並沒有生活經驗，但這首詩來自生活的磨練，也傳遞出洛爾加嘉許的熱情生命力，不過要留意錯別字。楊澤附議，認為詩作交織人生與戲曲、生活的雜質與詩意的純粹，戲夢人生，描述「離婚協議書的塑膠包裝」生活實感十足。楊佳嫻表示全詩像荒謬劇，但錯字令人出戲，並不是每一次跳接的銜接都很成功。

〈蟲群〉

李進文表示此詩的腔調獨特，寫從蟲到我，又從我到蟲，表達個體在群體中心靈的困境，使用重複字詞仿如精神官能症的展演。楊佳嫻認同此詩帶著神經質的氣息，想突圍卻又無法做到的焦慮，不僅是年輕世代會有的現象，也是現代人的共相，現實的圍困感和需遙遠奔赴的目標之間，產生焦慮的距離。整首詩讀起來帶著令人難耐的搔癢感。羅智成讚賞詩作相當立體，訊息複雜交織，難度很高，呈現人被迷障 obsession 困住的狀態，生動、準確而撼人，作者從對蟲類的敏感，進而人蟲合一，進而失去個體性，無從安頓自己的焦慮感表露無遺。

◎三票作品討論

〈說話練習〉

李進文表示詩作立體，語言乾淨，內容觸及人際溝通，也蘊含討論創作的意圖，結尾收束恰當。羅智成讚賞此詩，除藉「說話練習」傳達創作的根本困境與心態，中間三段，特別討論了童年階段嘗試表達自己和世界溝通的記憶，說話本身就是確立存在感的方式，「只用氣音說話」精準展現既想向世界傳遞訊息，又想隱藏自己，畏懼他人知道自身存在的狀態，結尾彷彿告訴讀者：創作是為了補償童年的自己。詩中的思考曲折，舉重若輕。

楊佳嫻認為寫實地寫出中學生考大學經歷模擬面試的過程，如何說話似乎會決定自己的未來，以後設角度看待青少年世界受大人標準裁判，面對「聲音紛雜的社會」，徘徊在沉默與發聲之間。楊澤認同閱讀此詩令人愉悅，但討論的議題非常多，以致主題岔開、模糊。

〈找穩〉

楊澤欣賞此詩帶著都會感，呈現地下同志友誼與性交易間的朦朧地帶，在文學獎場合很少讀到告白性如此強的作品。詩題世故，靈肉的主題，令人聯想到瘂弦〈苦苓林的一夜〉。語言細膩深入，不會瑣碎，收束具電影感，內在戲劇張力一流，呈現漂浮於都會文明中的孤寂單子。李進文表示「找穩」可以指涉「穩定聊天」與「穩定交往」，表達方式帶著現代語彙，腔調獨特自然，具「文青感」及新世代理直氣狀的態度，語言收放自如，情緒擺盪於疏離感和奔放之間。

楊佳嫻認同詩作當代感強烈，以直截又帶著自我調侃的語言，談青少年的病、慾望、自我認同、焦慮嫉妒，題目蘊含尋找「心靈的穩定」之意。詩作很恰當地展演了青少年的負面情感，不只局限於同志的感受，也是當代人的生命處境。羅智成認為本篇文字老練，藉由「行話」，蘊造濃厚的圈內氛圍，節奏感有點像Rap，以相對散文化的語言，談漂泊於都市邊緣的心靈世界。

〈就像那樣融成液態那又怎樣〉

李進文表示此詩語言自然，重複的句子，具流動感，令人聯想到保羅．策蘭〈死亡賦格曲〉，聲音極有個性。陳育虹認為詩的長句，經營自然，充滿熱情。自情感中的遲疑、恐懼，推展到情緒的飽滿，像半醉的狀態，層次分明。楊佳嫻指出詩題「那又怎樣」是愛的宣告，以文字捕捉海浪般的波動感，感官全開，深入描寫愛情中的震盪，含蓄節制地處理情慾。羅智成評析文字華麗，彷彿意象表達的慶典，是典型的賦格，詩中重複出現的「等一等」有迫不期待之感，但稍顯刻意。楊澤表示詩很可愛，遊說自己和對方，但重複感稍嫌雜沓。

〈蔥仔蒜田裡〉

羅智成認為以字源學般的書寫策略，自然、輕盈，洋溢著明朗的熱情，苦中帶甜地書寫外籍移工的心境，過程生動，彷彿帶著讀者到田裡種蔥仔蒜。陳育虹指出詩也論及身分認同，讀來有一種刺痛感，但點到為止。楊佳嫻表示此詩寫法不同於一般文學獎寫外籍移工的方式，聚焦寫此地的生活實感，並不濫情說教。李進文指出詩題「蔥仔蒜」，藉蔥和蒜的接枝，點出外籍移工的身分處境。楊澤評析「採收後的蔥仔蒜，泡好澡、理完髮／送預冷室吹冷氣，凌晨時打箱，坐上／北漂的運銷車，喊價批發，米其林餐廳」呈現階級、城鄉差異，相當精采，但其他段落顯得雜亂。

〈407次自強號即景〉

楊澤盛讚這是一首寫景又寫情的詩作，白描功力深厚，描述搭著前往花東的列車，兩人鄰坐，窗景一面是山，一面是海，而醒著的「我」陷入情感的漩渦。「五官散落沉入水」的語言運用，頗有章回小說的神韻。

李進文認為詩不著「情」字，卻處處藉素描筆法談情，談論的對象是篤定的存在，「我」則是不穩定的存在，「你」可以不只詮解為情人，也可指涉為小孩、仰慕的朋友……只敘述而不說明的寫法，相當高明。詩中「窗」的意象，是彼此的視窗，也是心窗，從我看你，再到我看自己，層次布局豐富。陳育虹表示詩語言乾淨，內情外景交融，不落俗套，既是觀察者、冥想者，也是參與者。情境跳脫時空限制，呈現出人總是在孤獨的旅程上。

羅智成認為詩作主題聚集，反覆詠嘆，文質相襯，特別注重聽覺、節奏而充滿官能之美的獨白，濃情蜜意的語法幾無敗筆。楊佳嫻認為詩的意象集中於車廂內外，山海的起伏對應著情緒的發展，段落銜接佳。

第二輪投票

經逐篇討論，決審委員分別就自己最欣賞的六篇作品投票，委員依名次高低從6至1分給予分數。投票結果如下：

〈家〉7分（陳3分、澤4分）
〈說話練習〉7分（李1分、佳1分、澤2分、羅3分）
〈我的父親〉1分（羅1分）
〈找穩〉17分（李4分、陳2分、佳5分、澤6分）
〈蟲群〉13分（李5分、佳2分、羅6分）
〈讓我們把風殺死〉4分（陳1分、澤3分）
〈就像那樣融成液態那又怎樣〉15分（李6分、陳4分、佳3分、羅2分）
〈蔥仔蒜田裡〉19分（李2分、陳5分、佳6分、澤1分、羅5分）
〈407次自強號即景〉22分（李3分、陳6分、佳4分、澤5分、羅4分）

依計分加總最終名次：〈407次自強號即景〉22分為首獎。〈蔥仔蒜田裡〉19分為貳獎。〈找穩〉17分為參獎。〈就像那樣融成液態那又怎樣〉、〈蟲群〉、〈家〉、〈說話練習〉、〈讓我們把風殺死〉五篇作品不分名次並列優勝獎。

二〇二四高中生最愛十大好書

由二〇二四台積電青年學生文學獎所有參賽者票選「高中生最愛十大好書」活動，獲選書籍（按作者姓名第一字筆畫序）：

《哈利波特》ＪＫ羅琳

《月亮是夜晚唯一的光芒》不朽

《人間失格》太宰治

《臺北人》白先勇

《異鄉人》卡謬

《小王子》安東尼・聖修伯里

《房思琪的初戀樂園》林奕含

《傾城之戀》張愛玲

《華麗緣》張愛玲

《紅玫瑰與白玫瑰》張愛玲

選手與裁判座談會：整整的一生是多麼地長呀

時間：二〇二四年八月十九日下午一時至三時
地點：聯合報總社一〇一會議室
主持：楊佳嫻
與談人：李欣倫、黃崇凱、楊澤
與會寫作者：劉子新、范可軒、陳映筑、李育箴、范致綾、王以安、黃予宏
記錄：蕭宇翔

文學獎的效應並不止於放榜的一刻，除了得獎評語、決審紀錄，台積電青年學生文學獎每年亦舉辦「選手與裁判座談會」，得主與評審共聚一堂，讓熄燈下場的球員們，向眾裁判「擊球」致意，各式提問如曲折繞道的變化球紛沓而至，而評審們的回應，往往將球向場外擊遠，如深夜流星，呈可茲欣賞的拋物線。

傳統的與現代的

閱讀時除了挑選現代作品，是否也該大量吸收古典文學呢？范可軒的提問使黃崇凱聯想到了自身閱讀匈牙利小說家桑多·馬芮《餘燼》的體驗。二十多年前該書甫於台灣出版，曾有論者稱許它與卡夫卡、托馬斯·曼齊名，黃崇凱初閱後感應不深，懷疑言過其實。二十年過去，隨閱歷漸深，期間他也重溫數次，並在實地探訪布達佩斯後，才慨然震憾，完整地體驗了此前所未能體驗，「餘燼」的幽微火光。這一切似乎是「狀態與流程」，創作者隨內在的轉變，應和不同書單，實則是建立出對自我的認識。當我們與不同作品中的語感、腔調、故事風格相周旋，或產生共鳴，正是在校正自我的探測雷達。感悟有遠近之分，從而也發覺自我固著之處，與變化的可能。

楊佳嫻認為，閱讀的確，常常是由一本書索引另一本，呈飛躍姿態。閱讀邱妙津時就更想理解書中所提的太宰治。找來後者的書之後，太宰治其書其人，又梭織了當時代日本文學的前後作家群，川端康成、三島由紀夫、芥川龍之介等。隨連貫的閱讀激情，這些文學不一定氣味相投，但頗能從中學習，欣賞與自身生命氣質不同的其他狀態。古典文學更是如此，她體認到，往往是來自古典地層的養分，暗中助她更加照見了現代文學的霧中林相。

曾吉松／攝影

文學大廈的地基

寫作的焦慮似乎不只在於書寫永無止盡，甚至還包括：創新程度、技術性、社群影響。陳映筑便問到，是否該參加詩社或寫作會？作品的完成是否該透過頻繁與人交流？王以安則問到，社群媒體的口語化特徵、頻繁換行分段、省略標點符號，是否會惡性地影響寫作者的語言狀態？楊澤回應，參加詩社最主要的好處其實是認識寫作上的朋友，留下深厚的回憶，對未來可能有決定性的作用，成為人生旅途的一部分，是屬於文學的內功。而文學的外功，這座大廈是怎麼樣的呢？文學的大廈層巒疊嶂，單就古典文學就有很多層，而每一層又有許多類型。口語的、通俗的，見於網路、臉書上的，其實，是文學的地基——俗文學是雅文學的基礎建築。我們如今很講究書面閱讀與寫作，可實際上不斷地「講和聽」，話家常，與人交際，專注於他者的世界也同樣重要，文學的大廈通體開闊，並非只有現代派的內在展開與獨白，「講和聽」在實際生活中具有一種優位性，而適度結合純文學與口語，所能抵達的也絕非只是俗濫、粗鄙——我們可以更樂觀地看待網路社群。

李欣倫也提到，口語性、標點省略、換行分段，在一定的主題趨指下，其實可以構成特定的書寫策略。結構上的鬆散未必不好，還可能使性格豐富，同時創造文學價值。黃崇凱、楊佳嫻則以鯨向海的詩作為例證，認可其詩在社群時代之初，迅速捕捉了一種有異於漢語新詩傳統的當代語言，更加生活化地，重塑了詩的風景。然而，鯨向海也並非無知於新詩傳統，相反地，他知之甚深，熟讀過往作品，更以此為地基，嘗試建構新的語言狀態。

意義的焦慮，意義的遊戲

當形式上的問題獲得了一定程度的解決，寫作者們不免開始追問，那麼內容呢？黃予宏向評審們問道，文學作為思考與討論的工具，既然與現實推動無涉，那麼，它真切的意義是甚麼？范致綾也問道，當書寫關涉他人時，該如何確保自己的文字不會造成傷害？李育箴則問及，書寫弱勢群體是否會成為一種消費，甚至是傷害？楊澤首先引用了奧登悼念葉慈的名句：「詩歌不能讓任何事發生」，以及阿多諾：「奧斯維辛以後，寫詩是野蠻的」，來呼應該問題。意義在作者端是原意（meaning），而在讀者端則是涵義（significant），涵義是與各時代紛繁讀者所發生的相關性，橫跨不同的種族與階級，更加蘊藉，卻未必不貼切。意義是一個大寫的問題，凡是大寫的都不免有些可疑，而涵義卻是可以追求的，透過幅射、折射，並不絕對，也不設限於他人。對亞里斯多德而言，詩不是歷史，而是虛構，透過情節的模仿，創造另一種真實。而我們追求「真切」，往往是一種欲深入骨髓的想望，讓文學與人生達到一種體貼，甚至切膚的關係。大寫的意義並非骨髓，骨髓實是我們在人生旅途中的實踐，以及價值的選擇。文學的本質既已是虛構，它是意義的遊戲，透過語言的自我辨證，完成它自身內部的情理法。維根斯坦說：「想像一種語言，就是想像一種生活方式。」我們如何去想像語言，如何透過想像，來使用我們的語言？這樣做，已經是在我們的生活裡，實踐著文學。

楊佳嫻則舉出唐捐近作〈詩不能〉來闡釋，詩不能控訴，捕捉，或安慰，甚至無力哀悼，詩不能把憤世調整為慈悲。「詩只是銘刻。／並不負責放下。」換句話說，人類比想像中來得更加擅長遺忘，而文學為記憶留下人文蹤跡，可謂務實之舉。其出入公共與私密之間，相互涉越，使最私密的書寫，也可能引發極公共的思考（身體，醫療，性別，權力）。安妮．艾諾（Annie Ernaux）即是一例；李欣倫則回應，當我們思考文字所帶來的傷害時，可以回到寫作的初衷，最核心的目的。我們的書寫是否定型化了某些人事物？我是否可以加入一些柔焦？但若我最終決定通盤托出，是為甚麼？自我該如何面對？作品一定要立刻發表嗎？一定要寫入對方真名嗎？是否可以使用代稱，並用筆名發表？這些都可以協調應對。散文的姿態除了自剖，也可以悠閒漫步，可以隱去硬性內容，可以詩化，使用相對舒坦，也能表達通洽的筆法。桑塔格就曾在《旁觀他人之痛苦》第七章中，批評並修正了自己二十六年前的少作《論攝影》中第一篇的論點。足見，自我的人格與價值判斷是可以，也需要不斷流盪、變動的。

盡力去愛，保持彈性

講座接近尾聲，楊佳嫻提到近期在社群媒體 Threads 上看到了許多同學對文學獎的焦慮。文學獎是其中一條，但不是唯一一條管道，可以是起點，但絕非終點，文學的大廈很大，何況文學也並非人與世界的唯一連結。我們在紛繁人世所能做的，是保持彈性，並盡力去愛即可。黃崇凱也表示，許多意料之外的事是無法準備的，自如地過自己的生活會更加健康。

楊澤說道，學院是一個機制，文學是一個機制，流行的、當代的也是機制。不同的語種共構出世界文學的大廈，而台灣作為一個海島，本該是歐風美語，不需要受限於單一機制，可以厭倦文學沒關係，但不要厭倦人生，不要厭倦一個城市。長遠來看，文學還是不錯的人生伴侶。在講座的最後，詩人引用了瘂弦的名句：「整整的一生是多麼地長呀——」

整整的一生是多麼地、多麼地長啊
縱有某種詛咒久久停在
豎笛和低音簫們那里
而從朝至暮念著他、惦著他是多麼的美麗

——瘂弦〈給橋〉節錄

旭日書獎

聯副／二〇二四第一屆台積電旭日書獎

獎金：每位致贈獎金二十萬元，及晶圓陶盤獎座一座。
評審團：何致和、唐捐、陳義芝、盛浩偉、黃麗群（按姓氏筆畫序）
主辦單位：台積電文教基金會、聯合報副刊

得主　黃瀚嶢　《沒口之河》（春山出版）

黃瀚嶢簡介：

台大森林所畢，生態圖文創作者與環境教育工作者，現於靜宜大學與永和社區大學擔任講師。曾獲時報文學獎小說組首獎。著有長篇散文《沒口之河》、科普著作《霧林蛾書　觀霧蛾類解說手冊》與兒童繪本《圍籬上的小黑點》；繪圖作品見於《橫斷臺灣》、《通往世界的植物》、《東馬婆羅洲熱帶雨林：崩落的野生物天堂》與各類環境教育相關出版品；文章散見於《上下游副刊》、《生態台灣》、《地味手帖》、《藝術認證》等平台。

得獎感言：

《沒口之河》的形塑是一段這樣的過程：我看著這些來自知本濕地的經驗，滲入心中化為記憶，自指尖湧出為字句，又溢流出書頁之外，形成新的一片濕地，而且還在各處持續有機地生長著，遠超出我所能想像。我想像此書像是一片薄薄的果莢，誕生自知本，帶著卡大地布部落的文化基因，帶著沖積扇的記憶，帶著土地與自我生命的耦合，以未知的期待，沿途散落種子，而或許此刻又經歷了一次新的萌芽。

感謝身邊支持著我的家人們，感謝一路給予指引的春山出版社夥伴們，最後感謝旭日書獎給予本書肯定，這分日出般的榮譽，應該歸給正在東海岸土地上努力拚搏的部落族人、環團夥伴們，以及濕地上的眾生，也希望他們的故事能被更多人看見。

立體又遼闊的書寫——推薦黃瀚嶢《沒口之河》盛浩偉

當我們談論文學新人寫作者的潛力時，我們在談論什麼？掌握文字、敘事、風格等等，無疑都很重要，然而更加難得的，則是在書寫事業的起步之初，就具備對自身書寫行為的反身性思考，以及對書寫對象的深度關懷。尤其在這個資訊、素材相對容易取得，且寫作教學資源也日益豐富的時代，評價「寫得好」的標準，也就不限於展示技巧、個性或情感而已；如何後設地看待「寫／被寫」並由此拓寬視野及想像，既是寫作者的倫理課題，也往往是樹立自我的核心關鍵。

《沒口之河》在這個向度上展現了驚人的縱深，使得全書富有厚度——不是物理上書本的厚度，而是沉澱於字句質地之下扎實的底蘊。作者於二〇一六年參與了台東濕地生態調查，以此為契機，他進一步思考「濕地」到底為何，後來又廁身於反對知本光電運動，見證了抗爭的始末。最終，他將這段經歷化為語言娓娓道來，以謙退的姿態描繪這塊濕地上的自然生態、歷史變遷，以及其與社會及文化之間的交互關係；同時，他也不忘記將眼光投向書寫者的內在，省視作為一名社會運動參與者的立場與角度，更正視自身內在幽微的情緒及感受。

黃瀚嶢以超脫新人的成熟，將知識與現實、自然與人文、理性與感性編織成一段立體又遼闊的書寫，也讓人期待他日後的作品。

得主　蕭宇翔《人該如何燒錄黑暗》（雙囍出版）

蕭宇翔簡介：

一九九九年小寒生，桃園人，東華華文系畢業，北藝大文跨所就讀中。著有詩集《人該如何燒錄黑暗》，曾獲第八屆楊牧詩獎。小說、散文散見於報刊雜誌，書寫科幻長詩《巨鹿》五年有餘，預計明年出版。

得獎感言：

事功難為情。任何勝負，可能都與文學中的真，無涉。坂本龍一放棄流行電子樂，深潛民族音樂與環境議題；木心受害入獄，以懺悔為由，暗自經營長篇小說；青年楊牧赴美求學，在文化視野豐收地，也是在泥淖難前的名利場。這些都是在七〇年代。

一個個求真的人，不合時宜，澄心定性，不曾去想成敗，最終超越了自己的時代。

詩集出版後，我陸續和一些詩人同儕或深度讀者往返長信，或電郵或私訊，討論詩歌寫作的技術與倫理，信念和勇氣。

我由衷感激這些來信，因為我感到：不是我，而是「詩歌」被需要著，在這個時代。

寫詩的人，同代人，一群有所追求，懷抱願景的人，不一定樂觀，不一定不傷心，但是一定是懇切，積極，不願放棄未來的開放性。在紛繁人世，他們繼承了詩歌的尊嚴，記憶，與勇氣：

冬天無言自洽，夏天有情相擁，時刻忠實於所有際遇。不可言明，但是多方憧憬。對生命認同，懇真，並奉陪到底。胸懷一個遙遠的取向，全心發亮。

誰領下一世代風騷？——推薦蕭宇翔《人該如何燒錄黑暗》 陳義芝

詩，是容易冒名充數的文類。媒介多元的今天，寫的人多，高低深淺往往「同榜」，容易困惑讀者。二〇二四第一屆旭日書獎，讓一本詩集脫穎而出，對新時代的詩風有觀摩意義。

蕭宇翔《人該如何燒錄黑暗》這本詩集，融會知識閱讀，盡其所能地展露抵拒、延異、變形、轉譯等筆法，向他心儀的典型人物致敬；其思想年輕，筆觸卻練達，雖不見得雄渾，但有白袍小將的英姿。

用作書名的「燒錄黑暗」，企圖在原始茫昧、神魂困頓中催生出新的音樂。他不斷搜索著「人類處境和心理現實」，相信「一首詩能為人類的心靈求同存異」，這一求真情懷，呈現讀書人的格調與承擔，在同儕寫作者中不多見。為屈原而寫的〈天地悖論〉，「當雷霆有時／使你感到新的誕生竟也由／一些舊的苦痛所致」，他選擇經冬不枯、拔心不死的「宿莽」為意象，進行亂世或衰世的思索。〈深夜聽托馬斯彈琴〉，用音樂感動完成詩心的傳承，他說「輪到我再現那顫抖／與喘息——遙遠的韻律自我內部／加速流出，要我敲擊、敲擊」。

詩是詩人在風雨江山外所興發，是醞釀於心萬不得已之情。誰將領下一世代風騷？是一九九〇世代頭的蕭詒徽、李蘋芬、王和平？還是世代尾的蕭宇翔、林宇軒、王柄富？此刻尚未分曉，但終歸是不隨俗起舞、不降格以求的創作者。

評審團推薦入圍作品

張桓溢《點火》（九歌出版）

以一場大火串連短篇故事，從集體經驗發散到個別人生，作者在第一本作品就展現出強烈的企圖心。他寫下許多人與物的故事，鑄字師、西服店師傅、迪斯可、過時的電玩，二十年前和更早以前的大火……故事有種懷舊氛圍，似乎想透過小說保留那些已經或即將消逝的東西。即使是設定在未來世界的故事，也可說是利用故事加速讓某些事物消失，以產生歷史的感覺。作者很真描寫人物，小說質感很好，字裡行間可以看到誠懇和用心的態度，未來值得讓人關注與期待。（何致和）

張嘉祥《夜官巡場》（九歌出版）

《夜官巡場》閃耀著天賦的敘事光彩，家庭、原鄉、青春，夾擠在可疑與不疑之間的民間異聞，這些讀者或恐習見的主題，透過相對不甚習見而野蠻生長的文字展開，一切有所設想，但不使勁雕琢，也不做修辭表演，自然地啟用瑣細畫面、駕馭日常言語，並且使其流動成整體。讀完的直覺是「這本書與當中的世界就是得透過這個方式寫出來」，它的表達不只脫出大宗制服式的常見腔調與意見，也將其他的可能性與想像都占領。（黃麗群）

王冠云《這才是真實的巴勒斯坦》（時報出版）

王冠云以獨特的際遇、勇氣，寫下巴勒斯坦人在以色列殖民、隔離下的生活。這本書，讓我們面對至今仍深陷殘酷殺戮的現場，看到被西方強勢媒體掩藏的真相，更真切了解苦難何以發生在加薩那塊土地的歷史脈絡，為正義發出了光。就報導文學而言，那是死亡威脅之地，田調的難度極高；以散文檢視，有準確的敘事語言、不誇張的日常見聞及深刻的同情。最可反思的是：人世間的定義究竟受制於何種原因、勢力？同樣的課題也存在於我們身邊，警戒我們不要心靈狹窄、盲從附和。（陳義芝）

江婉琦《移工怎麼都在直播》（木馬文化出版）

我猜對某些讀者而言《移工怎麼都在直播》會是「有點沒安全感」的作品，也就是說，乍看之下它好像「只是」整齊豐富、有系統且文字出色的田調記錄，但我私心認為這個「只是」正是此書優異動人之處，作者不提供一兩句簡單的意見，讀完你也無法被誘導出一兩句簡單的意見，在這個非虛構的議題空間裡，作者首先將自己的位置放得非常後面，因此才能同時將「議題與作者本人的關係」一起放在後面，最終才能自然而然地將「議題裡的他人」放在前面，這個「謙退」，除了性格，或許也表現出年輕一代對前代習氣的反省。（黃麗群）

寺尾哲也《子彈是餘生》（聯經出版）

聰明好看的小說，兼具感官性與批判性。文字明明極簡潔精準，卻有一種令人迷醉的炫技之感。很少人能夠把放蕩跟老練兩種氣質，巧妙融合於敘述文篇當中。寺尾哲也既能挑戰各種驚心動魄的題材，也能自由遊走於暴烈與淡漠兩端之間。風格的塑造是創作中最高難度的項目，這本小說集作為啟航之作，藉由辨識度極高的語言腔調、世界觀與敘事手法，建立了不可磨滅的面貌。還那麼新穎，就感到衰落；還那麼壯盛，就來到餘生——這是小說家的，也是當代青年的一組哀歌。（唐捐）

王仁劭《而獨角獸倒立在歧路》（聯經出版）

八個短篇小說，每篇都有好看的故事，卻沒有文藝腔，也沒有矯揉造作的修辭與情感。作者試圖用輕鬆的態度說故事，文字直白，敘事生動，對話流利自然，但情節設計卻十分用力，力圖以結構錨定故事，努力製造戲劇張力，並一直維繫到故事結尾。殊異的題材，讓這部短篇小說具有豐富和多元的閱讀樂趣，也凸顯作者蒐集處理資訊的速度和能力。相信假以時日，待作者走出風格題材歧路，累積更多真實與深厚的人生經驗後，必能創作出更加強大的作品。（何致和）

化缺點爲燃料

第一屆台積電旭日書獎決審會議紀錄

時間：二〇二四年六月十五日下午一時至三時
地點：聯合報系大樓會議室
決審委員：何致和、唐捐、陳義芝、盛浩偉、黃麗群（按姓氏筆劃序）
列席：宇文正、王盛弘、許峻郎
栩栩／記錄整理

第一屆台積電旭日書獎收件五十一本，經聯副初審組選出二十二本呈交評審委員，每位委員推舉兩本，最後共計八部作品入圍決審。評審們推派陳義芝擔任本次會議主席。主席請諸位評審先針對入圍作品陳述整體意見及評審標準，再逐冊進行討論，預計選出兩部得獎作。

何致和：綜觀本屆入圍作品，雖屬初登板之作，但無論題材、內容、創作手法或表現方式都頗具架式，一出手就達到專業級水平。就文類而言，以小說為大宗，且集中於短篇小說；就作者背景而言，多半出身自創作所，或因獲文化部、國藝會補助而出書，是以，整體來說這批作品難免有較高的同質性。作為讀者，我私心期待讀到富有野心——即使挑戰失敗了也沒關係——的作品。

黃麗群：我滿同意致和，特別是高度同質性這點。究其原因，可能是時代傾向輕快、快速推進的節奏，但與其說是體裁，我想更多在於類似的操作手法和腔調；我偏好跳出文字之表演性的作品——這未必使寫作變得比較真誠，因為真誠難以定義，但較能離開固定的模式。

盛浩偉：我完全同意前面兩位委員的觀察，另外，我就評審過程中的思索稍作補充。首先，這個獎的定位是什麼呢？如果是鼓勵，那麼我會採取寬鬆作法，但受限於規則（一人僅能推舉兩本），又不得不嚴格。寬與嚴究竟要怎麼拿捏？這是評審過程中的費心處。原本我想看技巧、文學性、創作者的自覺等，卻發現這批略小我一點的創作者們對此頗為擅長，相反地，如何深入題材，如何展現對題材的深刻關懷並具備反身性，彷彿才是大家的弱項。以小說為例，寫賽鴿、寫ＢＤＳＭ，分開來看當然都是賣點，但同台競技就會觀察到大家都往腥羶色的方向發展。能不能對書寫題材具有更深刻的關懷成為我在複審中的參照點，而進入決審，在這令人難以取捨的八本書之間，後來我作出回歸本心的選擇：讀完這本，還期待下一本，相信作者會不斷帶來超乎我預期的作品，就是我心中的佳作。

唐　捐：首先，這是一個書獎，而書是一段時期的創作集結，因此組織力——組織篇章、題材、創作關懷、創作才能或時間——特別重要。其次，這是一個獎勵新銳的獎項。新未必銳，但我們仍然有所期待，而銳利感未必等同鮮明的聲色，它也可以誕生自感受和思考性，不從眾，渴望形塑自我風格（及其可能性）。寫作者的潛力在哪裡？這有一點像賭注。旭日書獎超越文類，格局較大，同時比起單篇競賽，一本書其實能讀到更多訊息，而作為評審，也會因為訊息雜多而備感掙扎。

陳義芝：我曾開過一門課「文學影響與傳播」，所以更注重作品是否能引發共鳴。當我們讀文學作品，永遠能在其中找出圓熟和前衛的平衡，我自己有個老派的看法：當代文學作品的讀者遠在未來，文學不僅僅為了同代人。作品中是否有情志、有關懷，對照古人所講，則是立心、立命，我想這樣才能凸顯文學寫作的意義。

經評審決議，各自對入圍作品發言、討論。

入圍作品：

王冠云《這才是真實的巴勒斯坦》（陳義芝）
蕭宇翔《人該如何燒錄黑暗》（唐捐、陳義芝）
王仁劭《而獨角獸倒立在歧路》（何致和）
張桓溢《點火》（何致和）
黃瀚嶢《沒口之河》（盛浩偉）
張嘉祥《夜宮巡場》（盛浩偉、黃麗群）
寺尾哲也《子彈是餘生》（唐捐）
江婉琦《移工怎麼都在直播》（黃麗群）

唐　捐：無論就形式、語言、關懷、主題、風格或尋找詩意的方法，蕭宇翔《人該如何燒錄黑暗》皆有其獨到之處，且積極探索詩的疆界，符合所謂新銳的標準。許多人在第一本詩集仍顯生嫩，第二本才趨近成熟，但宇翔進度超前；此外，詩也講究在自我和他人之間找到適當的平衡點，而他顯然精於此道，專業讀者和一般讀者都能領略其豐富。

寺尾哲也《子彈是餘生》的技術語言屬花腔式，但仍然有餘力顧及全篇布局，且從容經營，讀來不失閱讀快感。故事本身尖銳又富批判性，為了吸睛，也適當運用技術炫人耳目，在創作伊始，寫作者強化各種招式並以作品為試驗場我以為應不為過，只要掌握時機，慢慢拋棄裝飾性並強化思維就行。

另外，我想特別提一下黃瀚嶢《沒口之河》。本書無論就分量、才情、知識、感受、醞釀等各方面幾乎臻至完美。知識未必能轉換為優秀的文學作品，但此書做到了。且非虛構性和客觀性正是散文賴以跟小說抗衡，使其絲毫不顯遜色的關鍵。

盛浩偉：我給《沒口之河》的這一票可說是毫無懸念。除了在知識層面下工夫，更重要的是作者作為社會運動參與者的反思，並能與時事連結。比方說書中提到二〇二一年金曲獎上桑布伊的致詞，那其實扣回了台東知本濕地光電案的進程，我自己在觀看頒獎典禮當下並未明確意識到兩者關聯，直到《沒口之河》補足我一度忽視的記憶和現實。寫社會運動，但不以二元對立價值評價保育和開發，而社運參與者也會逃避，也會迷惘；記錄事件本身誠然是這本書的第一層意義，但背後更深層的意義根植於作者「我」的參與和感受，因此，讀者得以照見種種複雜性：人與自然的交織，以及知本濕地的歷史、開發與變遷。

其餘數本，我就很難抉擇。我最後選入張嘉祥《夜官巡場》，這是一本多聲交響之作，讀者可透過音樂、掃 QR code 等多種途徑、動用多種感官享受這本作品。語言方面，借華文台文交錯，在聽覺和視覺上取得生猛有力的效果，創作的原動力爆發力非常強烈。

王冠云《這才是真實的巴勒斯坦》題材珍貴，並凸顯出不同於西方觀點的巴勒斯坦，但書中對巴勒斯坦主體的文化歷史描述稍嫌不足，讀完後雖然會同情，卻覺得沒有真的那麼「認識」巴勒斯坦。《人該如何燒錄黑暗》極具企圖心，但我會期待他多坦露自我一點，或將輯三挪至前面，讀者方能更靠近詩人的本真。

《子彈是餘生》是我心目中的第三或第四名，天才之間的競爭跟扭曲很精采，但天才卻無法反身性意識到優勝劣敗觀念本身對人的戕害，是比較可惜的點。江婉琦《移工怎麼都在直播》題材動人，可惜語言有些地方太過直書口語。

黃麗群：八本中有一半是我先前已讀過的作品，「初讀」和「再讀」多少會影響判斷，評審過程中我必須不斷提醒自己這一點。很同意剛剛唐捐和盛浩偉兩位委員的意見，寫散文有時需要天時地利人和，黃瀚嶢兼具知識儲備和經驗，也有天生的才情——和《移工怎麼都在直播》對照，不難發現年輕寫作者介入社會議題的身段非常謙退，避免動用二分法或道德意見。《沒口之河》文學性相對成熟，《移工怎麼都在直播》看似像田調記錄，不形成定論，連書名都是一個問句而不是肯定句，我很喜歡這種不知不覺的流露。另一本我選了《夜官巡場》。《夜官巡場》的野蠻生長之感不只來自主題，更在於它的敘事方式脫出了某種當代的文學格律，非常自然，帶點幽默感。他用語言表達了生命力，而不是將生命力縮小在語言裡。

《人該如何燒錄黑暗》和入選的三本短篇小說集都在水準之上，但對我而言它們帶著一點「端莊」，端莊其實也很好，我只是最終選了一些比較不溫馴的作品。

何致和：鑑於入圍的八本書中有三本已率先摘下金典獎，我個人傾向從嚴檢視。談濕地，何必引用佛斯特《小說面面觀》？我渴望有趣的東西，但無論《沒口之河》或《夜官巡場》，都像是上課，吸引力稍微打了個折扣。

身處這個快速的時代，蒐集資料的辦法仍有笨和聰明之別，縱使《移工怎麼都在直播》下足苦工，讀之令人眼前一亮，但我會有點替她擔心下一本在哪裡——畢竟，旭日初升，不能不考慮將來。王仁劭《而獨角獸倒立在歧路》筆觸自然靈活，不過文字能力和穩定性還欠點火候，如有必要，我想我可以放棄。張桓溢《點火》雖然稍顯稚嫩，但勝在積極挑戰高難度動作，他願意把他醜的那一面拿出來給大家看，於是人們也能輕易地找出破綻，看似笨拙，但正是這種任性讓我讀到他的未來性。都是缺點，但也都是成長的燃料。

儘管《人該如何燒錄黑暗》仍可窺得練習痕跡，但練習中見態度：詩人非常認真，明顯正處於高度創作能量的時期，語言、情感經常噴發。我也喜歡蕭宇翔現身與大師對話，像朋友般平起平坐，我想這是屬於年輕人的自信感吧。我願意高度支持他。

陳義芝：《沒口之河》、《移工怎麼都在直播》和《這才是真實的巴勒斯坦》三書——姑且稱之為報導文學——各有各的精采和處理難度，我捨《沒口之河》而取《這才是真實的巴勒斯坦》，因為這是世界發生中的、令人痛心的事。誰是恐怖分子？這本書重新給出了定義。它有一種田調的特殊性和艱難，需要因緣，也需要揭露的勇氣。寫作如果是為了凝視人間的不公義，我想王冠云此書有其現實意義。

年輕一輩詩人中，蕭宇翔盡其所能地發揮詩的筆法，將偉大心靈化而為己用。〈水鑑〉借流水談時間，毫不俗氣，又例如詩集名《人該如何燒錄黑暗》，從黑暗中將一切未明事物提煉出來，使人得見，當然也彰顯了詩人自身的關懷。蕭宇翔勤於鍛鍊，有精神，也深具生命格調，少年英姿勃發。前面浩偉提到關於編輯的建議，這部分我完全同意。

倘如還能多選一本，我會附議致和圈選的《點火》。《點火》從日常情節塑造中讓人嘗到難以言傳的人生況味，頗具感染力。

投票結果：

經首輪討論後，評審決定採給分制，每人圈選三部作品，最高分三分，最低分一分，並保留第二輪討論空間。

王冠云《這才是真實的巴勒斯坦》（陳義芝三分），**共三分。**

蕭宇翔《人該如何燒錄黑暗》（何致和二分、唐捐二分、陳義芝二分），**共六分。**

張桓溢《點火》（何致和三分、陳義芝一分、盛浩偉一分），**共五分。**

黃瀚嶢《沒口之河》（何致和一分、唐捐三分、盛浩偉三分、黃麗群一分），**共八分。**

張嘉祥《夜官巡場》（盛浩偉二分、黃麗群二分），**共四分。**

寺尾哲也《子彈是餘生》（唐捐一分），**共一分。**

江婉琦《移工怎麼都在直播》（黃麗群三分），**共三分。**

決審結果出爐，黃瀚嶢《沒口之河》和蕭宇翔《人該如何燒錄黑暗》榮獲二〇二四第一屆台積電旭日書獎，會議圓滿結束。

附錄

作家巡迴校園講座

徵文辦法

半夜emo的你
怎麼看都很適合創作

主辦單位：台積電文教基金會、聯合報副刊、台南一中
時間：4月26日（三）13:00-15:00
主講人：林達陽、吳曉樂
主持人：沈信宏
許閔淳／記錄整理

春日的雨在這幾日恣意下著，濕氣與木頭結合的氣味，飄散在台南一中充滿時間感的紅磚建築與廊道。這樣陰灰的天氣裡，位於地下室的視聽教室似乎特別適合談論半夜的emo與創作之間的幽微關係。

Emo為emotional的縮寫，在直觀的理解上有情緒化的意思。這個詞彙在八〇年代的西方為後硬蕊龐克（Post-hardcore）的分支，當時被稱為Emocore（Emotional Hardcore），在樂團認為商業化主流音樂無法表現真實情感的狀態下，emo因應而生，內容多為龐克樂搭配充滿情感的內省歌詞。然而這個詞彙發展至今，流轉於年輕人之間，已然生長出更多歧異的內裡。

從emo到無法emo的現實

「到底什麼是emo呢？在今天的講題裡，比較像是高敏感的、對很多事情都有感受的狀態。」自言因身為教師不能太emo的主持人沈信宏說道。他發現無論是現在的學生還是畢業的學生都存在「發超小字限動」的現象，「我覺得那是

劉學聖／攝影

一種有想要表達自己的慾望，但又不想讓人明確的看到，有心聲想表達出來又不想讓人直接摸透的狀態，這就跟文學的表達手法很相似。」

吳曉樂認為 emo 無法直接用 emotional 這個詞鑲嵌進去，「它比 emotional 還要更多，比情緒化還要更情緒化，我覺得高中是一個人最 emo 的階段，因為長大後你必須面對很多殘酷的現實，像是五月到了就想到繳稅，或在高鐵站臨停超過三分鐘就收到九百元的罰單。」

成人世界的殘酷讓人沒時間也沒辦法 emo，回想起高中時的自己，吳曉樂說：「我覺得自己也是那樣 emo 的形象，那是一段可以很專心跟自己的情緒相處的時間，那個階段很容易覺得自己的情緒是最重要的，情緒很容易就流過自己，而且會覺得花時間講很累，會有那種『你們是無法理解』的孤高感。」

林達陽也認為高中時期的自己是 emo 的人，並且認同成為大人後為了生存而無法停留在很 emo 的狀態。「我覺得 emo 是一個一直在長大的詞，被兼容著正面如纖細、敏感等，負面的話就是一些比較帶有刻板印象的詞彙。」除了社會上討厭的細碎現實之外，另一方面成人後會更加體會到天地不仁、視萬物為芻狗的無情，像是父母老去、珍視的師長與貓逝世。

「好像你走在巷弄裡面，無時無刻都會有人從轉角走出來，把你撂在地上揍一頓之後，才准許你繼續往前走，彷彿這整個生活的拷問是沒有盡頭的。」相較之下，林達陽認為高中的時候，反而是比較被鼓勵探索自己與表達自己情緒的階段。

純粹的情緒化為文學創作

關於情緒如何抒發與安放，沈信宏發現如果運用太強烈 emo 的詞彙，似乎很容易被大人屏蔽，例如以前曾認為老師欺負了某個同學，因此在周記上寫了長長一篇咒罵他，期待得到回應，結果那些字句都彷彿投到深深的井水裡沒有得到回應；就像現在有時候他看到學生 po 了情緒很激烈的限動，也會一陣尷尬不知如何是好。

「後來我發現需要用一個比較蜿蜒間接的表達方式，這些情緒才比較容易被接納起來，就像打電話給喜歡的人，也不會直接跟他說『我就是喜歡你所以我想跟你聊天』，一定是聊一些其他的事。」

吳曉樂過往寫周記的回憶則較為正向，當時的國文老師對她而言非常重要與特別，會非常用心回應她的周記。在那一兩年中，她為了讓老師理解她歷經了什麼，得學習如何把悶在心裡的想法，轉化成他人也可以閱讀的東西。在這樣的過程中，她讓自己的文字與想法越磨越精確，「為自己思考」是吳曉樂在高中時期學習到很重要的能力。

「以前會覺得情緒一直在那裡，但不知道是什麼，你得去思考，得去使用文字。讀大學時，台大校園各個地方都可以看到一張海報，上面寫著『寫作使人精確』，後來覺得這句話是很對的。我覺得寫作很像一個畫畫的過程，你想要完成一幅畫，得去思考現在要用的是這個綠色嗎？要再深一點，還是淺一點？」

對於周記和作文的回憶，林達陽則提起當時不喜歡看見評語上有「傷春悲秋」這四個字，當時這樣的詞彙在教育體系裡似乎是較為負面的，彷彿需要被壓抑與隱藏。但幸好除了老師的評語之外，林達陽還接收到來自校刊社學長姊的意見。

「當時有一個學長告訴我，傷春悲秋很棒啊，那代表你跟別人不同，講了一套他的理論，雖然現在回想起來覺得他可能是掰出來的，但對於當時的我而言，有一個年紀比你大又厲害的人告訴你這些話，有很大的激勵效果。我覺得這些身邊的人有所回應是很重要的，包括國文老師、社團學長姊，以及有耐心和我聊心事或文學的女性朋友，因為有了他們的回應，讓自己可以從那種 emo 或單純有情緒的狀態，轉換成創作的文字。」

「好像是我，又好像不是我」的擺渡

情緒轉換成文學作品後，會讓人變得比較不 emo 嗎？「我覺得也許會有反效果。」沈信宏接著聊起自己過往的經歷，青少年時期因為單親家庭的緣故，母親在生活中經常是缺席的，這讓他的內心積累許多鬱悶與不解，到了大學時期他在寫小說的過程中，找到這些情緒的出口。

「我好像可以用一種旁觀的角度看著這個學生的主角，他幫我說出了很多心裡想說的話。如果是直接 emo 的 po 出限動會太強烈，把釀在心裡的情緒，慢慢找到一種方式表現出來，就可以變成一種『他好可憐』而不是『我好可憐』的轉化，好像我就把那樣一個少年留在當時，我可以一直去看看他，關心他。」

吳曉樂提到自己很喜歡的兩位遊戲創作者，小島秀夫與宮崎英高，他們的共同點是童年經常遁入閱讀的世界裡。遁入閱讀的世界裡，試著去了解別人在做些什麼，雖然是獨處的狀態，但是被許多他人留下來的聲音所環繞。

「我相信我們在成為創作者之前得先是一個閱讀的人，在閱讀中會理解到『自己跟角色的區別』，而且有時候你寫出來的角色可以到達你到不了的地方，我覺得這是創作非常開心的部分，可以從那種日復一日，非常煩悶的日常裡掙脫出來，暫時成為一個『好像是你，又好像不是你的狀態』。」

林達陽認同吳曉樂說的，創作時可以引導我們短暫的脫離當下，抵達一個自己覺得比較舒適的地方。至於創作之後，情緒有怎樣的轉換與變化，林達陽分享了他最初閱讀楊牧的經驗。

當時在高中老師的推薦下，林達陽閱讀了楊牧的少作《葉珊散文集》，那是他初次閱讀到並非以情節作為推動力的抒情散文。當他依照過往的閱讀習慣，急於探詢「然後呢？」，卻發現讀完作品後，並未獲得解答。對於高中時期還沒接觸足夠多文學作品的他，這個閱讀體驗使他充滿困惑，不確定作者想表達的是什麼，卻又被那種猶疑不定、講話反反覆覆，想著這個又想著那個的敘事口吻給吸引。

「在後來持續閱讀的路上，我好像知道自己在喜歡什麼了，在楊牧的作品裡面，不是只有『快樂或不快樂』，他會讓你知道這種不快樂叫作寂寞，這種寂寞是某種原因長出來的寂寞，然後那個不快樂叫作憤怒，這個憤怒裡可能還有自卑，或是對於某一種期待落空的一種小小的怨。很像在看一個人變魔術，把所有原本長期被規定得分門別類收納好的情緒都還原了，這些情緒與感受在被還原後好像才真的存在。」

林達陽認為，許多事似乎得透過寫作，才有辦法找到位置安放。由於寫作時注視自己情緒的細微之處，所以那種emo的特質好像被放大了，但另一方面，作為一個比較有意見、想和別人不一樣的人，他認為書寫是一個很好的管道。

兩位講者與主持人沈信宏在最後不忘再次宣傳五月二十日截稿的第二十一屆台積電青年學生文學獎。吳曉樂表示：「無論是讓那種想讓全世界感受你在想什麼的慾望得到抒發，或是你只是想要記錄生活，寫作都是很有幫助的，而且能夠讓自己更加精確、更了解自己。」鼓勵年輕的心靈把握機會參賽。林達陽則是追加了寫作與閱讀的功能：「寫作可以建立起與他人同情共感的能力，可以打開一個人新的世界、彼此相互尊重，寫作能夠負荷的意義量，與人在裡面的角色可以極大化，所以我認為這是文學寫作這個藝術形式獨獨可以做到的事。」

靠近一首詩

主辦單位：台積電文教基金會、聯合報副刊、宜蘭高中
時間：3月27日（三）14:10-16:00
主講人：羅智成 主持人：王盛弘
章楷治／記錄整理

詩是一種害羞的文類

「詩是一種害羞的文類。」詩一直羞澀地躲在初春的微涼中，直到被帶到宜蘭，到一群期待著的學生面前。羅智成以一種幽默中帶著嚴謹的態度，慢慢的抽絲剝繭，將所有人帶入詩的祕密花園。

「其實我最害怕談的主題就是詩。」羅智成以此句話作開場，帶我們探究縱觀其寫作歷程以來所追求的詩，究竟是為何物。詩是一種很害羞的文學形式，所以他以「靠近一首詩」作題目，帶我們主動向前，去揭開它神祕的面紗。羅智成認為寫詩，讀詩不只是文學的一部分，更是廣義生活審美的基礎。詩不止處理純粹的感性，生活中最理性的部分也可以用詩來交流。

詩是一座豐富、充滿各種可能的祕密花園，但它非常害羞，但凡遇不到對的人，對的場合，對的心情，詩會顯得格格不入，手足無措，甚至是有點可笑。反之，有了對的人、對的心情、對的場合，詩則會讓讀者陷入最深的感動，讓人為之悚然。羅智成曾在詩作中宣示：

邱德祥／攝影

「沒有最好的作品／只有最恰當的時辰／恰好讀到的詩篇」——羅智成，《預言又止》。

詩歌驚人的力量

羅智成特別引用克里斯多福．諾蘭電影《星際效應》的場景來說明一旦因緣具足，詩所呈現的爆炸性能量。電影中，導演透過壯闊的影像呈現許多天文學以及愛因斯坦相對論等科學知識；主角試圖透過蟲洞抵達遙遠的另個時空，但無人確定蟲洞能否將他們帶到那幾乎不可能的目的地。只有充滿執念的老科學家，煎熬苦索之際都會反覆念著一首詩：

Do not go gentle into that good night,
Old age should burn and rave at close of day;
Rage, rage against the dying of the light.
—Dylan Thomas *'Do Not Go Gentle into That Good Night'*

羅智成提到這段詩展現了詩歌驚人的力量：在一部耗資幾億元的科技大片中，最高潮的片段，當演員的演技與龐然的影像都無法繼續再往前推進時，據以穿透高潮的竟然是一首詩。

詩的作用為何？

為什麼要去接近一首詩呢？羅智成如此問道：詩的作用為何？在回答之前，他先提及晚近有些聲音質疑語文能力的功用，羅智成認為這些質疑源自於對語文認識的不足。他解釋語文能力不僅指一個人的說話、修辭能力，更代表了他心智的能力，即「感受、理解、整理、表達」等綜合能力，因此語文能力是十分重要的。詩，則是語文能力裡最特殊、最尖端的一環，非只為了表達情感、情緒而存在。

「詩是各種生活審美的基礎。」所謂詩的「害羞」，指的是去欣賞、了解、應用它的門檻或難度較高。當我們長期與詩打交道，寫詩，讀詩，我們會有很多不同的能力被激發、培養出來。羅智成將這種能力稱為「主動審美」的能力。在生活中我們會有各式各樣的審美機會，一幅很美的畫，一些美味的食物，或者穿搭漂亮的服飾，總讓我們賞心悅目，但這類審美經驗，我們相對是被動的，「美」被直接展露在我們面前，我們幾乎不假思索地就喜歡上。羅智成說：「不過還有更多的審美對象在生活各個角落，並非那麼容易領略，或僅憑一眼或初步印象便能感知、理解，除非我們擁有主動去發掘、解讀的能力。」

羅智成列舉了十二項生活中主動審美的方式，來銜接我們賞析詩歌時被訓練出來的特殊能力。

例如：閱讀或觀看某些事物時，能夠準確掌握其意義以及背後所隱藏的象徵（即尋找意義與讀懂象徵），或者發揮我們的想像與聯想能力，藉此掌握圖像思考（即自由想像與發揮聯想）。而豐富的想像力會激發感官，讓我們變得更「易感」，再細微的季節變化我們也能有所覺察，去感受到溫度、濕氣與氣候的豐富變化。

羅智成在中間提到：「東方的小孩似乎較慢認識自己，他們總是先要滿足父母，滿足社會或其他人對自己的期待，才有餘暇詢問自己究竟想要什麼。」他認為被倫理或群體關係束縛的東方小孩必須大量閱讀或培養興趣才有較多機會認識自己，當我們透過主動審美的機會，便能更了解我們的好惡、了解什麼最能觸動我們、安慰我們、滿足我們（即品味個性與了解自我）。習於主動審美，也讓我們在日新月異的世界中更容易接受新興事物與觀念，超越客觀環境的變化（即接受新奇與不懼陌生）。

習於感動與享受感動

最後是「習於感動與享受感動」，羅老師認為這也是我們社會較為生疏的面向，覺得感動會讓人認為你的心腸很軟，容易受騙。「然而人類作為生物，最重要的生命跡象便是感受能力，人類一生的活動最大的回饋，除了存活，便是感動。」真正能陪伴我們到生命最後一刻的，便是感動的記憶，可惜卻常常被忽略。這也是我們可以藉由主動審美去獲得的。

很多人看到作家詩人寫出的作品，總會驚嘆於寫作者對細節的敏銳觀察與感受。羅智成認為這與人的個性關係不大，而與訓練或創作的潛移默化有關，當寫作者長期閱讀與寫作便會逐漸養成某種觀察與記憶的習慣。觀察有兩種，一是我們本能的主觀印象；一是當你有表現或再現的需要，便會有更細微觀察的需要。

詩究竟是什麼？

那麼詩究竟是什麼？

羅智成在《預言又止》中，甚至是在長久的寫作生涯中，也一直在探究這個問題：「詩究竟是什麼？」

歷史超過三千年的詩歌，最初是很容易辨認的，就是形式明確的韻文，無論是《詩經》、樂府詩或古體詩，都有形式上的限制，押韻平仄的要求，句子長短相同……這些條件讓我們辨認什麼是詩。「但是詩不只是這樣，更有一種精煉的，美好的質感。」就如日常生活中我們會用「詩」來形容許多難以用簡單描述來形容的美感經驗。

羅智成將詩概念的形成分為三個階段：「先是韻文的形式，再來是詩質的形成，進入現代後，之前的概念被動搖了！不再限定形式，詩的意義也被擴充。」不過在詩演化的過程中，還是有些特質是不曾動搖的：

節奏與音樂性：詩應是最早出現的文學形式，繼承了口傳文學的特點。而口傳文學的特點其中一個便是「好記」，字數一致，押韻與重複使之富於節奏感，這都是早期詩歌所具備的特點。雖然我們現在不再刻意追求押韻、平仄，但仍須透過分行、斷句、複沓、呼應來進行節奏的營造。

與讀者的特殊關係：早期詩人想讓詩變得精鍊，必須進行各種減省，省去很多字數與說明。在古詩那種嚴格規則下，用一定的字數要表達出很多訊息，就要利用典故，隱喻和讀者的默契來共鳴，類似講笑話，去觸發彼此的同質性卻不作解釋。羅智成回到詩是最害羞的文學形式來詮釋讀者在詩的創作與閱讀中無所不在：「詩人的宿命是如何用文字的魔法讓不對的人、不對的心情和場合事物成為對的，這當中每一項努力都是針對讀者。」

抵抗各種慣性：無論是社會或自身語言上、觀點上的慣性，來突破文字書寫的極限。

綜合以上三個特點，羅智成向我們清楚界定了詩的基本概念：「詩是一種以創新語言為手段，依循特有節奏安排形式或句式，來探索與讀者建立理想關係的文類。」

生活與寫作

座談尾聲，在學生的提問中，羅智成提醒同學寫詩與現實生活之間的平衡：「再好的創作也不值得你拋棄生活。」同時強調閱讀的重要，一個科學家窮究一生發現到的新知識，一位作家歷盡千辛萬苦、走遍山水後寫出來的作品，我們只需舒服的躺在沙發上閱讀，一切便盡收眼底：「閱讀是我們認識世界最划算的方式。」

讓我們 CHILL 地談談世代構成要素

主辦單位：台積電文教基金會、聯合報副刊、景美女中
時間：5 月 3 日（五）10:00-12:00
主講人：陳栢青、陳繁齊
主持人：白樵
陳孟樺／記錄整理

私密的世代

「如果一來就大談文學的重要性，怕大家直接昏睡。」講座一開始，白樵決定先討論構成陳栢青與陳繁齊作品的要素——那些與生命輪廓扣連的、屬於特定世代的體驗與觀察。

一九八三年生的陳栢青出版第一本書時，台下大多數人還沒上小學。至少差距十年的文化記憶不斷從台上丟出，但一群〇六年後的學生對於陳栢青所說的「拿著 Call 機貼在話筒前說『愛你一萬年』的何志武」幾乎沉默。他於是指著台緣大笑：「什麼是世代，世代就是這一條線，還不夠明顯嗎？」

「世代」常被視為各個學科自由操弄下的產物，人們總是在被歸類到特定群體，在意識到是我與非我的界線之後，世代的歸屬感才漸漸生出。不過白樵提出世代的另一種私密性的可能，是一個人會擁有自己時間的刻度和定義。他說自己是三明治世代，向上是一群經驗戒嚴時期更久的、在乎長幼有序的人；向下又是所謂 Gen Z，一群追求扁平化、持續

黃義書／攝影

對輩分躁動的人。

陳繁齊會說自己是太陽花世代。經歷過政治事件、社會動盪，走過一起體驗疫情戴口罩與叫外送的日常，就像走過一道裂縫。「生活上的改變其實就可以切分出生活習慣，進而表現了在生活習慣上的選擇，以及它的價值觀，最後可以衍生出一個世代。」而這些使用習慣也牽涉著社群，以及你接收的資訊、方式，什麼人餵養你，其潛藏的世界觀，它其實也會影響到整個世代的形成。

陳栢青說自己來自小虎隊當紅的年代，但那卻不是他的世代——他沒有真的對特定偶像入迷，沒有參與集體事件。他從小就覺得格格不入，總是旁觀，沒什麼朋友，大家出去玩時他幾乎都自己留在家。他努力練習，去喜歡小虎隊，想像當同儕望向他說出「原來你也喜歡小虎隊」，「似乎只要經歷過一個共同的記憶，於是我們變成了一個群體。」他因此理解兩件事情，第一，世代的形塑不是因為時間，而也許是來自一個特別的記憶或事件，它讓我們有認同感，也讓後來的人們在看著我們的時候，會覺得

「這是同一群人」。但領悟這件事情的同時，他也明白，他永遠無法融入任何事件或是記憶，他將是那個「被世代拋下的人」。一個時間或是記憶的流浪者。前者是關於歷史的出現，後者，就是作家的誕生。

陳繁齊用書寫來尋找「我是由什麼組成」或是「我現在成為了什麼」。他在散文集《風箏落不下來》有意識地安插一些具有時代意義、成長刻度的事。有些是同年紀的人共同的記憶，有些可能是一種流行。像是會在偷上網前先蓋住數據機避免巨大噪音吵醒家人、出門時忘記把某首想聽的歌加進 mp3；或是高中時會去數十台遊戲機一起反覆播放背景音的湯姆熊、會屢次混進未成年者勿入的網咖體驗某種禁忌感。

張惠妹與梁靜茹一起的世代

陳栢青和陳繁齊的書寫都強烈地運用流行文化，時間和記憶構織他們對世代的認定，當時各自的嗜好與創作核心其實存在深層的互動、連結。

比如聽歌，陳繁齊說音樂的參與門檻低，他小時候常隨著偶像劇與選秀節目而撕心裂肺、對號入座。他起初只在意歌詞，第一次聽歌有感，是國小的時候坐在家裡的汽車後座，他爸爸播著張惠妹的〈哭砂〉。駕駛座和中間車柱之間有一個三角形的小空處，他把臉塞在洞裡，塞好之後視線正好看向窗外，沒有人會看見他的眼神，他可以假裝很哀傷，即使他根本沒有喜歡的對象，「風吹來的砂／穿過所有的記憶／誰都知道我在想你」感覺來了，一首一首地開始聽歌，歌曲於是進入到他的生活裡。

一直到今天已經參加過無數場現場演出，聽歌的記憶往往和一些愛戀的心事綁在一起，變成了新的空間：「我是什麼時候去聽的、我為什麼想去聽、我跟誰去聽、我對哪首歌有感應、聽完之後我想了什麼……各種你想得到的跟這場演出有關我總是都會把它記下來變成某種意義。所以到最後它也成為了我某種記憶的現場，有可能我在聽這場演出之前，有一個已經積累了一年甚至更久的心緒，就在演出之間鬆綁了。」

他相信戀愛能讓他以核心碰觸他人的核心，而他的作品因為寫的都是生活，更明確能感覺到作品原生的時間脈絡，「大概就是我不在那裡了，但我能肯認那是我，的確就是當時我在想的事情、想事情的方式。」他說以前的自我可能是真的很衝撞，只想瘋狂傾倒，後來慢慢朝向收束自己、不影響或傷害他人，不過核心都是他想要記錄自己、辨明自己。

陳栢青也很喜歡看歌詞——他像是為了融入這個現場，他總是那個，說「對啊我也是」的人——可話鋒一轉他說喜歡歌詞，是因為自己是音癡，自嘲去KTV只能當分母，唱不好歌，只好研究歌詞。他活在梁靜茹唱〈勇氣〉的年代，目睹了MV被超長故事化，「從此以後，影像不只是詮釋，MV故事同時是歌曲整體詮釋一環」的瞬間。

一次打工機會，陳栢青出演了某支MV。可到底他演出什麼角色呢？他對大家分享：「我演了帳篷。」原來那支MV的女主角一直在帳篷裡，山裡走海邊去，都帶著帳篷，MV上看起來畫面美麗含義深遠，可實際拍攝，陳栢青便是負責待在裡頭撐住帳篷不倒的那個人。他說後來的自己總是在KTV點這首歌，沒有人唱，但也沒人會去卡歌，他就默默看著畫面上的帳篷，「所有人都看得到我，我就是那個人，但是我又好像不存在，我是這個包廂裡唯一沒有聲音的人。我看見自己，但又不知道我在哪裡。」如果要問起一個人怎麼去感覺他經歷的世代，那就是這個包廂，以及其帳篷了吧。

我們觸摸生活的反饋隨著時代遞進而有不同質地，或許是每次戀愛，或許是持續游離在世代劃分的邊界，但都想像出了一種歸屬。生活儀式隨日常細節而更替面貌，從前出門總是一大串鑰匙，在感應卡或密碼鎖的時代鑰匙圈都可能絕跡；習慣用FB被稱為老，時下連IG都快趕不上小紅書的輕快步伐。白樵說：「不要讓自己當一個經驗匱乏者，大量地去生活、去體驗、去愛、去玩，還有去看書，久了一定會有屬於自己的那份觀察。」

文學是我們的輕狂

主辦單位：台積電文教基金會、聯合報副刊、新竹女中
時間：4 月 17 日（三）14:10-16:00
主講人：許悔之、吳妮民　主持人：黃庭鈺
蕭宇翔／記錄整理

衣飾與追求

「我是勞動者的小孩，父母很愛我，但小時候買衣服並不自由。」許悔之在演講的一開頭，決定從自己的衣櫃談起，琳瑯數算著年輕時他所喜愛的服飾，從A到Z。Armani、Ted Baker（今天穿的正好是這一季的新衣）、Vivienne Westwood（英國時裝設計師）等等。

他買衣服以填補黑洞到大約四十五歲為止。他認為，衣飾作為一種標誌，牽涉著內外的觀看，而觀看的行為，觀看的方式，決定了我們的行為與意識。

衣飾作為一種自樂（譬如身上這件Ted Baker好了，他說，細細可見青與紫的黼黻交織，可能只有他自己知道），那是一種「不為人知的細節與喜悅」，從「不滿足」出發，的確是渴望，且嘗試渴望，即便是粗淺的渴望——因為生命中更多的時候是沒有動力的重複。而創作者想知道這個重複之外有些什麼？除了紀律（刷牙洗臉、生涯規畫），想逃離原本的規律，穿越任意門般的自由，文學之開闔遼闊，可以乘載，可以想像，實是一種匱乏中的自由。

黃義書／攝影

「譬如妮民考了一個很遠很遠的學校。」許悔之一笑。吳妮民高中畢業後進入成功大學醫學系，其衣飾（或者說，觀看的方式）從一開始就選擇了「白袍」，看來乾乾淨淨，其實眾生之病苦血肉俱現。

「悔之老師念化工，我念醫學。」吳妮民表示，如今周一到周五當醫師，周末則回到家寫文學。然而最早，是進到了醫學系，才有了書寫與投稿的念頭。〈十九號電梯〉寫解剖課，正是運送大體的專屬電梯。吳妮民自言空間能力不好，課堂上無法記憶血管的走向，但這不是主要的問題。那些年少時光裡，學習心懷恭謹地清洗、搬運，阢隉驚懼，不知如何面對的，是「老師」。他們一貫稱大體為「老師」。

吳妮民的散文處理醫病關係，極善多重感官之纖敏展開，捕捉世界的別樣面貌，始終，有一顆懇切尋求和解的心。她寫解剖課與大體老師的「相處」之外，也寫對自我身體的返照自鑑，寫女孩對鞋子的迷戀，與足部痛苦的反思，寫指甲、牙齒，也寫打耳洞所致的過敏反應。前幾年，她處理龐大的主題式書寫，涉及家族在島內的長途遷徙，旁觀遷徙中的父母，還有自己作為子女，踵足其後，並肩回頭，種種幽微的關心與害羞。

絕對的自由

「所有創作行為，文學、作曲、畫畫、廚藝，都是從模仿開始。」許悔之說，然而「詩也常常是：我不太清楚此刻是什麼，也不太清楚日後會如何。」他提到《我佛莫要，為我流淚》這本在父親重病時所寫的詩集，在死亡面前，那些愛與哀痛是什麼？創作如若不只是私己的意義？把幻念置換成安靜讀經的過程，讓擾動獲得平靜，調伏自己的內在，達至會心一刻的喜悅——如果詩不只如此，還可以超越這些內探的事功？

> 有時候，詩是我安靜自燃的餘燼。
> 詩是我對這個世界的抱歉與還禮。
>
> ——許悔之《我的強迫症》後記

看似不可言說，私密無比的黃金時刻，若留下剪影，加以演繹，也可以成就一種公共對話。許悔之談到〈白蛇說〉，寫白蛇跟青蛇的同志之愛，將許仙與法海排除在故事之外，是一種文學層次上發起的挑釁，對墨守成規的反抗，一股「總想要再更遠一點」的進步意志。我們的生命若是由別人所建構，文明的層層網羅，我們本可以不知不覺地過完一生，但——我們意識到了逃脫，與自我生命的保護。

那確是自由，卻也僅僅只是自由。「以尼采而言，他要取得絕對的意志自由就只有崩潰。」許悔之接著提到，生命中有許多不同規模的臨界情境，可以讓人忘卻這種內向的自由，轉而對他者保持關注與在意。

譬如九二一大地震幾年，又有一次嚴重的地震；當下，許悔之車泊路邊，待電線桿終於平穩不再搖動，便看見大兒子從鞋店裡奔出，手裡提著心愛許久的球鞋，求之不得已數月有餘，他突然釋懷，替兒子結帳埋單。就像九二一地震後，許悔之遇到每一個人都問：「我有沒有什麼東西是答應你，但還沒做的？」

臨危情境下的感覺。文學應該是，感覺的發生的連鎖反應，而不是單獨事件。

另一次臨界情境，許悔之飛往西藏一趟，行前問彼時心肌梗塞後初癒的蔣勳，有沒有什麼需要幫忙攜回或待辦的？蔣勳思量四五小時，訊息裡只回了一句：「請代我在大昭寺前合十。」許悔之人到大昭寺，想說合一個掌，拍一張照，理應是很簡單的事。那麼合十時要求什麼、祈願什麼呢？在大昭寺前他久站，思惟——那麼替蔣勳老師祈福吧，願他創作源源不絕，且永遠健康。

既然人已經到這裡了，他想，下一次立於大昭寺前是什麼時候？那麼替父親，替母親，那麼替……本來是隨順因緣的一件事，起心動念後，無法遏止，有種「一切將無止境延展」之預感。那幾乎像是公案一樣，代他人祈福，其實反身自鑑，一連串感覺的連鎖反應。在此，許悔之說，他突然發現「自己的生生世世被遺忘了」。（見詩〈合掌〉）

世界的路徑

吳妮民描述自己，是以斜槓的心情，維護著寶貴的比例，往往，利用零碎的通勤時間閱讀，先想好主題、架構，有計畫地面對稿子，才不致陷於荒疏、焦慮。醫學本來不是她的志向，後來也才發現可以拓增寫作的視野（也就是第一部作品《私房藥》的濫觴），身著白袍巡守於各簾幕之間，所看到的眾多場面，情緒，事件，自然匯流進入寫作之中，就包括病床前的人生百態，親族關係的糾葛，如何牽連了病後照顧的種種。人說久病床前無孝子，但她真的看過反例，完全放棄了自己的人生，殫精竭慮陪伴到最後一刻，這是人性的層次。

家醫科的日常不只在簾幕之內，病床之外還要上山下海，做第一線接觸。譬如子宮頸抹片篩檢的前線支援；衛教座談（對鄉下老人家操使台語往來，傳達務必精確的知識）；把藥箱搬上救護車巡迴，到山區住民的門口擺攤看診；到海外，尼泊爾藍毗尼（悉達多太子出生的地方），在佛陀聖誕的法會，因法王擔憂群聚感染，請來了義診團隊。

同樣欣悅與震動的是在飛機內，平視喜瑪拉雅山峰頂，雲霄其上，與機窗等高，如升入幻夢之境。想起法會上誦經聲，天地充塞。令人疏瀹，澡雪，如夢醒。

在講座的最後，許悔之結語道，年輕時我們可能會喜愛飛到大英博物館、大都會美術館盡覽一切，但到了某一天，就會希望自己是乾乾淨淨一個，一個能感覺的人。文學就是感覺的事。你們當中將來可能是科學家、醫生，但各學科融通其中的內核，其實是好奇心，一種想要弄清世事，去到更遠之處的意志。文字，是辨識世界的路徑之一。

在生命的一些時刻，也發現自己的高度敏感，有一點不從俗、格格不入，你知道自己可以有不一樣的看法，但是最後學會融入世界，與他者共處，且仍然對自己誠實，保持自己的感覺。絕不說謊，但也有著體會別人難處的善良——這些，既是生命的平衡，也是創作的平衡。

在最痛的地方
打開最遼闊的海
一隻被製成標本的蝴蝶
飛了起來

——許悔之

〈讓我用詩回答你〉，《我的強迫症》

二〇二四第二十一屆台積電青年學生文學獎徵文辦法

宗旨：提供青年學生專屬的文學創作舞台，發掘文壇的明日之星，點燃台灣文學代代薪傳之火。

主辦單位：台積電文教基金會、聯合報

獎項及獎額：

一、短篇小說獎（限五千字以內）

首獎一名，獎學金三十萬元

二獎一名，獎學金十五萬元

三獎一名，獎學金六萬元

優勝獎五名，獎學金各一萬元

二、散文獎（二千至三千字）

首獎一名，獎學金十五萬元

二獎一名，獎學金十萬元

三獎一名，獎學金五萬元

優勝獎五名，獎學金各八千元

三、新詩獎（限四十行、六百字以內）

首獎一名，獎學金十萬元

二獎一名，獎學金五萬元

三獎一名，獎學金二萬元

優勝獎五名，獎學金各六千元

以上得獎者除獎金外，另致贈獎座或獎牌。

四、附設「高中生最愛十大好書」票選及系列活動，由參賽者選出心目中最愛的台灣出版文學類書籍。

應徵條件：

一、凡具備中華民國國籍，十六歲至二十歲之高中職（含五專前三年）學生均可參加，唯須以中文寫作。

二、應徵作品必須未在任何一地報刊、雜誌、網站發表，已輯印成書者亦不得再參賽。

注意事項：

一、每人每項以參賽一篇為限。但可同時應徵不同獎項。

二、作品須打字列印（A4大小），一式五份，文末請註明字數（新詩請另註明行數）；字數或行數不合規定者，不列入評選。

三、請另附一紙，每位參賽者須列出三至五本最喜愛的文學類書籍（不限作者國籍、語言，但須在台灣出版），須標明書名、作者、出版社。

四、來稿請在信封上註明應徵獎項，以掛號郵寄（221）新北市汐止區大同路一段三六九號四樓聯合報副刊轉「台積電青年學生文學獎評委會」收；由私人轉交者不列入評選。

五、原稿上請勿填寫個人資料，稿末請以另紙（A4大小）打字書明投稿篇名、真實姓名（發表可用筆名）、出生年月日、就讀學校及年級、聯絡電話、e-mail信箱、戶籍地址並附學生證影本，資料不全者不予受理。得獎者另須提供較詳細之個人資料、照片及得獎感言。

六、應徵作品、資料請自留底稿，一律不退。

評選規定：

一、初複選作業由聯合報聘請作家擔任；決選由聯合報聘請之決選委員組成評選會全權負責。

二、作品如未達水準，得由評選會決議某一獎項從缺，或變更獎項名稱及獎額。

三、所有入選作品，主辦單位擁有公開發表權以及不限方式、地區、時間之自由利用權。前三獎作品將在聯合報副刊（包括 UDN 聯合新聞網及聯合知識庫）及聯合報系北美世界日報副刊發表，優勝獎作品刊於台積電文教基金會網站及部落格。日後集結成冊發行及其他利用均不另致酬。

四、徵文揭曉後如發現抄襲、代筆或應徵條件不符者，由參賽者負法律責任，並由主辦單位追回獎金及獎座。

五、徵文辦法若有修訂，得另行公告。

收件、截止、揭曉日期及贈獎：

收件：二〇二四年三月八日開始收件，至二〇二四年五月十一日止。（以郵戳為憑、逾期不受理）

揭曉：預計二〇二四年七月中旬得獎名單公布於聯合報副刊。

贈獎：俟各類得獎人名單公布後，另行通知贈獎日期及地點。

詳情請上：台積電文教基金會網站

http://www.tsmc-foundation.org

文學大小事部落格

https://medium.com/@fridaynightmoonlight

台積電青年學生文學獎臉書粉絲團

www.facebook.com/teenagerwrite

或洽：chin.hu@udngroup.com

02-8692-5588 轉 2135（下午）

二〇二四第一屆台積電旭日書獎徵獎簡章

壹、宗旨

台積電文教基金會、聯合報副刊共同主辦「旭日書獎」，以鼓勵台灣文學新秀，激勵創作與出版。

貳、徵獎時間

二〇二四年二月二十日至二〇二四年四月二十日止。（以郵戳為憑，逾期不受理）

參、徵獎對象

具中華民國國籍之文學新秀的第一部個人出版作品。

肆、參選作品條件

二〇二二年一月一日至二〇二三年十二月三十一日於台灣出版的文學著作，須為作者的第一部個人出版品，包括小說、散文、新詩、劇本、報導等形式，由本國籍出版社出版之文學圖書，須有國家圖書館預行編目及國際標準書號（ISBN），含電子及自費出版。

伍、獎項及獎額

取二名得主，每位致贈獎金二十萬元，及晶圓陶盤獎座一座。

陸、報名方式

一、由作者報名，提供參選圖書一冊，如同時有紙本和電子書，以紙本書籍為優先，參選圖書概不退回。

二、另紙打字書明投稿書名、真實姓名（發表可用筆名）、出生年月日、聯絡電話、E-mail 信箱、戶籍地址，並附身分證正反面影本，資料不全者不予受理。得獎者另須提供較詳細之個人資料、照片及得獎感言。

三、郵寄信封註明「二〇二四旭日書獎」，以掛號郵寄：「（22161）新北市汐止區大同路一段三六九號四樓聯合報副刊」。

柒、評選規定

一、評審方式：評審作業分為初審、複審及決審。初審由主辦單位審查。複審及決審由聯合報聘請之專家學者組成評審委員會全權負責。

二、評選結果揭曉後如發現抄襲、代筆或應徵條件不符者，由參賽者負法律責任，並由主辦單位追回獎金及獎座。

三、徵文辦法若有修訂，得另行公告。

捌、揭曉日期及贈獎：

揭曉：預計二〇二四年六月中旬得獎名單公布於聯合報副刊。

贈獎：俟得獎人名單公布後，另行通知贈獎日期及地點。

詳情請上：台積電文教基金會網站

http://www.tsmc-foundation.org

文學大小事部落格

https://medium.com/@fridaynightmoonlight

台積電青年學生文學獎臉書粉絲團

www.facebook.com/teenagerwrite

或洽：chin.hu@udngroup.com

02-8692-5588 轉 2135（下午）

文學專刊——

穿過時間的光

2024 年了，還在聽的請按讚

張嘉眞 × 陳繁齊

他們是從何時開始？

繁齊

有一陣子好像開始流行在 YouTube 留下「二〇XX還在聽」的留言，對此，我心裡時常冒出「那他們是從何時開始？」的疑問。也許是因為我總想起兒少時期聽歌的日子。我並不確定自己經過了怎麼樣的時代，也不確定我究竟往哪裡去，從MTV台無限的MV連播，存錢買CD，而後盜版 mp3 在網路上與各個手機之間流竄，再到高中天天上 Youtube 找西洋樂團歌曲，一直到今日的 Spotify，跑了不知幾次 Legacy，在認知上，我的聽歌習慣應該是從主流邁向較為不主流的，但其實我的歌單裡也有幾首找不到從何而起卻又一直占據著的流行歌。

那些歌曲隱隱約約提供著一種初始的情感路徑，在當時，將我從封閉的學生生活帶往另一個更靠近世界的某處（無論當時的世界是什麼），如今它們像沉浸式的房間，限時體驗；有時我甚至懷疑，我是不是就是在這些房間裡長大的？長滿對愛的想像、長出一種不規則的情感雛形後，在外緩慢地被塑造。

嘉真

那時候，聽音樂的確需要一個房間。轉開擺在螢幕後方破爛的小喇叭，不像耳機裡的聲音會穩定而流暢的灌進耳裡，我總覺得從喇叭流出的聲音，像相愛沒有那麼容易，像美國人一樣有他的脾氣，它們會恣意膨脹、發散、輻射，直到空氣都被取代成為聲音的領地。我就可以躲在音樂的中心，跟著善感卻得逞強的女孩們一起假裝，我沒有哭。

事到如今，我也搞不清楚，我是先當了你匿名的好友，還是先在喇叭前把不能握的手預習到爛熟，以至於，正式上場時我從沒想過要牽你的手。失去、遺憾、自我否定作為那個年代情歌的主旋律，構成我對抒情的認識論。要怎麼收穫，先怎麼栽，我因此在感情上栽了許多大跟頭。這一切好像只是為了，不斷趨近第一次坐在電腦前的自己，打開Youtube，搜尋我在偶像劇片尾曲聽見的歌名，跟著歌手一起顫抖地唱出「也許我們當時年紀真的太小」，讓她的當時，成為我的現在，以及往後。

這讓聽音樂成為一件加註了期限的事，你不能永遠當被感情毀掉的那個人，而你一打開那首歌就會回到被毀掉的那天下午。期限必須有效，又總是拿你沒辦法。那個斷斷續續、開開關關，反覆卻脫不了手的音樂盒，對你而言，是哪一次的單曲循環呢？

離開這首歌曲的方法

●繁齊

「你不能永遠當被感情毀掉的那個人」這句話好棒，我想於我有更跳脫的意涵——仔細回想，少時所聽的流行歌曲，似乎都不可迴避地以一種緊迫而委屈甚至受害的姿態呈現，聽久了便不自覺地想要讓自己的角色能夠套用進歌詞，讓自己的愛情被出賣、讓自己手緊握才可以疼愛地放開。（可以把青春愛戀的失敗推託於此嗎？）

不過即使有那麼多傷心情歌，以前的我並不喜歡單曲循環，甚至對於父親老是在家裡把演唱會DVD從頭到尾一放再放感到煩躁。我似乎不滿於重複播放所產生的贗品感或是演練感：我今天第一次聽這首歌已有某種感受，如果聽了第二次依然，那第一次又算什麼呢？

但那並不代表不會重複，有些時刻，還是會無意間困在特定的歌曲：告白結果未明的時候點播一首南拳媽媽的〈Tonight〉：「I wanna cry 直到你明白／我的全世界停在 tonight」；告白成功、開啟戀情的第一天的招牌歌曲，孫燕姿的〈第一天〉：「第一天／我存在／第一次呼吸暢快／站在地上的腳踝／因為你而有真實感」；與舊戀人在走廊相遇卻尷尬地別過頭之後，絕對要回教室裡聽一次蔡健雅的〈陌生人〉。

不知道是否因為這種矛盾的狀態，讓如今的我——已經接受單曲循環的我，感覺到每首歌曲都擁有一個隱藏的收聽次數，在這個次數裡，我與歌曲彷彿有個共同默契：我要極力地找尋離開或結束這首歌曲的方法，而歌曲也極力地給予我一道意義，讓我將它排除單曲循環。

● **嘉真**

你提到排除，除舊得接著布新，舊的東西如何變成新的感受一起來到長大之後的生活？關於音樂，對我而言最成功的浴火重生就是現場演出了吧。

在我第一次能夠買下一張演唱會的門票以前，我已經聽過無數次那場演出會表演的每一首歌。我無從想像這與我在 Youtube 上的循環播放有什麼樣的差別。那個時候，MV 流行讓角色把對白說出來，演唱會上是我第一次聽到沒有人大喊「楊希謙我恨你！你什麼都不懂！」版本的〈我不願讓你一個人〉。從前沒有看著畫面上的字幕時，我總是把我恨你以訛傳訛的聽成我愛你。沒有愛恨的版本，只有空氣在震動，因為我大受自己震撼，我哭到好尷尬，我彷彿是第一次聽到這張專輯主打歌曲之一的路人。我仍然記得當時我的腦海裡甚至不是浮現我不願意讓她一個人的面容，而是想起了歌曲 MV 的最後。男主角一個人去看了演唱會，又一個人離開，原來在那麼多人的地方，寂寞都是自找的，但即使我已經在 MV 裡預習了一遍又一遍，我仍然無法跳過這個陷阱題。

後來我沒有再為同一首歌的下一次現場而流淚，但我依然會毫無預警的被牽著眼淚走，那是一種問出「噢，你也在這裡嗎？」的本能。現場演出的魔法是逝者如斯，雖然你只能踏進一條河一次，幸運的是，我們永遠有河。

現場演出是只能踏進一次的河

●繁齊

我記得我的第一張演唱會門票是陳綺貞，在那個無論是金錢觀或是娛樂風氣還未及現在的學生時代，捏緊了手心才買了兩張八百元的蛋頂。但和妳不同的是，我已經不太記得自己為了哪些歌曲感傷或感動，最深刻的，僅僅是在安可曲裡綺貞唱著〈After 17〉時，我曾轉頭看向戀人，並且打開手機螢幕看見了時鐘跳向 11 點。那樣瞬間的事，瞬間到只剩下淺淺的紋路。

現場演出確實是只能踏進一次的河——它幾乎算是一種時間，在記憶上刻出刀痕，劃上界線：過去的你在對面，現在的你則要從這裡開始出發。帶著某一些歌曲再次出發。那些歌曲放在我們遠行的背包裡，一直變換著角色，可能曾經是香菸，後來變打火機，再後來變成了原子筆、面紙、水壺，變成一只別在表面的紀念徽章，偶爾反光。

那些光並不是一定照亮了此刻的什麼吧？在如今專場與演出已經如此頻繁的日子，我時常想，也許我回頭去看的、去聽的，是它曾經閃閃發亮的模樣，又或者它現在仍然閃耀，只是和我不再那麼有關；我仍在往前，新的歌曲正在參與，新的感受也持續在發生，在隨機播放的茫茫歌海裡，它有點高低差，它傷心的歌詞或旋律仍然能給我非常微小的黑暗，但又在結束的時候給了我比黑暗尺寸大一點點的光芒。

●嘉真

「二〇二〇年了，下禮拜的婚禮就要用這首歌。」我想用我非常喜歡的歌，Youtube 底下的這一句留言，總結什麼是穿過了時間的光。

那是一首二十年前發行的歌，我想它之所以能為我發光，是因為它在每一個斷點，都遇見適合被它打動的人，它於是有了自己的生命。與其說怎麼樣的創作能夠歷久彌新，我更相信的其實是，創作者與受眾必定會長大然後改變。年輕時候觸動我的歌，如今看來總是有人為他們遺憾，他們再也做不出這樣的音樂。但在我十七歲那年，我震動的心，肯定也是從前一些人的無以為繼。

主流、大眾、金曲，對我而言是一種共識，是每一個時代最多人想要表達的聲腔。如果有一天，我穿越了它，開始追求更靠近自我的聲音，我仍然希望我們會一直記得，最開始發現自己與世界有所共鳴的快樂。

那是讓我相信聲音的起點，與持續到現在的長路。

■ 陳繁齊

一九九三的台北人，至今還堅守著把〈專屬天使〉放在歌單裡（但有時候會 Skip）；因為怕跟不上時代，會敦促自己準時收聽「每周新發現」努力加新歌進清單。是個出門前一刻才發現耳機沒電就會極度焦慮的人。出過六本書，上本是詩集《昨日，無人接聽》；寫過歌詞，發現寫詞很不容易，但還是很想繼續寫，歡迎拍打餵食。

■ 張嘉真

高雄人。Spotify 年度回顧非常混亂非常難看。喜歡（手動）搶票，二〇二四年戰績：大港開唱、還沒加場的萬能青年旅店，但還是買不到五月天與韓國女團，主流也有主流的壞處，共勉之。喜歡訂位，希望今年出書可以幫自己預訂明年書展的位子。曾出版短篇小說集《玻璃彈珠都是貓的眼睛》，二刷庫存剩下一點點，大家幫我買完才可以加印。

薰鼻的檀香味構成了記憶模糊的鬼

黃宥茹 × 張嘉祥

最初的北管記憶與文字創造

●嘉祥

讀到宥茹的〈扮仙〉時，我很直覺地想到，我和她的連結是北管和文學，但在北管這個傳統藝術上面，我其實連入門的水準都不敢自稱，拿傳統的北管曲牌改編是一回事，真的扎根學習，完全沉浸在北管中又是另一件完全不同層面的事情。

我記得我最初聽到北管的記憶，那是火燒庄四月二六神農大帝的聖誕，那時候曾經有過北管的現場聲響與演奏，它建構了我對於故鄉與照護的聲音記憶，只是在長大過程中，那個記憶逐漸被無法理解的轟鳴取代，再到交工樂隊的嗩吶、生祥樂隊重新編曲的〈風入松〉、〈火神咒〉才被重新喚起。於是這些聲響和故鄉與照護相連，在文字的書寫中也順理成章從耳朵轉移到眼睛。那宥茹最初的北管與書寫記憶呢？

彷彿前世就在這個位置上

●宥茹

最初接觸北管應該是孩提時期村廟的「大鼓陣」，大鼓陣是北管簡化的一種形式，只剩下節奏而無旋律的演奏。第一次坐上通鼓鼓手的位置，我大概五歲，那時搭配著布袋戲棚演出的韻律，好像就自然而然地可以演奏出來，彷彿前世就在這個位置上的樣子，後來隨著村裡長者的凋零，也就沒有持續這方面的學習。那時的記憶給我留下了很深的印象，也決定日後有機會要回頭尋找這前世的記憶。高二時，出於專題研究課程的契機，我選擇了台中南屯某軒社作為田野地點，正式開始學習北管，也尋找過往在廟口演奏的記憶。

我向來喜歡書寫一些鄉土的議題，因此在專題研究進行到尾聲時，除了論文的產出外，也嘗試用文學把北管軒社發生的事情記錄下來，尋找在論述之外，北管變遷現狀下更多可能的聲音。

從農村到被城市包圍的進行式

●宥茹

台中市南屯區南屯里是個有趣的地方，它北邊是七期重劃區，南邊是八期重劃區，西邊是黎明商圈，但它本身仍保留著五十年前的地景跟街廓，可謂是被都市重劃重重包圍的傳統鄰里。然而，在我做田野的一年期間，也看到有越來越多的新房子、大樓在南屯里興建，街上的紅磚被刨除變成了柏油路，南屯里的都市化正在進行。

而北管在這樣的環境中生存，也勢必時常遭遇到不同的意見，例如因為公寓大樓的居民們會嫌吵，因此我們要將嗩吶吹奏的方向轉往舊社區，或是新社區的居民時常到宮廟抗議，希望喧鬧的北管可以遠離社區。遶境時，可以見到一邊是車水馬龍，一邊是陣頭隊伍的狀況，也可以在老社區與新社區間，看到居民信仰程度的差別。北管可說是在這樣城鄉環境的變遷下，夾縫中求生存，也因應著時代變遷產生了新的樣貌。

●**嘉祥**

火燒庄在過去是個傳統的農業聚落，和繁華的打貓街區保持一段距離，在成長過程中我感覺更多的不是城市包圍農村，而是大學包圍農村，我甚至感覺到大學的設立，加速火燒庄的現代化，連鎖便利超商快速取代傳統的籤仔店，大學周邊的生活圈讓務農的人家轉變成做餐飲或蓋學生宿舍，為了方便大學生的交通開闢、拓寬的道路，連還在火燒庄的我都能感覺到農村正在遠離，我感到微微落寞的同時，又有些慶幸，有些容易消失的東西被保存下來，比如村落的歷史記憶被相關科系整理保存，村落中心的廟宇被授予博士學位，廟宇被研究與文史保存，它是矛盾又糾結的狀態，就像我對於火燒庄矛盾的心理。

但即便我已經先這樣保持矛盾，當聽見火燒庄旁不遠處，據說要蓋一座航太科技城，我還是會浮現外星科技降臨農村的想像畫面。

尋找永遠真實的記憶：虛構跟現實的界線在哪裡？

●**嘉祥**

我喜歡看鬼故事、聽鬼故事，那可能來自某部分的童年經驗，在路過的田埂看見舉傘的女人，祂有可能是生理成熟前的幻覺，又或者是家族性遺傳的精神疾病被誘發，但無論如何，祂曾經存在於我的記憶，雖然那可能是我以為存在過的記憶，但有很大的可能那是我腦袋虛構的，我該如何建構我遺忘的驚慌和恐懼？可能只是走過黑夜的田埂，遠方有模糊物品的堆疊，在錯視的瞬間，它們凝固成舉傘的女人，有可能的吧？但畢竟遙遠模糊的記憶跟虛幻模糊的鬼影雷同，我索性就不再區分虛構和真實的界線。

應該說真實和虛構很重要，但在文學中，那條無形的界線可以在記憶中不停變動，我們永遠試圖接近現實，但是透過虛構和鬼影去接近。

當然真實和虛構也關乎真誠性，沒有人喜歡被欺騙，又或者說是帶著惡意與嘲弄，不考慮他人的欺騙，我常常分不清楚散文這個文類的界線，我總覺得我分不出來，有可能就是因為我已經預設，在文學上虛構與欺騙並不是罪惡，只要不是帶著惡意。

●宥茹

〈扮仙〉曾經受到批評，認為我不實擷取田野現場的真實，以偏概全，也讓我對小說的真實性，以及到底該為多少事實負責，感到困惑和疑問。首先，我認為文學創作難以是全面的，必然只是擷取某些真實世界的光影，進行揉合和重新詮釋。而小說擁有的獨特張力，則是可以突破議題討論中未能被看見的部分，用虛構為真實重構和發聲。

學校上作文課時，總會說「情節可以虛構，情感必須真實」，我認為小說的創作也有異曲同工之妙，真實的不一定只是情感，還有理念、核心價值，透過虛構給予的力量，向更廣大的群眾傳達理念和聲音。

讓田野現場和文字互毆：怎麼從材料變成創作作品？

●宥茹

出於專題研究的需要，我每次進田野都會撰寫田野筆記。喧鬧的鑼鼓、充滿歡笑的台語交談聲、銅器敲打所發出的聲響、廟裡薰鼻的檀香味構成了我的田野現場。而從田野資料轉換為創作的過程中，我認為最關鍵的是觸動，它可能來自於情感上的動容，或是違反常規認知的衝擊，例如廟會場合中，乾癟的麵粉羊，就曾經讓我感到衝擊，又或是在古老北管軒社中，長輩對晚輩的諄諄教誨，對於科儀的敬重和叮囑，都是我在田野過程中的感動瞬間。

至於從材料到作品的轉化，我過往總是靠著一股氣，一股不吐不快的力氣，將其寫出來，在這樣的思考過程中，材料會和核心思想不斷融合、提煉，再輔以適時的虛構襯托作品的力度，最終產出融合了田野發現以及個人情感、思想的作品。

●嘉祥

在梅山山脈的支線，打貓內山的下跤層是我一直以來的田野現場，我相信田野現場的定義對於每個人來說都不一樣，有人的田野是深海的海床，有些是部落中即將消失的古調，而我是蠻荒神祕，又充滿自由的下跤層，同時也是我的外婆家。我永遠都著迷於那棵已經被砍掉的龍眼樹，好奇因為地震跌落谷底的魚池，當年生活的吳郭魚還會活在谷地嗎？那個我們曾經游過泳的水泥魚池，我們掉落在池中的頭髮、皮膚碎屑它們都已經消失了嗎？

荒廢傾頹的豬舍，像是無限延伸冥府前庭院，死亡的豬隻和腐質化的豬糞迎賓，偶爾有幾隻苟活的老豬，早就已經是半鬼半豬，殺豬刀一捅進喉嚨，流出來的不是血，而是女人和小孩的哀號，偶爾還會說：這所有的一切攏予人放抰，只有我閣活咧。

我想我只是讓長期田野的記憶重新復甦，有時我記得清楚就沒有幻覺與鬼魂；有時我神智不清記憶模糊就讓鬼占據肉身。

■張嘉祥

一九九三年出生。國立東華大學華文文學系畢業。現為台語獨立樂團「裝咖人 Tsng-kha-lâng」團長。二〇二一年出版《夜官巡場》專輯，入圍第三十三屆金曲獎最佳新人；二〇二二年出版《夜官巡場》同名小說，獲二〇二三年台灣文學金典獎、蓓蕾獎。

■黃宥茹

二〇〇五年生，現就讀於台中女中三年級。喜歡文學、人群和田野，喜歡文獻閱讀和圖書館，作品曾獲師大紅樓文學獎、台積電青年學生文學獎、台中文學獎，入選《一一二年九歌小說選》，半吊子文青。

浪漫流連

栩栩 × 白樵

門裡門外

●栩栩

十八歲出門遠行。隻身北上，除了飲食口味，平日最感適應不良的是通勤時間顯著拉長。新同學問那以前妳住哪？答曰：「住城裡。」

台南人講起城，多半沿襲自清治時期舊城區格局。城曾經是實體的城，立柵垛石，設牆與門。全盛時期台南共計有大小十四座城，而後逐一拆毀，現今口語中的城一般作虛指，實則還是說同一件事。

我家緊鄰著兑月門，按十八世紀眼光，不能算城內人。幸而今人不計較，自稱城內人一般都能過關。住城裡，日常食衣住行都有固定去處：食肉圓，上友誠或茂雄；麵包必須是葡吉；至於意麵，福榮恭仔小杜阿龍各有各的擁護者。名店迭出，其實來來去去不出方圓十里。台南小吃頗富盛名，但任何人向身邊的台南友人請教，不約而同都被推薦「我家巷口那攤」——我家固然不是你家，此巷亦非彼巷，點心選擇之多樣、風氣之普遍，由此可見一斑。

種種便利，說穿了都是歷史和文化積蘊使然。近年來，美食觀光日益蓬勃，無論多麼隱蔽的無名小店轉眼都進了必比登。作為（北漂中的）當地人，周間獨享，周末留給遊客，試圖從中尋求共好與平衡。

● 白樵

與妳相異，我的領地日久未移。除卻軍旅與歐洲求學，我在東門度過三十餘年。

妳信磁場與命定嗎（那探勘上升星座需回溯的出生時辰與地理座標）？是此回我細忖，才發現東門對於我的象徵。嚴格説，是「東」字。我出生於中心診所（忠孝復興站旁），成長散策永康街。囊括一切的青龍方位，其對境互補，無非是白虎所在之西。而西方代表的異國，是我終其一生探究與迷戀之物，那像命中的必然投射與返折。

台北都心，以永康街信義新生南路為骨幹，蘊藏此城的深層靈魂。這裡有最別致的物事與建築。先不提鼎泰豐原址，這裡有老東門人方知曉的通關密語如遷居前的逸華齋、九如商號或已消失的中心餐廳（讀裴在美《尋宅》才識得此舊時高檔西餐初建於中心診所內）；高記、正記南京板鴨，以及引領新世紀芒果冰傳奇的發跡地冰館諸點，更是我與〈加州樂園〉一文提及的國中補習班同學們課前常廝混飲食所在。

東門之精，在它的靜。小鋪食肆眾，卻不喧不鬧的，在地者如我，穿梭永康街，也總有畫舫遊河似的閒賦與淺疏離感（當距離成為一種禮儀）。

當我們在此相遇

● 栩栩

大學時代，鎮日流連於溫羅汀一帶的書店咖啡廳，越和平東路的次數卻屈指可數。永康街是台北城內觀光熱點，走在路上，日語抑揚有致，韓語聽感上則稍微黏一點，濁一點。遊客人手一本旅遊雜誌，我呢，前有傅培梅、韓良露等人為嚮導，後來習烹飪與花道，恰巧都在此地。

門面是展示給外人看的，每周定期造訪如我，一來二去，從過客漸漸變為常客。這一帶有淵源有講究的店家放眼皆是，常客卻不能不顧及實惠：珠寶盒樣樣好，小珍珠亦始終占一席之地——肉桂麵包尤其出色，摻黑糖，較他處更富節慶感。鼎泰豐終日滿座，街坊鄰里們同樣樂意光顧金雞園，一面吃，一面轉頭看窗外麵包樹虬結峭勁，簡直像宋人李唐手筆。金雞園遂成我和花道課同學們課餘續攤首選，對著樹，二次會怎樣也不愁談資。

此地居民不乏雅好花木者，門前總擺上幾盆盆栽，早晚出入順手施一點水，盆器瓦的瓷的塑料的水泥的都有，小如碗盞，大逾酒甕，大約是就近從建國花市淘來的，花木亦屬凡品——若是奇花異草，多半不會隨意擱置門口；再者，若非資深綠手指，普通人美化家居，總是挑便宜耐看好養活的——儘管尋常，綠植仍然逗引詩心，銜來靈光與觸動，本來，書的前世俱在這枝繁葉茂間。

文學使人有枝可棲。種類各異的植栽們相互掩映疊構出萬千風景，容納各式各樣的生命。而關起門來，門面也要過日子。

●白樵

從小穿梭於此，對植物印象僅有自家巷裡兩層樓高的麵包樹熟厚果實墜砸之景，隔鄰的雞蛋花樹，以及往年淡雅飄飄的八月桂花香。吸引我目光的，並非植栽，而是同妳說過的，東門堪稱此城異文化匯流的多元景致（歐洲首都總有河，巴黎塞納，倫敦泰晤士或布拉格的伏爾塔瓦，新生南路柏油底靜淌著瑠公圳，其上漂過〈次女子殘害體系〉引以為典之舊聞，一具喧騰保守年代的年輕女屍）。

出巷口往右沿新生南路走，在一棟古典式老公寓曾共存鴨蛋教與巴哈伊教台北分部。旁巷舊美國在台協會員工宿舍已拆建為旅店，近處住著俄羅斯與東歐年輕模特（上世紀末新世紀八卦雜誌曾揭櫫的金絲貓群）。客家藝文活動中心於此，抬頭，若仔細留意，許多住家陽台，能見隨風飄的藏傳密宗五色旗。

瑠公圳有著名的清真寺（父母曾成婚於此）與天主教聖家堂，深入金華永康青田，方圓有蒙藏文化館，造型殊異的摩門教教堂（幼稚園搭車經過，綿延外牆的橢圓頂單凹室隔間，總讓幼小的我誤以為巨型澡堂）。

在教徒稱作聖殿的對街，如今摒棄占地廣闊的荒園，其內有兩層樓建物一座，旁隨灰石牆白底紋十字教堂。紅磚牆隔上的招牌已卸，此處，曾為梵蒂岡在台大使館。總有人疑惑為何我的小說與散文所涉文化繁複，從天主教、回教、藏傳佛教至多族裔混篇而伺，我以為，東門即是最好的解答。

私地誌

●栩栩

說來赧然，你提及的幾處景點不但大出我意料之外，比如五色旗與鴨蛋教等，我更是從未留心過。

同一地，不同人有不同的讀法。各式各樣的取徑，反過來又為此地折射出無限瑰麗蜃影。認識一座城，起初雖有按圖索驥之樂，隨著時光遞嬗地景汰換，最終勢必調整為另一更個人化的版本——顧盼處，往往也暗示著風格與傾向。讀書寫作同樣是這個道理。指南固然省時省事，畢竟失之於制式，倒不如慢悠悠一路晃過去，親自感受空間的光線、聲響與肌理，而後著手繪製個人路線。一而再，再而三，兜兜轉轉間忽爾心念微動：若非枝葉宛如違章建築般竄生，牽纏紛披，東門似嫌過分井然；轉念一想，假使將花木換作他物，這樣沒完沒了地長即便不招人煩，難免也要平添不少困擾吧。

至於我久居府城的親友們，早已學會對諸般美食評鑑一概冷處理，不跟風，但也不怎麼出言掃興，多少有一點睜隻眼閉隻眼的意思。文史餘蔭時而帶來豐厚的餽贈，時而沉重如包袱，而餽贈與包袱間關係綿綿，分辨是必然。

主場與客場，門外漢與巷仔內，如何在人云亦云中保有自我，豈止需要信心，在我看來，簡直是需要一點頑固的事。

●白樵

初抵一地，旅遊指南谷歌評價 Yelp 嚴選皆是參考，但我以為真正與城市，一塊區域發生關係，必得從個人習性興趣，從中延伸出私網絡與祕密路徑，再疊加他者抑或歷史，所有的差異座標方向，彼此對照，交織成跨主體性與城市的隔代靈魂轉移。

妳可知，阿盛老師大學畢業後，入報社，在羅斯福路桂冠大樓興建初代私淑班前，曾有時日租賃在青田街鄰近地？

幾年前仍於麾下習藝，早到的周五晚上，他多次同我回憶（那未及時落入孩童之眼如我的）上世紀東門景色。近新址鼎泰豐所在的大樓，盛師道，往昔多藏「一樓一鳳」春景，是任職報社時的他，得知的熱門商賈光顧地。

自我年幼時，此處坐落香火裊裊的大雄精舍與十方禪林道場。最情色的，並處著最神聖的，抗衡的中樞處境令初聞此事的我甚感震撼，但不久，遂想起滋養我許多的另處成長地，嬤家所在的龍山寺後巷，亦如是。對立面的傾軋與拉扯是地景的物理現象，卻成為性格與創作裡的深處核（詒徵說我的筆性具備「花莖插進爛泥的膽識」）。

妳知道現今新生南路信義路口，元祖雪餅正對面，車行相鄰點原是城內極大的狗園嗎？在我國小，許多景色隨國際學舍眷村的拆遷而變異，形銷。但那些隱性物，所有歷史的碎餘記憶都埋藏，沉積於我，一如我體內仍川流不息著，那條靜靜的瑠公圳。

■白樵
一九八五年生，INTJ—A，水瓶座九宮人。
外批右翼思想但實為左傾自由派。
少女系食品狂熱分子。已出版小說集《末日儲藏室》與散文集《風葛雪羅》。

■ 栩栩

好吃貪睡，花道生徒。

患有拖延症和上台恐懼症，但偶爾寫作（竟然！）。

已出版詩集《忐忑》（二〇二一）、散文集《肉與灰》（二〇二三）。

一個人在路上——談生活、旅行與創作

翁禎翊 × 吳睿哲

●禎翊

不知道你有沒在深夜高架的月台上，看著高鐵直達車疾駛而過。不是每一次都會發生，很偶爾很偶爾的一瞬間，會在軌道上懸空的電線，看見冰藍色的電光石火。那種冰藍色很難形容，是幾乎沒有看過的顏色。硬要比喻的話，它像是戴著耳機播放一首演唱會現場版本的歌，輪廓很熟悉，但有種偌大的抽離感。

這是我開始通勤上班才見過的場景。很多人會問我通勤累不累，一個人在人生地不熟的地方會不會很孤單……，我會微笑地回應：不會啊、還好。出社會工作有些時候需要客套，需要很多 I'm fine thank you, and you 般若有似無的寒暄，但有關通勤的問答，於我而言，並不屬於這一環。我是真的很喜歡這樣的時光。孤獨地知道自己要往哪裡去，這就是創作帶給我最初的感覺。也因為是十七、十八歲最好的年紀所得到的東西，所以是最有歸屬感的那一個。

比如用了全部的天黑只修改一小段落。又比如只用天亮按下鬧鐘一瞬的猶豫，就刪了天黑一切努力。

如此反覆。我現在才能精準地描述，原來當時種種便是深夜疾行的高鐵，旁人看起來什麼也沒留下，但其實自己一直不斷在前行。

這個過程裡我學會了自尊自重，但不是自視甚高。畢竟孤獨的本質是大多數人看不到或不理解，創作也因此帶來某些挫折感。可是當有人看見的時候，自然而然就多學會了感激。

通勤時，耳機裡有時會是十幾年前，還不到三十歲、也還不是現在這樣的謝和弦。留聲機般的收音，他在如今也已經熄燈的河岸留言唱著〈我們都成了大人〉。每當前奏一下，我就想到自己也要三十歲了，即便沒有想像的那麼好，但還是好想給那些曾經看到我的人再看看，我究竟成為了什麼樣的大人。而其中一個就是吳岱穎老師。

不是天才的我，在創作路上只有極其偶然的剎那，才會忽然擁有如同冰藍色火花一樣，世上原本所不存在的靈感或意念。但發車班次夠多，電光石火終究不會是完全見不到的。謝謝岱穎老師就曾經是帶著我一次又一次出發，不分晴雨、穿過黑夜的直達列車。

●睿哲

你在高鐵月台感受到的抽離感，我在幾年前獨自從西班牙格拉那達前往葡萄牙里斯本的跨國巴士上看過。我一直嚮往在陸地上跨越邊境，旅居英國期間有過幾次經驗，雖然是為了省錢，但更多時候我享受移動被拉得很長的過程。

巴士啟程幾個小時後，司機停在公路旁的休息站，是歐陸電影裡的那一種：光亮巨大的霓虹燈招牌，平房倉庫裝進零售店與酒吧，襯著傍晚藍紅交雜的光。我上了廁所、點了一杯啤酒，跟著司機點了幾支菸。

那是我們共同的語言。

再次啟程，是半個小時後的事。抵達里斯本，則是隔天清晨的事。旅行的尺度被拉寬拉長，是一件好浪漫的事。除此，我對通勤無感。在倫敦那幾年，很多朋友因為房價的關係，選擇住在很遠的郊區，通勤時間以一個小時開始起跳，我無法忍受在密不透風的老舊地鐵裡待上太久時間，搬進距離學校五分鐘步程的國宅裡。國宅裡住的大多是少數族群，非裔、阿拉伯裔居多，我移居進去的時候還看不到什麼東亞臉孔。隔牆鄰居則是販毒為生的高加索情侶，有一女兒。

我的英國朋友們驚訝我的選擇，那是倫敦犯罪率很高的社區。

我跟販毒的鄰居時常在長廊上望著天空吐煙，我們鮮少對話。我習慣這種有人陪伴的孤獨。

返台之後，我繼續過蝸居的生活。可能是錯覺，我感覺我亞洲身體裡流的亞洲血液，讓我太在乎他人，太喜歡比較，後來的我對人的距離高敏感，人的距離太近讓我感到窒息，我懷念起倫敦的冷漠。我常笑說那真是一種文化衝擊。

有人說孤獨是一種疾病，我則認為孤獨是我自己建築起來的一種步調。我適合這種步調。近幾年看朋友們在社群網站分享創作的進度，像被迫推進的排隊人潮，彷彿一不小心便會失去買票的權利。

我不擅長排隊。我喜歡你說的「孤獨地知道自己要往哪裡去」，旅行與創作給我相似的感受，但我想換個說法：孤獨地知道自己會抵達。有時候我不太確信自己要往哪裡去，但明白有一天我會抵達，至於哪裡是目的地、什麼時候到站，似乎不是這麼重要了。

●禎翊

和長途客運的司機、和販毒的鄰居一起抽菸，好有畫面感。你說的那種有人陪伴的孤獨，讓我想起一件自己都快忘記的事情。那是在昭披耶河出海口的某個海濱。搭曼谷空鐵 BTS 到最南端、連官方中文譯名都沒有的小站，出站後沿著紅樹林低掩的人行步道背對市區前進，大概半小時，就會抵達。

幾無人影的海邊都會有這樣的特性：嗅覺會比視覺還早意識到，海已經來到面前。不過那不代表陸地的盡頭也到了。那片海濱有一座木棧道，筆直往潮水伸展而去，走到最後，發現自己定位在暹羅灣中。

當天是個平日，可是午後木棧道的盡頭，有個穿著制服、看起來大概高中年紀的男生。他是背對大海面向我走來的，只是微微低著頭。更靠近一點看，他好像在流眼淚，但是是很安靜的那一種。見到我走近，他也沒移動，就只是撇過身子，讓我也能靠上棧道盡頭的圍欄。

保持一點距離，過了一點時間。我往回走了一段，到有自動販賣機的地方，投了兩罐可樂，其中一罐帶回去遞給他。他有些詫異、有些害羞，面朝著我，慎重地退了一步，雙手合十放在胸前。然後他接過可樂，同時打開自己的書包，從裡面拿出一包拆封過的吐司。

他示意我，把吐司小片小片撕下，捏牢捏實，最後撒向空中。

後來我們就單單反覆做著這樣的動作，耗掉整個下午與黃昏。

最後還是沒和男高中生說到什麼話，終究也不知道他為何掉淚。可是我見到了這輩子最多、最澎湃、最金光閃閃的海鷗。

或許其實還有更多細節，只是我沒有記得。這件事說穿了只有畫面，而幾乎沒有對白、沒有情節推進，也沒有個始末，要記住真的有難度。可是此刻忽然想起，有種平靜安詳的感覺。

工作太忙了，忙到生活難以平衡、創作不好兼顧的這個年紀，迫切需要的就是這種適當而且適量的與世隔絕感。暹羅灣上的木棧道，好像就是螢幕保護程式之類的機制，暫時看不見陸地那頭其他發生的事，海天因此遼闊。

即便我們每個人，我也好、男高中生也好，天黑以後，都還是要回到原本的生活裡去的。

不過在那之前，幸好已經擁有如此足以喘息的經過。

●睿哲

我第一次獨自旅行，應該是馬來西亞檳城。十多年前，也有你說的那種木棧道的盡頭。我在海邊那個盡頭沒有見到男高中生，但認識了一名來自巴基斯坦的大叔。

詳細談了什麼我記不太清，只記得我們交換了 Skype 帳號，我沒多想。過了多年，一天突然接到視訊電話，才又跟這名巴基斯坦大叔聯繫上。那是視訊鏡頭解析度還模糊的年代，網路不太穩定，他年幼的兒女向我斷斷續續地揮手。透過那個鏡頭，我看到有雜訊的世界的另一種樣子。

那種木棧道的盡頭，像是通往哪裡的一條路。

我在很多地方見過：印度的瓦拉納西、尼泊爾的波卡拉、北愛爾蘭的德里、德國的萊比錫、瑞典的斯德哥爾摩、捷克的布爾諾、西班牙的格拉納達、葡萄牙的里斯本、冰島的阿斯洽火山……，它們都是從一個已知的地點，連接著一個無法抵達、或尚未抵達的地點。

一旦走到盡頭，就得停下來了。是嗎？

同樣的木棧道的盡頭，我在一場聚會隱隱約約見過。當年離開倫敦前夕，英國友人為我餞行，約了其他朋友到家裡晚餐。傍晚時，大家在公寓找自己最舒適的位置，一手將自製的 taco 大口塞入嘴裡，一手拿著啤酒酣暢。主辦這場飯局的 Alexis 是我在倫敦認識的第一個朋友，我們在畢業前夕時常談論未來：一起在北方租一座農場，洗衣曬衣，養幾隻牛羊，種蔬菜水果，並且創作，過自給自足的生活。我們把生活畫得太圓，但現實是充滿坑坑角角的。

大家不約而同說著我們終於可以像個正常人，在正常的時間醒來吃飯。那兩年，我們像被逼著不得不前進的爬行動物，對任何事情批判、對社會不滿足、對大大小小的事情指指點點，但我們從未有機會學會站立。

餐桌上的話題不外乎關於對未來的焦慮與徬徨：譬如A要繼續窩在西邊的套房，T幾個月後要飛往首爾駐村，M已經在故鄉柏林找著工作，Z回斯德哥爾摩定居，C搭上往成都的班機前在 Instagram 上留下一句：「我們 WeChat 見。」我則繼續南下里斯本，開始幾個月的生活。

大家在這個木棧道的盡頭往各自的方向去，消失了之後去哪？我喜歡站在木棧道的盡頭打水漂，看石頭在水面上一點一點一點，跳到不能再跳了，遠到不能再遠了。那個清脆的聲音彷彿一直在迴盪，永遠不曾消失。

翁禎翊

台北小孩，現居桃園，在新竹工作，小時候住過苗栗；嘉義入伍當兵，實習在台南度過，寫過高雄的書。

畢業於台大法律研究所，現事法律業，出版散文集《行星燦爛的時候》。

吳睿哲

圖像創作者，畢業於英國皇家藝術學院。用剪刀畫圖，也寫字。認為所有昆蟲與人類都是平等的。

出版作品有《跳舞就是做很多動作》、《有蚱蜢跳》、《A Horse, A Boat and An Apple Tree》與《Le Défilé》等。

那些標誌以及跟標誌有關的事

林文心 × 蕭信維

開始的時候：第一篇／第一次／第一頁

●信維

我的第一篇小說是這樣產生的：高二在學校圖書館旁邊的走廊看見了一張海報，是台積電青年學生文學獎高額獎金的徵文啟事（是的就是如此切題），剛轉文組的我心想要在文組立足應該做些什麼，於是提筆寫下我的第一篇短篇小說〈若蟲〉——藉由長蟲的身體來表現探索未知的渴望。這樣說會不會太無趣了？作家散文中提及的文學啟蒙可以是一張報紙上端端正正的方塊字、一位口傳身教的國文老師。而我的只是一張海報，和一個路過的市儈高中生。

那我嘗試著給你另一種答案。我的記憶裡一直有一個晚上。那時我小二，父親還沒退休、還是個貨車司機，周末有幾小箱貨要拉去台中。那周他說，要不我們就一起去吧，順便出去玩。我們帶上吃食拉了沙發椅墊，放在小貨卡的載貨空間，從家裡出發的時候已是深夜，兩個急著送往台中港的小箱子放在三個小孩的腳邊，上了高速公路，從貨車後斗望出去，不斷倒退的路燈像是漏斗，在無人的公路上計時著。

我坐車的時候，或是覺得開心刺激想要探險的時候，我的腿腳就會有一股麻癢的感覺，像是有蟲在皮囊裡孵化。在那個坐在黑暗灰撲的貨車後廂一路向南的夜裡，我總感覺躁動。不知道跟這件事情有沒有關係，長大以後我一直喜歡夜晚出行，喜歡無人的街道，喜歡公路電影。過了很久我回頭查看以前的作品，才發現我的很多小說裡都有那個晚上一輛小貨車夜裡疾行的影子。一個少年出發冒險躁動的美妙時刻。

我的第一篇短篇小說〈若蟲〉某種意義上就是從這裡誕生的。

●文心

我希望自己也有個關於「第一篇」的原型、像是你的貨車，或者那些倒退的路燈。但說來好笑，我可能是比你更市儈、更早嘗到文學獎甜頭的孩子。

用最廣泛的定義來說，文學獎，便是因為寫作、因為寫出來的東西被某些比我更有權力的人肯定，於是獲得獎賞，對吧？

我已經無法告訴你，我的第一篇發表作品名叫什麼、關於什麼。我只記得，在我十到十二歲之間，小學裡創設了一個「小作家園地」，規則是寫篇作文、交給老師，只要老師足夠喜歡，文章會在校刊上刊出，投稿者會在朝會得到表揚。

但文學（如果作文算是文學的話）似乎從來就讓人尷尬——對校方來說，投稿校刊的人並不足夠重要到可以站在台前、從校長手中接過獎狀；卻又不至於平凡到，要和台下同學並列。於是他們總是讓我（們）待在某間冷氣室裡，聽校長唱名鼓勵。在那個房間裡，我們每人額外獲得一瓶養樂多。

事。

那就是我要的獎賞。對十歲的我來說，寫作是一件讓我得以避免在烈日人群中罰站一小時的好事。

我的虛構是從那時開始的。「作文」是最曖昧的文體——沒人要求我寫實，於是每周每周，我想像情節、編造故事，寫我不曾存在的朋友與從未發生的生活，竟然，也感覺快樂。然後，更竟然的是，我便這麼一直寫下去了。所以說，文學獎鼓勵創作，從啟蒙的基本概念上來說，好像也不能說錯，吧？

重要時刻、階段與（可能無用的）反省

●信維

我記得我在高中時候的作文都有套路，關於一個學生轉學所發生的故事（可以快速套用在寬與深、逆境、遠方諸如此類的題目）乃至於段考完老師分享佳作時同學都會問我什麼時候會寫到移民火星。這種複製，虛構，套路，現在想來也是某種必經過程？

當時得到第一筆台積電青年學生文學獎的獎金，的確讓我嘗到甜頭。後來的好一段時間裡我大量且快速地複製同一類型的作品。教育部文藝獎的〈摩天輪〉、林榮三的〈豕者〉、新北的〈水族〉等，它們都有統一的調性、相似的套路，所以我始終不喜歡那些作品。都太假了。它們都是服膺我的指令，每一個造詞造句都只是為了朝得獎更進一步。我認清現實是到大三大四，那時候覺得差不多了，可以停了。如果再繼續下去我就會像我筆下的若蟲，在某個時間點喪失所有的熱情與理想。

我寫作最精華的時間參加了一個寫作會，裡頭能人異士輩出（妳也是其中一個），讓我清楚地意識我如果要繼續寫作，就必須產出一些具有個人風格的東西，不能再只以過去鑽研評審紀錄裡所整理出的美學系統去創作。有一陣子我寫作甚至不再寫大綱、不先設計好隱喻和伏筆，當然那陣子產出的作品品質極差，但在那段時間裡的創作，我反而更加喜歡。

●文心

跟你招認一件事：我從來沒有寫過創作大綱。

我不是規畫型寫作者（如果有這種分類的話），我的小説，經常是降靈的產物。是在寫了一段時間後，才開始反省：不能嘗試控制一下嗎？想寫什麼寫什麼、放任感受衝撞文字，不覺得太不文明了嗎（？）

當然現在的我已經學會不仰賴靈感了，但跟大綱依舊不合。每每看到像你這樣，有能力掌握文學獎的美學系統，讓文字溫馴、讓意象按部就班的寫作者，我的感受是：獎給這樣的人拿，很合情合理。

在這樣的基礎上，我的重要時刻，大概就是，意識到我的寫作是否持續，和文學獎毫無關係的那個時刻。我的意思是，靠感覺寫出來的作品，往往是我最珍愛的，同時也是最難得獎的（這份觀察明顯來自一些失敗的經驗）。但評估過後，獎金似乎沒有高到讓我願意放棄那些感受、文學之神顯靈的那些時刻，當然還有那些，和文字肉搏的痛與快樂。於是無論得獎與否，（不文明的）寫作總還是要繼續的。

（不過在有了這樣的覺悟後，意外拿到一些獎項，那又是後話了。）

代表現在的什麼

●信維

如果這是一齣舞台劇，現在就會出現指示：

（沉默。）

對我來說，代表現在的就永遠還在創作當中（雖說我最近也沒有創作任何東東）。我最近滿心都在期待我即將出發的旅行：極光，潛水，火山健行（光用文字打出來都五光十色心癢難耐）。現在的我只希望短時間不要寫作了，好好體驗這個世界。我的見識還太淺。

我希望自己不要是我筆下第一篇小說〈若蟲〉裡忘記初衷忘記夢想最後裹足不前的那個男人。我忘記說有一件很好笑的事，當年若蟲中我根據自身經驗，描述興奮時萬蟲嚙身麻癢難耐的狀態，長大以後才發現那就是不寧腿症候群。小時候發作會拖著被子到客廳沙發上等日出，現在發作（各種意義上的現在）就拿一顆藥一杯溫水服下。現實踩踏的如此突然，這個反轉值得我再寫一篇小說。

（明明就說不寫了。）

●文心

既然說起旅行、又說起現在——現在我人在海德堡。

因為要待上一段時間，花了不少力氣才把自己安頓下來。在異國生活，每天都是新的——連續遇到了三起租屋詐騙的時候，心中浮現的句子是：我難道不是來自一個以詐騙聞名的國度嗎？這些過分戲劇化的，或許都是適合寫進小說的事；但也有一些細微瑣碎的，寫進小說會被批評浪費篇幅的，像是我最後找到的房子位在山中，距離最近的公車站，名叫綠樹。

「每天早晨，我在綠樹站等車，車子開下山坡的時候，眼前是條長長的河。」

這樣的一句話，會是一篇好小說的開頭嗎？從綠樹站出發、車子開下山坡的時候，我偶爾這樣地想著；但更多時候，我就是看著窗外河面發呆，幾次不小心就坐過了站。下車以後，只好沿著河畔折返，好險我總是出發得早，時間很充足。

聊得太遠了，總之我思考的是——當「現在」跟「寫作」擺在一起，似乎常常不小心就展望到未來。所以真要說的話，我的祈願是讓現在就只屬於現在；而潛藏其中的微小野心則是這樣的：如果我對此刻足夠專注，我寫出的小說，能不能閃爍出每日早晨出現在眼前的河面碎光呢？

■蕭信維

一九九七。

自由的不想工作者。

我希望這個自介還可以再用十年。

■林文心

中文系讀了十年。而且除了英文，還曾經學過日文、韓文、法文，現在正在德國學德文。但到了德國才發覺，在離開母語之後，我似乎不是擁有語言的人。

（白話翻譯：要是這些外國人知道說中文的我有多聰明可愛，那就好了。）

我們的倒影正在折返跑

王仁劭 × 黃俊彰

青春期是人生的高利貸

●俊彰

仁劭，你的名字讓我想起很久遠的一些事情，比如你的名字所讓我想起的，是王仁甫加上王少偉這樣毫無關聯的回憶所組成的第一印象，於是腦中開始浮現你幫王心凌唱饒舌的樣子。

這件事一旦開始了就停不下來，我開始回想起海量的沒有意義的往事，我憶起這些占據我腦容量的垃圾記憶，往往好奇的是以前沒有顧慮到的層面，比如我會從貪婪之島帶走什麼卡片？亞馬遜女戰士算是一種原住民嗎？同時我的臉書開始每天跳出我高中時期的動態回顧，原來青春某方面是這麼不忍直視。

如果我覺得過去的我愚蠢，是不是代表我沒有成為我過去想成為的那種大人？我不停嘗試過去沒機會完成的事，完成的當下並沒有想像中滿足，像是在償還青春期的利息，延遲的後果讓我離最初的快樂越來越遠，我早就失去了支付本金的條件，然後我的一生都被青春期的高利貸壓得喘不過氣。

最近我在重看齊天大聖孫悟空時，明白了一些我小時候不懂的事情。當悟空和紫蘭仙子第一次相遇的時候，紫蘭因為悟空狠狠打了他一拳而愛上他，當我看著紫蘭掛著黑眼圈的燦爛笑顏，突然明白了一些事。在前世，紫蘭就是被悟空一拳打死的，所有的事情都是在一開始就決定了。說不定我們的人生其實在青春期的時候就結束了，往後都追逐著那段日子的幻影而活。如今我再也說不出我就是如來佛祖玉皇大帝觀音菩薩指定取西經特派使者花果山水濂洞美猴王齊天大聖孫悟空啊，卻每天看著八大戲劇台的直播吃吃發笑。不是有這樣一個說法嗎，人在三十歲之後就不再聽新歌了，他們覺得二十幾歲時的歌最好聽，我想是因為人到一個歲數之後就不會再成長了，取而代之的是一天一天地變老，我的靈魂跟軀殼，到底是誰追不上誰了？

●仁劭

我跟你一樣，在討論這個主題時，許多沉澱在海馬迴底下的童年回憶再次被攪動而浮升，雖然這之中沒有任何跟饒舌有關的一切，但倒想起國小一年級時與親戚到台北的動物園遊玩，稍不留神便脫離了人群，初次感受到「迷路」時的不安及焦慮。

過程中最讓我印象深刻的，是跑到某一個路口四處張望時，有位女士瞥了我一眼，看到我慌張的神情，有些訕笑地說了句：「迷路了齁？」

不確定她有沒有打算幫我，因為我沒理會她，只是朝向前方繼續奔去，在拐了幾個彎後，便順利找回了家人。

時隔多年，加上俊彰也是台北人，所以我不會說這故事的重點是：台北人真冷漠。（喂！那位

女士可能也是外縣市的遊客）

說一件有些羞愧的事——其實至今我仍然會迷路。

你看著八大戲劇台的直播發笑，我則是被父親碎念都幾歲了，還花這麼多錢去夾零食及娃娃。這些利息難以徹底償還，利滾利後像是顆雪球追著你跑，青春期的後遺症直到成年後再再復發，逼著落入某條胡同，然後思考自己的人生是在哪個環節出了問題。

嗨，我又迷路了。

開始逐漸理解那位女士的口吻，跟你所說的「沒有成為想像中的大人」雷同，成年之後的迷路是種狀態而非事件，連啟齒求救都難。

還利息跟迷路這兩者聽起來都不是太好，對吧？可是我後來想到，彌補青春期的匱乏是不是將最後一小枚魔術方塊轉正，卻能看到截然不同的樣貌。

不再是只有幾枚銅板的國小生，這次終於把娃娃夾起來，落下時像聽到愛麗絲掉至兔子洞穴的悶響，青春期總是墜落之後才開始攀升，它也許不是在後面追著我討利息，而是像光一樣在前方指引著迷路的我，具現化成一種新的感觸，我們同樣朝前方奔去，只是無論以多快的速度，也永遠沒辦法超越它。

而文學也橫跨了時間

●仁劭

時間雖然不可逆，但既然談到「穿過時間的光」，稍微背離物理法則應該也沒問題的。

你我一定都曾幻想過，如果能回到過去的某個瞬間，想要改變哪一件事呢？可怕的是，這問題的答案隨時都搖晃變動著，有點像抱持著要吃鮪魚蛋餅配奶茶的念頭踏入早餐店，但看到琳瑯滿目的菜單選項後，最後卻點了鐵板麵、雞塊、柳橙汁。

搖晃與變動，寫作同樣如此。我是個不太花時間改舊作的人，通常都想著寫新的一篇才比較重要，即便秉持這樣的原則，有時仍然會手賤點開七、八年前寫的小說，然後心想哇靠這內容是什麼大藝術品。

雖然盯著那些不堪回首的舊作有些尷尬，卻不能否認每個書寫的當下，其實仍舊是興奮大於忐忑，甚至帶點幾分自信。

這說明了一件事情：似乎回到過去改變了某項重大決定，也都只是創造出另一種遺憾。

前陣子我回彰化，下午與鄰居家的小孩一起玩耍，聽到他們正就讀於附近的某國小，我說那你們要叫我學長，結果這時小孩的媽媽笑吟吟地走過來，對我說：「那你要叫學姊耶，因為我是這間國小第一屆的學生。」

這段與母校有關的對話讓我想到忒休斯之船悖論：如果一艘航行的船，只要哪裡有破損就換一塊新的木頭，直到船身全被替換過，那麼這艘船還是原本的船嗎？

改變、延續、傳承。這三者建立起來的關係也是文學的一環，最近很熱門的話題是ＡＩ興起後，哪些工作會被取代？而我始終不擔心文學，它就像一條無盡的航線，有人下船就有人上船，而在任一時間點上，這艘忒休斯之船都是滿員的狀態，並且持續航行中，那它到底是不是原本的船，也就顯得沒那麼重要了。

生命的此刻灌溉著日後的回憶，青春期時聽過多少句我愛你，溢出的情感沒有消失，化成了文學穿過時間，就算最後殘留的餘音是遺憾，也還有某種證明吧。

證明自己如果可以回到過去，無論想改變什麼，首先映入眼簾的都會是這一道光。

●俊彰

仁劭，謝謝你跟我分享了你在台北的迷路經驗。時至今日，我時常還是感覺到迷路，迷路在車陣中，迷路在辦公室裡，迷路在自己的床上。我經常有一種錯覺，「我怎麼會出現在這裡？」我好像迷失在時空之中，谷歌地圖上一路向南或一路向北的差別是什麼？明明都只有一種方向——前進。我明明都是在直線前進，為什麼還會迷路呢？

時間和光一樣，只能夠直線前進，沒有會倒退的光。曾經在我眼前的事物，都成為我車窗上的倒影被我拋在身後。我最近經常想起一件事，高中的時候，我曾經和朋友在學校的地下室，幻想自己是夕陽武士，拿著掃把決鬥，我記得在那場決鬥中，我被狠狠地修理了一番。每當想起這件事，我都會不自覺摸摸臉頰，彷彿當年的腫脹還沒有退去。在那個無聊的下午，光線穿透地下室的鐵門，灰塵懸浮在空氣中，讓我看見光的形狀。即使和朋友已不再聯絡，我卻仍然清楚記得那天下午的細節，或許不是每件事情，都一定要持續下去才有意義，我們的記憶也不總被有意義的事情給占據。

和高中的我相比，我已經改變了許多，許多事物經過了我，我也穿過了許多空間和時間才來到這裡，唯一沒變的事是寫作。我還記得第一次接到得獎通知的電話，不知所措地一圈一圈繞行操場以及發燙的耳根。現在也還在和當年因寫作而認識的朋友們鬼混，只是文學在工作和感情的話題中被取代掉。如果說文學是那道穿過時間的光，那我喜歡它現在的形狀，是生活中所沾染上的灰塵，才讓我看清楚它前行的軌跡。或許有一天，我也不再擁有寫作這件事，跟這世上的所有人一樣。

那時的我再來重讀我曾經寫過的東西，那感覺就像是回到母校一樣。我是從這裡畢業的。

■王仁劭

彰化人但現居台北，東海中文所畢業，不吃木耳，偶爾喜歡作白日夢，例如在晚上的六點到七點間，站在捷運前，想著下一班的人一定會更少吧。

出版短篇小說集《而獨角獸倒立在歧路》。

■黃俊彰

663，本名黃俊彰。及格邊緣的上班族，一切靠運氣的男子。

曾在台灣第一家鹽酥雞擔任店長。作品曾獲林榮三文學獎、台北文學獎等。

IG：littlepolice663

發光與熄燈的間歇練習

蔣亞妮 × 宋文郁

第一道光：摩羯女子

● 亞妮

記得讀文郁的《禮物》時，幾次讀到關於「生日」的段落，那些生的紀念日裡頭，有些溫度微涼，有些很暖，就這樣被留在心中。卻沒想到其實妳和我同是摩羯，因此巧合，過往讀到的書寫被續寫上了日期，像被標明了來處與成分，更像是一種生日禮物與宇宙電波。星座當然是一種光，可星辰也有明暗不同，身為摩羯座的我必須坦承，在大多數的分析與投票中，它絕不是最被光芒青睞的那個。我總能記得最早開始認識星座故事時，每每讀到談摩羯的書籍與文章，對於最常看到的沉默認真、忍耐勤奮等等字眼，感到不滿意。那種不滿，經過時間的辨識，才理解到並不完全出於被誤解，更是因為不想被扁平標籤。標籤實在太輕易了，有些抵達，並不能只關注終點，重點更在起點與路上，比如我喜歡卡其色，因為它總被人說成老氣，喜歡一切相對弱勢與無聊、艱難的選擇，就像我總認為所謂的一個星座、一個人性格中的「沉悶」，更來自於他的不輕易妥協與捨得之勇。這似乎是一條哲學之道，也可能只是因為不得不走上一條熄燈小徑，因此注視到了微螢光線，來自灰塵與安靜之中。這是星座與標籤教會我的一種光影之美，就像我曾經採訪過當代的攝影大師李屏賓，他告訴我，打光的重點不在開燈，而是關燈。越暗的地方，或許我（們）才真的越亮？

●文郁

其實當時想到這個小子題是因為上次見面時亞妮聽到我是摩羯座，很開心地喊：你也是摩羯！之後我才注意到亞妮的許多作者介紹也都有附上「摩羯座」，看到的時候會心一笑，有種莫名的親近感。（？）

對亞妮提到的「扁平標籤」很有同感，小時候篤信星座，班上同學傳閱星座書時，每次讀到關於摩羯座「勤奮、忍耐、努力」這些字眼，我也會下意識有點失望，覺得這些特質和其他星座相比好像顯得平淡樸實許多，在各種排行榜上也不怎麼亮眼（連 ETtoday 的「渣男渣女排行」也很少出現摩羯座），總覺得這種樸實無華的星座好像就是自己的化身，總是卡在不上不下的位子，有點黯淡、並不特別亮眼。所以青少年時期有段時間不太喜歡說自己的星座，改為相信占卜或塔羅（好奇怪的轉折）。不過長大以後才慢慢察覺，原來在暗中可以恆定發光也是一項重要的特質，或許就像是亞妮提到的「捨得之勇」，或是李屏賓大師說的「打光的重點在於關燈」，與其說是我開始接受自己是摩羯座，好像更像是我在成長路上的「熄燈小徑」遇到了許多敬佩的人後，終於開始接受自己其實不用一直發光，就這樣在幽暗小徑暗暗的、緩緩地往自己想去的地方走也很好。

第二道光：一個人的演唱會

●亞妮

我認為人類學習發光，以及看別人發光的最好場合，有一解應該是「演唱會」。（感謝）它終究不是KTV，任你如何高聲唱出歌詞，都只會吵到前後左右的人，而不會被真正「收音」，這或許是人生熄燈小徑的一種練習場。所有的神祕學，其實都是一種錨定，核對座標，可以接受時，再剪票入場。如同文郁曾和我短短提及的，我們都曾一個人聽演唱會，不知道妳是否享受？如我曾在從前作品裡頭所寫，「一個人」或許是那場演唱會的最佳解，飛行的頭等艙一般，可以閃著淚光、可以和音，更可以無聲收納。這幾年流行過的「無光晚餐」，其實也有點像是一種訓練，試著把光暗下，才能把感官跟故事都還給自己。

●文郁

我第一次自己去聽演唱會印象中是在高中，那天學校園遊會一結束我就從桃園搭上火車、到台北聽某場專場（現在還記得是辦在林森北路的「濕地」）。亞妮這樣一問，我才想到當時其實可能是徬徨大於享受，當下不停東張西望，心裡覺得我這樣一個背包裡還放著學測模擬考考卷的高中生，混在台下二十幾歲的青年裡面實在格格不入，很像走錯地方，過程中其他聽眾跟著和聲，或是隨著音樂自在搖擺，我也只能有樣學樣地笨拙模仿，結束之後大家在會場外寒暄，我便自己搭上捷運、火車，搖搖晃晃地回到桃園。我後來回想那次聽演唱會的經驗，時常聯想到《青春電幻物語》裡面男主角去聽莉莉周演唱會、後來票被星野丟掉，只能孤獨站在場外的畫面，總覺得那種孤獨就是我在青春期對演唱會的印象。後來上了大學，認識許多朋友、一起去聽了幾場不同的專場和演唱會之後，慢慢不再覺得演唱會可怕，也看到其他自己去聽演唱會的人用自己的方式沉浸在當下，才開始體會到「一個人」聽演唱會的樂趣、學會享受那些置身在暗中、一切感官只屬於自己的時刻。就像亞妮說的，錨定、核對座標，最後剪票入場，或許演唱會真的是成人路上的漫長練習。

第三道光：跨越與無法跨越的

● 文郁

先前讀到亞妮為 offbook 寫的文章（〈紀念與創作、悼亡或者梳理……好好呼吸才重要〉），對裡面提到的生理狀態，或是火葬場、寶塔，或是朗誦佛經等景象都深感觸動，也想起我在童年時經歷家人離世，才初次意識到死亡原來是一段非常漫長的、看不見盡頭的「時期」。後來讀到吉本芭娜娜《白河夜船》寫經歷親人死亡的女大生，也覺得她將那段時期描繪得十分精準：「我們的這一年真是很不可思議呢。在人生的長流中，只有這段歲月，不管空間也好，速度也好，都和其他的日子明顯有別；它彷彿被密封了起來，顯得好安靜。將來回頭看的時候，一定會看到這一段具有獨立外型而且泛著特別顏色的光。」

身處在那段時期的時候總覺得好像看不見盡頭，很難知道什麼時候度過。最近不太想再寫關於親人離世的記憶，有部分可能也是因為不想隨意觸碰、改變那段時間的色澤。

前陣子和朋友在排隊買午餐的時候閒聊，突然發現我們的家人都葬在台中七福金寶塔（也是很微妙的午餐話題），回家和媽媽聊起這件事，媽媽開玩笑說那我們兩家的親人可能早就已經在那裡認識了，說不定還會一起驕傲地、遠遠看著我們的近況。那時心想，原來是可以這樣談起的——可以在天氣很好的午後、排隊買午餐的空檔，聊起家人葬在哪裡。

直到那時候才覺得自己真的已經走了好長一段路、成功穿越死亡的時期了。就像亞妮在文章裡寫到的，好像終於可以好好呼吸了。

不知道亞妮是否也曾有過突然驚覺自己已經「呼吸無礙」的瞬間？

●亞妮

我總是不太能確定在文章中處理死亡、告別的極限，或是說透過書寫才更確定一切皆有極限，那是寫作與儀式無法跨越的禁區，那或許就是禁止跨越的、生者與亡者的時區。自文郁讀到那篇去年末寫父親病亡的文章，至今，或許在妳的說法中，我仍然處在那一段死亡的「時期」，因此當妳寫到忽然發現與友人共通之處在，家人都藏在七福寶塔，我也更近地被拉回那裡，也正巧是父親辦理告別式與停靈的小山……至今其實我都還呼吸著金紙燃燒、誦完《藥師經》為祈求亡者來生無病痛而摔破藥罐時，聞到的中藥湯汁氣味，但不論吸氣順利也罷、艱難也罷，唯一值得慶幸的是，藉由各種生命中的生離，累積、覆蓋、沖刷，我知道其實一切都無礙。

有時候真正無法跨越的（除了生死），其實更常是與生命中存在的、最親近的人的通話，語言看似充滿了情緒與即時性，但它會欺罔、它會衝動，也存在著大量的真空區，無法邊說邊想、邊說邊往前。有許多話語落空、反傷的時刻，我都能迴身感受到文字，精確地說是書寫的延遲，其實是更靠近自我與認識自我的滯後，比起擁抱和貼耳細語，更能不致誤會的與一個人交談，當然若是那人選擇認真地閉上雙眼雙耳與心，世間萬物如何衝撞都抵達不了。這或許是我至今，任走走停停與開門關門，依然還是會走向那一張（可以發生在各處）心靈書桌，回到那一個（可能帶來許多痠痛的）——寫作的姿勢。

■蔣亞妮

寫散文與還沒寫完論文與小說的人。

摩羯座O型，出版作品有：《請登入遊戲》、《寫你》、《我跟你說你不要跟別人說》與《土星時間》。

■宋文郁

二〇〇二年生於台中，目前就讀台灣大學社會學系，未來即將就讀台文所。

摩羯座B型，最近迷上了吉伊卡哇。

近期的煩惱是租屋補助申請資格以及手搖飲重度成癮。

特別收錄

文學大小事・部落格徵文

文學大小事部落格徵文．第 4 彈

分手一行詩

徵文辦法

以一行詩句，袒露分開的決心，為一段關係畫下界線。離開兩人世界前，用這句話好好地和他說再見。

徵求「分手一行詩」，每首行數限制為 1 行，內文字數限制為 30 字內（含標點符號），標題不計入內文字數。在徵稿辦法之下，以「回應」（留言）的方式貼文投稿，貼文主旨即為標題（標題自訂），文末務必附上 e-mail 信箱。每人不限投稿篇數。徵稿期間：即日起（3.1）至 2024 年 4 月 3 日 23:59 止，此後貼出的稿件不列入評選。預計 5 月下旬公布優勝名單，作品將刊於聯副。

投稿作品切勿抄襲，優勝名單揭曉前不得於其他媒體（含聯副部落格以外之網路平台）發表。聯副部落格有權刪除回應文章。作品一旦貼出，不得要求主辦單位撤除貼文。投稿者請留意信箱，主辦單位將電郵發出優勝通知，如通知不到作者，仍將公布金榜。本辦法如有未竟事宜得隨時修訂公布。

台積電文教基金會、聯合副刊／主辦
駐站作家：林禹瑄、嚴忠政
文學大小事部落格：https://medium.com/@fridaynightmoonlight

二〇二四文學大小事部落格徵文「分手一行詩」示範作

夏末　◎林禹瑄

而我終要愛你如一個未能說出口的字迴盪在焚燬的森林：

月圓在下一秒成為落石　◎嚴忠政

我們猜拳，承認剪刀輸給圓月

浪花　◎曹馭博

我們不應該相遇，赤誠只會越白，越兇殘

長命[1]　◎蕭詒徽

你是我死掉以後要記得的人

註1——語出〈上邪〉

錯認　◎崎雲

銀星墜地：看過的風景，齊齊在瞳孔熄燈。

去霍格華茲的合照 ◎謝知橋

把風景框住，卻沒能把你關住。最後的魔法，就是裡頭剩下我一人。

分手紀念 ◎淩性傑

分手日開始養一隻仙人掌，替它取名叫作沒有關係

免洗筷拆壞 ◎吳浩瑋

一邊失去，一邊帶著另一邊失去的活下去

單人敘事 ◎李蘋芬

你起身獨舞，我在隔壁的房間聽見，心被踏出空洞。

分手作為話術 ◎騷夏

朋友問：這算不算一種公關危機？

祝福我們 ◎吳緯婷

祝我從一種可能，恢復到無限可能。祝你聽情歌，總是曾經的我們。

幻聽 ◎蕭宇翔

暗匣裡黑盒子還鋁箔般銀亮地響著。當風穿過那些戒指那些耳環。

駐站觀察

詩與證詞：月亮這把兇刀如此華麗

◎嚴忠政

新的語言、新的意象、新的視角

有人經歷分手只是多修了一個學分，暫且當成開卷有益，可以對著那段時光畫重點，邊讀邊笑。有人每次戀愛，都成了新的忌日。還好，自己的墳草還是可以自己修，像你我都「活了過來」，才能寫詩。

面對分手，不同個性、不同際遇就會有不同的想法。這次聯副的「分手一行詩」徵文，一開始就注定能把所有糾結變成繁花，以詩成像。果然，在徵文活動開跑之後來稿踴躍，直到活動結束仍有不捨離去的文字！截至筆者寫下這篇觀察報告，共有二二一五張在暗房調整過曝光值的底片，分別以一行詩呈現。而明朗或晦澀，都是作者有意識的選擇（但涉及語言技巧）。

雖然只需要「一行」，但一行詩，它還是「詩」。所以不是以直爽風涼來引起情緒反應就直接走人那種「LINE」。也不是要在老式「旅客留言板」留下一句「我男朋友回來了」，讓人當成八卦周刊來看。雖然我們都是碳基生物，都是有情感的人，但「詩」就是要有著「更有意思」的化學反應——以僅有的三十個字為元素（再加上題目可提供的互文性）。所以在能夠動用的字數內，它更不是經驗的總合，是以個別抽繹出來的經驗去演繹「分手」這個主題。尤其新詩的「新」，「新」就是關鍵字——新的語言、新的意象、新的視角（新的發現）都是。

寫出來，就是好事

在初審階段，詩人林禹瑄按主辦單位的規畫，已先行選出五十首。但實驗劇團的舞台很擠，眾聲想把自己的場景、人物、對話變成「絕活」，這次還真無法如願登場。這當中，也有一些很帥的文字、機智有趣的人物，例如有一首題為〈因禍得福〉的作品，作者說：「我把我們的事寫成分手一行詩，入選佳作。」雖然最後並沒有入選，但有寫出來，就是好事。假如這當中有真人實事，更希望你能從那個傷口走出隧道，從書寫中得到療癒。

入選的作品，大多有它們試圖觸摸的抽象情緒——那些觸不到的過往，本來已經失去空間向量，但詩人就是可以讓觸覺分歧出其他感官。或巧妙設喻，另賦它形；或從一些「愛情遺址」、氛圍去顯化。那麼，一段戀情可以留下什麼痕跡？能以什麼形式留下？轉化後的境象（同時也是作者新發現的視角），就成了勝出的關鍵。

用自己的痛，證明對方的存在

有人取「訂書針」掉落後留下的痕跡為「象」，「意」自在象中；有人以〈撕掉的保鮮膜〉為題，一語道出那段戀情最後「總是無法體面」。上述訂書針和保鮮膜的「在場」與「不在場」，所演繹出來的「不在」（分手後）何嘗不是另一種「在」。這種「在」（痕跡、無法體面）再深刻一些，便是走向「用自己的痛，證明對方的存在」。

種種分手的景況，有人以更大的場景，在某種情節裡成像。身處其中，更見肉體的分子化，愛情的更虛化。例如，在〈壞掉的房間〉是「買了一面太大的鏡子，看什麼都像我們」。在〈捉迷藏〉成為「遊戲規則：這一次，我們，不能找到彼此。」而〈沒有關係〉是寫「往後擦肩撞到彼此，終於能說：沒有關係」，是呀，真的沒有「關係」了，但是否真的沒關係呢？如果就此決絕，或許可以像〈旱〉裡的「一朵雲，拒絕河的邀請」，不再投影，不再釋放所有凝結：沒有雲雨、淚水、虧欠，從此雲淡風輕。還是像〈雙人舞步〉裡那段感情：「我們在旋轉門裡困了這麼久，你才告訴我任何方向都是出口。」出口很多，你我怎麼會走不出來呢？一直以為有轉圜的餘地嗎？那個「餘地」在空間上一如狹仄的旋轉門，在內心的現實裡又是另一種給彼此保留的「餘地」。到頭來，我們勉強配合的雙人舞步，都是多餘的嗎？

瞬間捕捉到的意象，也可能是精心設定的。在意象妥貼之後，用字的選擇也要像走在棋盤上一樣，不同的位置決定了文字的不同價值，也會讓觀棋者（讀者）覺得很有意思。「很有意思」的詩自然不會只有文字表面的意思，它總會讓讀者繁殖更多意涵，讓一行詩也成為「有生產性的」文本。有時是情節上的張力，有時是語言形式的張力。例如〈雙人舞步〉，那段需要保鮮的愛情，最後，撕掉的保鮮膜以及一盎司一盎司的臉，都同樣皺成一團句點。

「失戀成癮」的人，都成為了詩人

對「詩」來說，每個意象都有它「環顧」後的頑固，才自成個性。詩人所見之「象」也不必然合於「讀者意」，合意的意象通常已是老生常談，了無新意。而詩人自有他的精準，一種直擊我心那種到位。

評選結果，我可能才是「你」最想分手的那個人。好像是我們要同往聯合報副刊，都走到最後一個路口了，才發現，原來我只是將懸空的吊橋棧板，修飾為斑馬線！就像你跟文字的戀情一樣，但這可能真的都是我的錯。因為比賽，難免有評審的美學主觀。但為了證明你是對的，遺珠回去還是可以串成十四行詩，倒是不必像撕掉的情書，把一筆一畫都拆成漂木。

以前在大一國文的課堂上，我請學生模擬，傾全力，傾過去十二年的作文功力寫一封「分手信」，必須是不會惹來殺身之禍那種。這時候，詩的心智活動和溫柔敦厚，什麼該說、什麼不該說，可能就派上用場了。至於寫一行詩，唯一的副作用，可能就是讓「失戀成癮」的人，都成為了詩人。

「分手一行詩」優勝作品十首

捉迷藏

◎七月

遊戲規則：這一次，我們，不能找到彼此。

雙人舞步

◎索莫

我們在旋轉門裡困了這麼久，你才告訴我任何方向都是出口。

撕掉的保鮮膜

◎挹清

總是無法體面

沒有關係

◎劉禹彤

往後擦肩撞到彼此，終於能說：沒有關係

捉迷藏

◎日天

這場遊戲沒有鬼，你我都負責躲。

囤積症 ◎陳翔偉

明明有些東西說好不要了，卻還是越積越多。

旱 ◎靈歌

一朵雲，拒絕河的邀請

紅移現象 ◎張瑄秦

你在我的夜空發亮，但我們相互遠離

壞掉的房間 ◎鍾宜辰

我買了一面太大的鏡子，看什麼都像我們

訂書針 ◎王文妡

把我倆固定在一起，掉落後卻留下了痕跡

聯副文叢74
書寫青春21：第二十一屆台積電青年學生文學獎得獎作品合集

2024年10月初版　　定價：新臺幣360元

編者	聯經編輯部
叢書主編	黃榮慶
校對	陳宗佑
整體設計	烏石設計
編務總監	陳逸華
總編輯	涂豐恩
總經理	陳芝宇
社長	羅國俊
發行人	林載爵

出版者	聯經出版事業股份有限公司
地址	新北市汐止區大同路一段369號1樓
叢書編輯電話	(02)86925588轉5307
台北聯經書房	台北市新生南路三段94號
電話	(02)23620308
郵政劃撥帳戶	第0100559-3號
郵撥電話	(02)23620308
印刷者	世和印製企業有限公司
總經銷	聯合發行股份有限公司
發行所	新北市新店區寶橋路235巷6弄6號2樓
電話	(02)29178022

行政院新聞局出版事業登記證局版臺業字第0130號

本書如有缺頁，破損，倒裝請寄回台北聯經書房更換。　ISBN 978-957-08-7497-6 (平裝)
聯經網址：www.linkingbooks.com.tw
電子信箱：linking@udngroup.com

國家圖書館出版品預行編目資料

書寫青春21：第二十一屆台積電青年學生文學獎得獎作品合集/聯經編輯部編．初版．新北市．聯經．2024年10月．
368面．14.8×21公分（聯副文叢74）．
ISBN　978-957-08-7497-6（平裝）

863.3　　113014672